맨홀

맨홀

박 지 리
장편소설

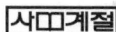

1

 매일 오후 두 시가 되면 우리는 한 명도 빠짐없이 운동장으로 나가 축구 경기를 해야 한다. 성해진 포지션이 없음에도 나는 매번 골키퍼를 맡는데, 이유는 단지 흙먼지를 뒤집어쓴 채 이리저리 뛰어다니는 게 싫어서다. 다행히 나 말고는 아무도 골키퍼를 하고 싶지 않아 해 쓸데없는 다툼을 벌일 필요도 없다.
 날은 점점 더워진다. 운동장 맨 끝, 골대 한가운데 우두커니 서서 수십 개의 근육 진 다리들이 일으키는 먼지를 멀리서 바라보고 있으면, 때때로 내가 하늘을 나는 새 같은 것이 되어 지상을 내려다보고 있다는 착각이 들기도 한다. 모래바람이 이는 운동장은 사막처럼 비현실적이고, 내가 속한 팀은 늘 필요 이상으로 공격적이다. 수비 따위에는 관심도 없이 열 명 모두가 하나의 큰 덩어리가 되어 공격에만 가담한다. 시작할 때는 제법 수비수 역할을 할 것처럼 내 시야를 가리고 섰던 녀석들도 슬슬 분위기가 달아오르면 아주 그리운 눈빛을 하고서 맞은편에서 이는 모래바람 속으로 뛰어들어 버리는 것이다. 마치 그 모래바람만 넘으면 자신들이 밖에 두고 온 것들을 모두 되찾을 수 있다는 착각에 빠진 것처럼. 그때가 되면 나는 중앙선 너머 이쪽 편에 남겨진 유일한 저쪽 선수이다.

운이 좋아서인지 내가 속한 팀 전력은 항상 강하다. 공이 오지 않아서 경기 내내 멀뚱히 서 있어야 하는 건 진짜 골키퍼에게는 좋은 일이 아닐지도 모르겠지만, 어쨌든 나 같은 가짜 골키퍼는 경기의 대부분을 '한마음 청소년 센터'라고 쓰인 단체 유니폼과 전혀 무관한 사람인 것처럼 골대 양쪽 기둥만 왔다 갔다 하며 보낼 수 있어 다행이라고 생각한다.

중앙선부터 상대편 골대 근처까지는 작전을 가장한 갖가지 욕이 터져 나온다. 하품 소리도 크게 못 내게 하는 시설에서 욕 같은 게 허용될 리 없다. 그래서 다들 마음껏 욕하고 소리 지를 수 있는 축구 시간을 이용해 공차기와는 전혀 상관없는 얘기들을 주고받는 것이다. 당연히 몸싸움도 비일비재로 일어난다. 그러나 심판을 맡은 오 선생님은 패싸움이 일어나지 않는 한 가급적 경기에 끼어들지 않으려고 한다. 어떤 이유인지는 모르지만 그것을 자기의 교육 방침으로 내세운 것 같다.

축구 시간은 정말 대단하다. 경기를 시작하기 전에는 다들 하기 싫다고 투덜거리다가도 막상 공을 보면 떼돈을 발견한 사람들처럼 달려든다. 태양은 하루 중 가장 뜨거운 시간을 천천히 넘기고 있다. 모래바람은 태양빛을 받아 신기루처럼 반짝반짝 빛이 난다. 나만 빼고 모두들 굉장한 일을 하고 있는 것 같다.

 전에 이 운동장은 들풀로 무성한 벌판이었다고 한다. 바람이 불면 허리까지 올라오는 풀들이 암호를 담은 신호처럼 흔들리던 시절, 그다지 강압적이지도 않은 이 시설에서 굳이 탈출을 감행한 원생들이 몇 명 있었다. 흔적도 없이 사라져 버렸기 때문에 실종이나 증발이라는 단어를 사용할 수도 있었을 테지만 어쨌든 이곳은 감호 시설이기 때문에 탈출이라는 명명은 별다른 태클도 받지 않았다. 선생님들은 경비가 지키는 정문을 제외하곤 나갈 데가 따로 없는 이곳을 어떻게 빠져 나갔는지 오랜 시간 토론을 벌이다가, 문득 창밖에서 불길한 손짓을 보내는 들풀을 보았다. 감춰진 내면이 없게끔 모든 것이 겉면으로만 이루어진 이 시설에서, 불확실하고 애매하고 의심스러운 곳은 그 들풀이 점령한 벌판이 유일했다. 선생님들은 총동원령을 내려 모든 원생들을 벌판으로 집합시켰고, 백여 명이 풀을 뽑아내고 다닌 결과 빽빽하게 들어찬 들풀 사이에서 사람 한 명이 들어갈 만한 구멍 한 개를 찾아냈다.

 그다음 이야기는 상상하는 그대로다. 선생님들은 당장 굴속으로 들어가 반대편 구멍으로 나왔고, 탈출한 원생들은 시설과 그리 멀지 않은 곳에서 금방 제포되었다. 막상 나왔지만 먹을 것도 할 일도 잘 곳도 없자 이쯤 하고 그냥 돌아가는 게 어떠냐는 말들이 나오던 때였다고 한다. 구멍은 이미 모두 흙으로 메워졌기 때문에 원생들은 선생님들에게 목덜미가 잡힌 채 어색한 미소를 지으며 정문을 통해 돌아와야 했다.

뭐가 사실이고 뭐가 거짓인지 모르겠다. 어쩌면 다 거짓말인지도 모른다. 그래도 한 가지 확실한 것은 선생님들이 원생들을 동원하여 풀을 뽑고 돌을 골라내고, 움푹 파인 땅을 다진 결과, 쓸모없던 땅이 지금의 운동장으로 바뀌었다는 사실이다. 우리는 지금 그 땅에서 축구를 하고 있다. 지금도 경기를 시작하기 전에 한 사람 앞에 돌멩이 열 개씩 골라 버리라고 시키는 것을 보면, 빠져나갈 구멍 같은 건 어디에도 없으니 애초에 마음을 접으라는 시설 방침을 온몸으로 느끼게 하려는 것일지도 모르겠다. 세 동이나 되는 건물 역시 원생들이 벽돌을 한 장 한 장 쌓아 지은 거라는 소문이 있지만 그건 어느 모로 보나 멍청한 누군가가 운동장의 전설을 베껴 만들어낸 얄팍한 거짓말이다. 죄수에게 자기가 갇힐 감옥을 손수 지으라고 할 만큼 창의적이지도 무지막지하지도 정직하지도 않다, 이곳은. 이곳은 운동과 상담이 끊임없이 반복되는 잠깐의 유예 장소일 뿐이다.

운동장은 셀 수도 없이 많은 검은 폐타이어로 둘러싸여 있다. 몸이 뜯기도록 달린 보상으로 이제는 흙벽에 처박혀 영원히 달리지 않아도 되는 타이어들. 모두 다 죽은 것들이지만 바람에 섞여 불어오는 고무 냄새에는 수백 개의 타이어가 달리면서 내는 바퀴 소리가 희미하게 살아 있다. 타이어가 달리기 시작하면 온통 흙뿐인 이곳은 시커먼 콘크리트 국도가 되기도 하고, 미끄러운 빗길이 되기도 하고, 산속 위험한 자갈길이 되기도 한다. 아무리 달리고 달려도 바퀴는 도통 앞으로 나아가지 못하고 쓸데없이 제자리에서 돌고만 있다. 하지만 의미 없는 회전을 하고 있는 것이 어디 이 타이어들뿐인가.

바퀴 소리가 들리는 줄로만 알았던 나는 근육 진 다리가 골대에 거의 다다라서야 눈앞에 몰아닥친 모래바람에 눈을 질끈 감으며 어정쩡한 자세로 공 막는 시늉을 한다. 그러나 공은 내가 예상했던 것과 안전히 반대 방향으로 들어가 버린다. 저편에서 한꺼번에 몰려온 녀석들이 목에 칼을 긋는 시늉을 하며 그깟 똥볼 하나 못 막느냐고 내게 소리를 질러 댄다. 나는 이해할 수 없다.

저 애들은 정말 모르는 걸까? 문제는 공이 아니란걸.

나 혼자 막기에는 구멍이 너무 컸다.

두 시간의 축구 경기가 끝나고 나면 숨을 쉬는 것조차 어려울 정도로 녹초가 된다. 경기 내내 괴롭힘을 당한 상대편 골키퍼는 혼이 나간 표정이다. 다리 근육이 떨려 똑바로 걷지 못하는 녀석도 있다. 나는 경기 전과 그리 다르지 않은 컨

디션이지만 괜히 쓸데없는 시비를 불러올 수도 있기 때문에 어깨를 번갈아 두드리는 것으로 나 역시 많이 지쳤다는 시늉을 한다. 20분으로 정해진 짧은 샤워 시간 동안 힘이 풀린 손에서 미끄러져 나온 작은 비누들이 어지럽게 바닥을 굴러다닌다.

오후 다섯 시 정도가 되면 시설 복도에는 수채화 화가들이 좋아할 만한 풍경이 펼쳐진다. 미처 머리 물기를 다 말리지 못한 원생들이 갑작스런 소나기를 맞은 것처럼 머리에서 물방울을 뚝뚝 떨어뜨리며 얌전히 의자에 앉아 있고, 창 너머 하늘에는 오렌지색 노을이 번진다. 이 두 장면을 함께 보고 있으면 단체로 약을 투여받은 환자들이 어떻게 오후를 보내는지 설명하는 병원 팸플릿을 읽는 것 같다. 선생님들은 원생들이 힘 빠진 원숭이가 되어 작은 의자에 조용히 앉아 있는 것을 좋아한다. 그런 순간에야말로 원생들을 완벽하게 장악했다고 생각하기 때문이다. 대부분의 원생들은 선생님들에게 그런 만족감을 주고 싶지 않을 테지만, 자기 의지와는 전혀 상관없이 녹초가 된 모습을 보여 선생님들의 입가에 흐뭇한 미소를 만든다.

축구 경기를 하고 나면 저녁을 먹기 전에 특별 간식이 나온다. 작은 초콜릿 조각이 겉에 다닥다닥 붙은 손바닥만 한 쿠키에 흰 우유가 나오는데, 우유는 시중에서 파는 보통의 것이지만 쿠키는 상표명이나 제조 일자가 없는 정체불명의 투명한 비닐봉지에 들어 있다. 소문 만들기를 좋아하는 원생들은 그것을 '마약 쿠키'라고 부른다. 중독될 정도로 맛이 뛰어나서가 아니라 진짜로 쿠키 속에 신경안정제류의 마약을 넣었을 것이라는 추측 때문이다. 간식을 나눠 주는 선생님이 그 소문을 어디서 들었는지, 어느 날 이 쿠키는 수녀회 수녀님들이 특별히 만들어 주는 것이기 때문에 우리 모두 감사하는 마음을 가져야 한다고 얘기했다. 하지만 선생님의 해명에도 한번 퍼진 소문은 쉽게 사그라질 줄 몰랐다. 오히려 머리카락을 밖으로 드러내지 않는 여자들이 단체로 모여 있는 수녀회와 신경안정제라는 괴상한 조합이 쿠키에 대한 소문을 풍선처럼 더 부풀릴 뿐이었다. 이런 식으로 말이다.

 한 원생이 쿠키를 먹고 나면 잠시 동안 머리가 띵하다는 증언을 한다. 그러면 옆에 앉은 다른 원생 역시 며칠 전에 그런 경험을 했다면서 자기는 머리만 아팠던 게 아니라 몇 분 동안 손발이 마비된 것 같은 느낌을 받았다고 떠들어 댄다. 그쯤 되면 모두들 시시한 증상을 하나씩 끄집어내며 말도 안 되는 증언에 힘을 실어 주느라 바쁘다. 이런 정신병자 같은 소리를 되는 대로 지껄이는 이유는 첫째, 이런 음모마저 없다면 이곳이 너무 지루하기 때문이고 둘째, 밖에서 그랬던 것처럼 이곳에서도 어떻게 해서든 반항할 명분을 찾아야 해서이고 셋째, 재활을 가장한 감호 시설과 초콜릿이 잔뜩 박힌 쿠키는 서로 너무나 어울리지 않기 때문이다.

　세상이 주는 모든 달콤한 것들은 한 번쯤 의심을 해 봐야 한다고, 이곳 원생들은 지금껏 그렇게 믿으며 살아왔을지도 모른다. 몇몇 원생들은 소문을 진실로 만들기 위해 선생님이 안 보는 틈을 타 쿠키를 발로 으깨 쓰레기통에 던져 버리고 영웅이 된다. 하지만 나는 비닐 바닥에 남은 초콜릿 부스러기까지 입속에 털어 넣는다. 쿠키는 이곳에서 유일하게 단맛이 나는 음식이다. 시설이 우리들에게 신경안정제 같은 걸 먹인다는 소문을 만들 거였으면 맛있는 쿠키가 아니라 두 시간의 축구 경기에 넣었다고 하는 게 훨씬 더 그럴듯했을 것이다. 그건 얼마쯤 사실이기도 하니까. 하지만 아무도 축구 시간을 의심하지는 않는다.

　매일 저녁 여덟 시부터 열 시까지는 돌아가면서 개인 면담이 이루어진다. 평균을 내 보면 한 사람이 사흘마다 면담을 받는 것이다. 면담이 있는 원생들은 3층에 있는 상담실로 올라가고 면담이 없는 원생들은 학년에 따라 직업훈련을 받거나 시청각실에 모여 모범 영화 같은 것을 본다. 상담실과 이어진 대기실에는 한쪽 벽면을 따라 딱딱한 상아색 소파가 놓여 있고 맞은편 벽에는 책이 빼곡하게 꽂힌 여섯 칸짜리 책장이 있다. 원생들은 자기 차례가 될 때까지 소파에 조용히 앉아 있어야 한다. 대기실에서는 모든 대화가 금지되어 있고 감시하는 선생님이 무척 엄격하기 때문에, 원생들이 좁은 소파에 앉아 할 수 있는 일이란 시선을 돌려 창밖 운동장을 구경하거나—물론 그 시간엔 운동장에 아무도 없지만—천장의 기하학무늬나 자기가 신은 실내화에 그려진 도트 개수를 세어 보는 것, 벽에 머리를 기댄 채 잠시 눈을 감는 것 정도이다. 이건 완전히 시간 낭비야, 원생들이 투덜거리는 소리를 들었는지 선생님은 '기다리는 법'을 배우는 것도 교육이라고 했다.

때로는 무언가를 하는 것보다 하지 않는 것이 더 힘들 때가 있다. 딱딱한 소파에 앉아 2, 30분, 길게는 40분 이상 아무것도 하지 않고 앉아만 있는 것 역시 생각보다 훨씬 더 많은 에너지가 필요하다. 볼 수 있는 모든 것을 다 보고도 채워지지 않는 지루한 눈동자에 들어오는 것은 맞은편 책장이다. 이건 아니야, 원생들은 그런 표정을 지으면서도 불가항력적으로 하나둘 책을 집어 든다. 열 명의 어린 죄수들이 독서에 푹 빠진 모습은 맞지 않는 옷을 억지로 입혀 놓은 것처럼 우스워 보이기 십상이지만 나와 그들이 지은 죄를 생각하면 역겹게 느껴지기도 하고, 때론 비슷한 각도로 수그린 여러 개의 목덜미가 이상하게 감동적이기도 하다.

어떤 책들은 잠깐 훑기만 해도 퀴퀴한 곰팡내가 날 정도로 오래되었다. 시설에 들어온 이후 나는 이 가운데 제일 오래된 책을 찾는 데 재미를 들였다. 제목도 들어 본 적 없는, 1960년대에 초판을 찍은 얇은 수필집 앞날개에는 이 책을 쓴 사람이

1930년대에 태어나 1987년에 죽었다는 소개가 적혀 있다. 그런 걸 읽고 나면 아무도 모르는 그 책을 죽은 사람과 나 둘이서만 알고 있는 것 같은 기분이 든다.

'들어가 봐.'

나보다 앞서 들어갔던 녀석이 나오자 박 선생님이 나에게 조용히 눈짓으로 말한다. 면담은 중요하다. 선생님들이 매일매일 면담 내용을 기록해 법원에 제출하면, 그 내용에 따라 나의 최종 형량이 결정되기 때문이다. 이곳에서조차 성실하고 개선된 모습을 보이지 않는다면 선생님은 큰 망설임 없이 범죄자의 기질을 타고남, 반성의 기미나 개선의 여지가 없음, 타인의 안전을 위해 영원히 격리해야 함 따위의 문구를 내 앞에서, 그러나 내가 보지 못하게 서류를 비스듬히 기울여 적어 넣을 것이고 그러면 나는 이곳보다 몇 배는 나쁜 곳으로 옮겨 가게 될 것이다. 변호사는 내가 성실히 생활하기만 하면 1, 2년의 보호관찰 처분으로 끝날 것이라고 확언했지만, 사람 일은 변호사의 말투처럼 그렇게 단정할 수 없다는 것을 나는 안다. 그랬다면 애초에 내가 여기 올 이유도 없었을 테니까. 나는 내가 지은 죄에 비해 부끄러울 정도로 시시한 처벌을 받아 이곳에 왔기 때문에 가끔은 심한 육체적 고통을 받는 것으로 그 죄를 갚아야 한다는 생각이 들 때도 있지만, 강제 소등 뒤 잠도 오지 않는 어둠 속에 깨어 있으면 어느새 그런 자책은 사라지고 내 미래에 대한 두려움만 커진다. 나는 앞으로 어떻게 되는 것일까. 시설에서 나가면 무엇부터 해야 할까. 노력한다면 예전으로 돌아갈 수 있을까, 하지만 도대체 무슨 노력을…… 같은. 이 시설보다 더 나쁜 곳이라는 얘기는 여기와는 전혀 다른 곳이라는 뜻일 것이다. 이곳은 나 같은 사람에겐 행운일 정도로 훌륭하다. 시설도 깨끗하고 선생님도 다 좋다. 나는 다른 곳으로는 가고 싶지 않다. 그러려면 면담에 최대한 성실하게 임해야 한다.

"앉아라."

면담은 하루 일과를 보고하는 것으로 시작된다. 그것은 어렵지 않다. 요일별로 짜인 시간표를 읊으면 그게 그대로 나의 일과가 되는 것이다. 여섯 시에 일어나서 체조한 다음에, 일곱 시에 아침 먹고, 아침 먹은 다음엔 방 청소하고, 청소한 다음엔 아홉 시부터 열두 시까지 직업훈련이랑 수업 듣고, 점심시간엔 점심 먹고, 좀 쉬다가 축구 하고, 끝나고 나서 샤워하고, 간식 먹고, 실습실에서 수업 들은 다음에, 저녁엔 저녁 먹고, 상담 끝나고 나면 방에 가서 좀 쉬다가 열 시 되면 불이…….

내 얘기가 막 끝나려는 찰나에 문 선생님이 나의 말을 자르며 말한다.

"잠깐. 지금은 일곱 시 사십 분인데 너무 나갔잖아. 아직 일어나지 않은 일들까지 얘기해서는 안 되지. 앞으로 무슨 일이 일어날지는 아무도 모르는 건데……. 왜? 여기서 지내는 것도 슬슬 지루해?"

문 선생님은 이상한 소리를 한다. 바깥세상에서야 방향만 살짝 틀어도 예측할 수 없는 것들이 튀어나오겠지만 이곳 생활은 앞을 내다보는 것처럼 한 시간 후, 두 시간 후, 내일, 일주일 후에 일어날 일들까지 다 알 수 있는데. 이곳에서 예측할 수 없는 건 면담실에서 책을 가지고 나갈지 말지, 세 쪽을 읽을지 열 쪽을 읽을지, 그 책을 좋아하게 될지 싫어하게 될지 그런 것 정도이다. 하지만 어쨌든 약속도 하지 않은 밤이 지겹게 오는 것으로 하루는 끝난다. 정해진 일정처럼.

불편한 점이 아주 없지는 않지만 나는 이곳 생활이 마음에 든다. 날 이곳에 보낸 사람들 말대로 나에겐 안정적인 장소가—안정적이라기보다는 폐쇄적이지만—필요한 걸지도 모른다. 일찍 일어나서 하루 종일 정해진 대로 움직이고, 정해진 양의 밥을 먹고, 혼자 있을 공간이 없는 것도 다 좋다. 그런데 문 선생님은 마치 내가 시설 생활에 불만을 나타내기라도 한 것처럼 얘기한다. 선생님은 어쩌면 나에게 트릭을 쓰는 것일지도 모른다. 이곳 생활이 너무 답답해서 선배들이 그랬던 것처럼 구멍을 파 도망가고 싶다느니, 모두가 자는 밤에 불을 질러 버리겠다느니 하는 위험한 대답으로 나를 유인하려는 것이다. 그 구멍에 빠지지 않으려면 정신을 똑바로 차려야 한다. 어쩌면 그런 사소한 말까지도 모두 다 저 서류에 기록하는 것일지도 모르니까.

"책은 어떤 걸 읽고 있니?"

"……무슨 책이오?"

"쉬는 시간마다 책을 읽는 것 같던데?"

교도소가 배경인 외국영화를 보면 간수들이 예고도 없이 죄수들의 방에 쳐들어와 수색을 한다. 그러나 여기 선생님들은 그런 야만적인 행동은 하지 않는다. 원생들이 실습실이나 강의실, 운동장으로 나간 사이 조용히 문을 열고 들어와 얼마 있지도 않은 짐을 뒤질 뿐이다. 아마도 문 선생님의 면담 일지에는 내가 읽고 있는 책 제목이 적혀 있을 것이다. 이곳 생활엔 별 불만이 없지만 이런 건 싫다. 야비한 짓이라는 생각이 든다. 만약 내가 다른 제목을 대면 어떻게 될까? 그러면 선생님은, 재미있니?라고 물으면서 면담 일지에 '자연스럽게 거짓말을 함'이라고 기록할까? 이건 시험 같은 것이다. 애초에 책 제목 따위는 하나도 중요하지 않다. 정해진 답을 하는 게 중요하다. 어떤 원생들은 선생님의 지시에 무조건 반항부터 하고 보지만 나는 별로 관심도 없는 책 때문에 불필요한 일을 벌이고 싶지 않다. 나는 사실대로 대답할 것이다.

"과학책 비슷한 건데…… 블랙홀에 관한 거예요."

"재미있니?"

"어려워요."

"어떤 내용인데?"

"잘은 모르지만, 블랙홀은 우주에 나 있는 거대한 구멍 같은 건데, 한번 빠지면 돌아올 수 없다……. 아직 앞에 몇 장밖에 읽어 보지 않아서……. 지금까진 대충 그런 내용인 것 같아요."

"재미있겠는데."

문 선생님의 펜이 무얼 발견한 것처럼 빠르게 움직인다. 나는 펜 꼭지가 좌우로 움직이는 모습을 보며 대답한다.

"별로요."

"재미도 없는 책을 계속 읽고 있단 말이야?"

"책은 다 재미없으니까……."

"그럼 넌 뭐가 재밌는데? 보니까 축구도 별로 안 좋아하는 것 같던데."

이런 거다. 이런 게 정말 싫은 거다. 최종 보고서에 올리기 위해 창문 너머로 내 행동 하나하나를 관찰하는 것. 공식적으로는 교화, 실습을 담당하지만 선생님들의 명찰을 뒤집어 보면 관찰자라는 제일 중요한 임무가 숨겨져 있다. 그것이 선생님들의 직업이자 의무라는 것을 알고 있지만 이렇게 확인 사살을 시켜 주면 기분이 나빠진다.

내가 대답하지 않자 선생님이 대신 대답을 해 준다.

"친구들이랑 밤에 놀러 다니는 거? 여자 친구도 사귀면서. 그런 걸 좋아하겠지?"

나는 대답하지 않는다. 선생님은 잠시 기다리는 듯싶다가 다시 묻는다.

"게임은? 게임은 안 한다고 들은 것 같긴 한데……. 요즘 나오는 것들은 장난이 아니지? 한번 해 보니까 게임하고 현실을 구분 못 한다고 애들을 나무랄 게 못 되더라고. 두세 시간 내내 사람한테 칼 휘두르고 총 쏘고 나니까 세상이 이상하게 보이던데."

선생님은 일부러 재미있게 말하지만 나는 또 대답하지 않는다.

"음악은 어때? 특별히 좋아하는 가수라도 있어?"

이렇게 계속 대답을 하지 않고 있다가는 '동물원은 좋아하니?' 같은 질문이 나올 것 같아 숙였던 고개를 들고 입을 열어야겠다고 생각한다. 그러나 아직 내 입에서 어떤 말이 나올지는 나도 알 수 없다.

"선생님."

문 선생님은 반갑게 고개를 끄덕인다.

"……우주에 구멍이 몇 개나 있는지 아세요?"

문 선생님은 예기치 않은 질문에 고개를 갸웃거리면서도 쓸데없는 말은 그만둬, 라고 하는 대신 상담 선생님답게 적당한 대답을 하기 위해 노력하는 티를 낸다.

"구멍? 네가 읽고 있는 책의 블랙홀 같은 걸 얘기하는 거면 글쎄…… 우주는 시작도 없고 끝도 없고 또 한없이 팽창한다고 하니까 그 수를 세는 건 불가능하지 않을까 싶은데……. 한 개니 백 개니 세는 것 자체가 의미 없는 일이라는 거지. 그런데 그건 왜 묻지?"

선생님은 또 펜을 움켜쥔다.
"⋯⋯그럼 사람은요?"
나는 점점 내가 무슨 말을 하는지 모르겠다.
"사람? 사람한테도 구멍이 있나? ⋯⋯아, 뭐 콧구멍, 귓구멍 이런 거? 음, 눈도 구멍이라면 구멍이니까 눈 두 개에 콧구멍 두 개, 귀 두 개, 입 하나. 좀 밑으로 내려가 보면 배꼽에, 항문도 구멍이고⋯⋯ 또⋯⋯ 대충 이 정도 아닐까."
"땀구멍이나 숨구멍 같은 건요?"
더 말했다가는 선생님이 나를 정신병자라고 써넣을지도 모른다. 그런데도 내 입은 계속 헛소리를 지껄인다.
"그런 걸 다 세고 있다가는 끝이 없겠는걸."
"⋯⋯역시 불가능하겠죠?"
"그런데 갑자기 그런 거에 왜 그렇게 흥미가 생겼지? 평소에도 과학에 관심이 많았니?"
문 선생님은 질문과 동시에 또 무언가를 쓸 준비를 한다. 나는 그게 조금 슬프다.
"⋯⋯우주의 크기에 비하면 인간은 점, 아니 티끌 정도도 못 된다잖아요. 근데 그 작은 인간 몸에 있는 구멍조차 다 세지 못한다니까⋯⋯."
선생님은 재미있다는 표정을 짓는다. 내가 자발적으로 이렇게 말을 많이 하는 것은 처음이기 때문이다. 나 역시 궁금하다. 나는 도대체 무슨 말이 하고 싶은 걸까?

"……그러면 인간은 아예 구멍 그 자체로 이루어진 거 아닐까요?"

2

 지나간 시간을 이야기할 때는 쓸데없는 말이 많아진다. 그날 날씨는 어땠는지, 바람은 어느 정도 강도로 불었고, 나뭇잎에 부서지는 햇살은 어떻게 반짝였는지, 따뜻하게 달궈진 땅을 기어가던 개미 행렬을 얼마나 오래 바라보고 있었는지, 개미들이 등에 싣고 가던 작은 먹이는 어디에서 떨어져 나온 부스러기였는지, 혹시 검은 그늘을 만든 내 발이 그 착한 곤충 몇 마리를 짓이기지는 않았는지, 만약 그랬다면 나는 그때 어떤 표정을 하고 있었는지.
 지나온 날들이란 고인 물과 같아서 줄어들지언정 움직이지는 않기 때문에 언제나 원형 그대로 비추어 볼 수 있다고 생각하지만, 막상 그날들을 재구성하려고 보면 마치 큰 파도가 휩쓸고 간 집 잔해에서 발견된 사진 뭉치처럼 뒤죽박죽으로 섞여 있게 마련이다. 물에 젖은 부분의 잉크가 번지는 바람에 나와 손을 잡고 있던 사람이 누구였는지 알 수 없게 되거나, 조각조각 찢긴 사진을 맞추려다 다른 그림을 끼워 넣기도 하며, 더 나쁜 경우엔 새로 지은 집에서 살아갈 희망적인 날들을 위해 의도적으로 좋은 사진들로만 이루어진 새 기억을 만들어 내기도 한다. 그래서 우리는 함께 지낸 시간마저도 서로 완전히 다른 세계를 지나온 사람들처럼 다르게 이야기할 수밖에 없다. 거꾸로 움직이는 느린 기차를 타고 시간이 만들어 낸 긴 터널을 지나는 것이다.

어느 시간의 역에 내려야 각색이나 변형 없이 이 이야기를 가장 정확하게 전할 수 있을지 모르겠다. 아홉 살 때 목격한 절망적인 천장이, 집에 들어가지 못하고 밖에서 서성이던 열두 살의 어두운 하늘과 하나로 이어져 있고, 열두 살 때 느낀 공포는 마치 오늘이 어제가 되듯 잠을 잘 수 없었던 열다섯, 열일곱의 밤 속에 녹아 있다. 내가 과장을 하는 것일지도 모른다는 두려움이 든다. 시간은 모든 고통을 아물게 하는 힘이 있다는데 내가 고집스럽게 딱딱한 딱지를 억지로 벗겨 상처를 헤집고 있는 건 아닌지, 무대에 오른 1인극 배우처럼 내 고통을 다른 사람들의 이야깃거리로 삼고 있는 건 아닌지 하는 두려움 말이다. 그러지 않으려면 나는 그날 아침 날씨, 오랜만에 깨끗이 정리해 둔 책상, 전날 밤에 머리를 감고 자 베개에 배어 있던 샴푸 냄새까지도 선명하게 기억하는 날의 정거장에서 내려야겠다. 그리고 그 기억마저 나른 것들과 뒤섞이기 전에 그날 이야기를 이렇게 시작해야겠다. 나는 열여덟 살의 봄을 아주 기분 좋게 시작할 수 있었다고.

　나는 열여덟 살의 봄을 아주 기분 좋게 시작할 수 있었다. 죽을 때까지 벗어날 수 없다고 생각했던 고통이, 눈을 뜨고 보니 지독하지만 아무 힘도 없는 단순한 악몽이었다는 것을 깨달은 것처럼 이불에 감긴 몸은 식은땀으로 흥건했지만, 나는 아주 상쾌한 숨을 들이마시며 어제와는 완전히 다른 새로운 날들이 시작되었음을 실감했다.
　침대에 누운 채 머리맡에 있는 오디오를 켜 라디오를 들었다. 외국 여가수의 허스키한 목소리가 울려 퍼지자 방 안의 사물들이 가볍게 진동하는 듯했고, 나는 몸이 공중으로 1, 2센티 정도 붕 떠오르는 것을 느꼈다. 한 번도 겪어 본 적 없는, 아주 가볍고 느긋한 느낌이었다. 아직 집 안 여기저기에 불안정한 기운이 남아 있긴 했지만, 요란한 장례를 치르고 난 뒤 찾아오는 일시적인 공허 같은 것이었으므로 특별히 신경 쓸 일은 아니었다. 나는 앞으로 학교에서나 집에서나 내 역할에 맞는 행동을 바르게 할 생각이었고 아직 성인은 아니지만 가장으로서 이 집을 제대로 꾸려 나갈 각오를 기쁘게 다지고 있었다. 내 몸은 에너지로 넘쳤고 원하는 건 뭐든 다 할 수 있을 것 같았다. 그리고 며칠 뒤, 집을 떠났던 누나까지 자취 생활을 완전히 정리하고 돌아오자 나는 이 집이 처음으로 완벽해졌다고 생각했다.

　3월의 어느 일요일 아침, 누나는 극단 선배라는 남자가 운전하는 승합차를 타고 집으로 돌아왔다. 3년 만에 처음으로 집에 온 것이었다. 머리를 어깨에 닿을 정도로 길게 기른 남자는 내가 하겠다는데도 굳이 나서서 누나 방까지 짐을 옮겨 주며 이것저것 참견하고 다녔다. 남자는 엄마의 권유로 집에서 점심까지 먹었고 현관문 밖에서 누나와 둘이서 무슨 말인가를 주고받은 뒤 돌아갔다. 누나는 혼자서 자취를 하는 것이라고 말했지만 나는 어쩌면 누나가 지금까지 저 남자와 함께 살았던 건지도 모른다는 생각이 들었다. 그러나 그런 이야기를 꺼냈다가는 괜히 누나 마음만 상할 것 같아 설령 사실이라 해도 어차피 다 지난 일이니 묻지 않기로 했다. 어쨌든 누나는 집으로 돌아왔고 앞으로 우리는 많은 시간을 함께할 것이기 때문이었다.

　어깨에 짊어진 큰 배낭과 옷과 책이 든 박스 세 개. 누나가 가져온 짐들은 몇 년 동안의 바깥 생활을 정리한 것치고는 아주 적은 양이었다. 세탁기나 냉장고, 밥솥, 선풍기같이 우리 집에 있는 것들은 모두 극단 친구들에게 나눠 주고 왔다고 했다. 그 말은 이제 누나도 그동안의 일들은 다 잊고 이 집에서 새롭게 출발할 각오를 하고 왔다는 뜻이었다. 아침에 기분 좋게 눈을 뜨고 밝은 얼굴로 인사를 나눈 뒤 함께 식사를 하는,

이제껏 우리가 한 번도 누리지 못한 조용하고 평화로운 날들이 바로 내일부터 준비되어 있었다.

누나는 대충 짐을 정리한 뒤 따로 돌돌 말아 온 연극 포스터 몇 장을 벽에 붙였다. 처음 붙인 것은 '십팔'이라는 제목이 흘림체로 갈겨진 포스터였다. 포스터에는 정확히 열여덟 명의 여자 얼굴이 나와 있는데 열여덟 살 여자 열여덟 명이 나와서 모노드라마처럼 이런저런 얘기를 하는 창작극이라고 했다. 포스터의 왼쪽 끝에 실린 누나의 얼굴은 반은 조명을 받고 반은 어둠에 묻힌 채 정면을 똑바로 응시하고 있었다. 내가 알던 누나의 열여덟 살이 이런 얼굴이었나, 진한 분장을 한 것도 아닌데 이상하게 낯선 사람 같았다.

"누나는 지금이 훨씬 더 어려 보이는데. 누가 이렇게 노티 나게 찍어 놓은 거야."

내 말에 누나는 그냥 웃었다. 그러면서 원래 가족끼리는 밖에서 보면 더 낯설어 보이는 거라며, 남들이 보기엔 원래 나이 들어 보이는 얼굴이라는, 진심인지 푸념인지 모를 말을 했다.

조명이 켜진 무대에 오르기 훨씬 전부터 누나는 이 집에서 연극을 했다. 그래서 연극과는 전혀 관련 없는 일반 고등학교에 다니던 누나가 어느 날 극단 포스터를 보여 주며 앞으로 연극 배우가 될 거라고 말했을 때, 나는 지나치게 태연한 표정을 지어 뭔가 극적인 반응을 기다리는 누나를 실망시키고 말았다. 누나는 어려서부터 스스로 터득한 일종의 '연극법'을 나에게 설명해 주곤 했다. 때문에 누나와 연극의 만남은 전혀 새로운 것이 아니었다.

누나가 중학교 졸업을 앞둔 어느 날이었던 것 같다. 누나는 바로 문 밖에서 들리는 욕설과 폭력에도 예전처럼 울거나 벌벌 떨지 않고 먼 데서 일어나는 일인 것처럼 무관심한 태도를 보였고, 달라진 자신의 모습을 두렵게 쳐다보는 나에게 이렇게 말했다.

자기는 지금 절대로 아버지라고 부르지 않을 저 악마 같은 남자와 답답한 엄마 밑에서 살아야 하는 어린 여자아이 역할을 맡고 있는데, 저 사람들의 임무는 우리를 더 고통스럽게 만드는 것이니까 이제부터 자신은 이 집에서 무슨 일이 벌어진다 해도 무서워 떨거나 울지 않을 것이며 자신에게 주어진 역할을 재미있게, 이왕이면 멋지게 연기해 나갈 것이라고.

그것은 살기 위해 누나가 스스로 고안해 낸 보호막 같은 것이었다. 사는 게 연극이라고 말하는 진부한 책들은 수없이 많을 테지만 누나의 말은 그런 책 따위에서 베낀 것이 아니었다. 누나는 나 역시 주인공의 어린 남동생으로서 기꺼이 그 연극에 참여할 수 있다고 했지만, 내 귀는 밖에서 들리는 온갖 썩은 말들에 오염되기만 할 뿐이었다. 나는 도저히 그 모든 것을 연극이라고 생각할 수가 없었다. 하지만 누나는 아예 귀가 멀고 눈이 안 보이는 사람이 된 것처럼 정말이지 그 역할을 잘 소화해 냈다.

 그러나 어느 밤, 살려 달라는 엄마의 비명 소리와 함께 내 입으로 되풀이하고 싶지 않은 더러운 욕설과 의심이 반복된 날, 자신은 절대 울지 않아야 하는 역을 맡은 거라고 말하던 누나는 힘없이 무대에서 내려와 방바닥에 눈물을 뚝뚝 흘리며 이런 대사를 읊조렸다.

 "……있지, 내가 지금 여기서 목매달아 죽어 버리면 그땐 엄마를 그만 때리지 않을까?"

 아이러니하게도 누나는 그 순간, 모든 관객의 마음을 사로잡을 만한 가장 훌륭한 눈물 연기를 보여 주었다.

 누나가 깊은 관계를 가졌던, 그러나 실제적으론 아무런 연고도 없었던 연극계에 뛰어든 것은 교복을 입은 채 대학로를 전전하면서부터였다. 누나는 때론 학교에도 가지 않고 오전부터 컴컴한 극장에 들어가 연극을 보곤 했다. 그런데도 학교에서는 한 번도 누나를 찾는 전화가 오지 않았다. 결석을 해도 안 들키는 비법이 뭐냐고 묻자, 누나는 학교에서는 눈에 띄지 않는 역할을 맡고 있다고 농담같이 얘기했다.

 누나를 발굴한 사람은 희곡을 써 놓고도 배우를 다 구하지 못해 제작을 못 하고 있던 작은 극단의 단장이었다. 교복을 입은 여학생이 오전 내내 대학로를 돌아다니는 것을 본 그 단장은 누나의 얼굴을 보자마자 열여덟 명의 여자들 중 몇 개 남지 않은 배역으로 누나를 발탁했다. 엄밀히 따지면 누나는 한국 나이로 열아홉, 만으로는 열일곱이었지만 그 정도는 문제도 되지 않았다. 열여덟 살 여자라고 계속 우기면 시커먼 콧수염이 난 마흔 살의 남자도 열여덟 살로 믿어 주어야 하는 것, 그리고 마침내는 정말로 그렇게 믿게 되는 것, 그게 연극의 세계라고 누나가 말해 주었다.

어느 밤, 야자를 하고 왔다는 누나가 조용히 내 방으로 들어와 일어나 봐, 하며 잠이 들었던 나를 깨웠다. 누나는 마치 중요한 고백을 하는 여자애처럼 내 귀에 대고 속삭였다.

"오늘이 내 인생에서 유일하게 행복한 날이야."

"왜?"

"나, 진짜 배우가 되어 연극을 하게 되었어. 믿어져? 내가 연기에 타고난 소질이 있대."

누나는 누나 말대로 그때까지 내가 한 번도 보지 못한 행복한 얼굴을 하고 있었다. 하지만 미안하게도 나는 누나의 행복을 진심으로 축복해 줄 수가 없었다. 그것이 무엇을 의미하는지 너무나 분명했기 때문이다. 누나는 이 집에서 탈출을 계획하고 있는 것이었다. 나를 이 지옥에 버려 둔 채 자신만의 길을 찾아 홀로.

누나가 출연한 연도에 따라 차례대로 붙인 일곱 개의 포스터는 그 자체로 집을 떠난 누나가 어떻게 살아 왔는지 보여 주는 행적이 되었다. 누나는 아직 스물두 살밖에 되지 않았지만 걸핏하면 욕부터 하고 보는 열여덟 살 여자애부터, 노래를 지독하게 못 부르는 가수 지망생, 매일매일 자살을 시도하는 스물일곱 살 여자로 가면을 바꿔 썼다. 그 길은 나를 포함해 다른 사람은 전혀 끼어들 수 없는, 오로지 누나가 누나 힘으로 개척해 낸 삶이었다. 이제 기껏 이십 대 초반에 들어선 여자애의 생활에 '삶'이라는 이름을 붙이는 것이 거창하고 건방져 보일 수도 있겠지만, 하지만 누나에게는 정말 '삶'이란 것이 있었다. 그래서 나는 누나의 얼굴이 실린 포스터를 볼 때면 가슴이 아플 정도로 감동을 받는 한편, 저 세계, 누나의 삶에서 완전히 제외된 것 같은, 말로는 설명할 수 없는 복잡한 기분이 들곤 했다.

나는 시트를 새로 간 누나의 깨끗한 침대에 누워 가만히 천장을 올려다보았다. 사진 같은 것을 정리하고 있는 누나의 움직임을 제외하면 방은 정지된 듯이 조용했다. 열린 방문으로 거실이 보였지만 엄마의 모습은 보이지 않았다. 아침부터 내내 피곤해 보이더니 방에서 낮잠을 자는 것 같았다. 밖에선 아이들이 시끄럽게 떠들어 대는 소리가 들렸다. 아마도 술래를 정해 놓고 서로를 붙잡는 놀이를 하는 것 같았다. 나는 이 고요한 평화가 믿어지지 않았다. 고요는 언제나 그 뒤에 더 큰 폭력을 숨기고 있다. 그러나 지금은 어디를 봐도 의심할 데 없이 잔잔한 물결이 흐르고 있었다. 이제는 갑자기 무서운 전화벨이 울리는 일도 없을 것이고 식탁 의자가 박살 나고 주먹으로 얻어맞은 뒤 집 밖으로 도망가는 일도 없을 것이다. 전화벨이 울리면 상냥한 목소리로 자연스럽게 받으면 된다. 그런 일을 두려워할 이유가 이제는, 정말, 다, 깨끗이 사라져 버린 것이다.

"이상해."

누나는 말이 없었다.

"이상하다고."

그제야 누나는 내 쪽으로 고개를 돌리며 물었다.

"뭐가?"

"······다. 집이 이렇게 조용한 것도 이상하고 누나가 방에 있는 것도 이상해. 저 포스터들도."

"그럼 내가 나시 나갈까? 포스터들도 다 떼서?"

"안 돼, 그건. 그럼 더 이상해질 텐데."

누나와 나는 그 뒤로 이런저런 얘기를 주고받았는데 대부분이 내 학교생활에 관한 것이었다. 누나는 2학년이 된 내 생활에 관심이 많아서 여러 가지 질문을 했다. 나는 담임도 좋고 애들도 다 괜찮은 것 같다, 다른 반보다 분위기가 좋다는 말을 하다가 침대에서 일어나 활짝 열린 문 쪽을 향해 앉았다. 그때, 거실 서랍장 위에서 투명하게 빛나는 유리 상패가 눈에 떠었다. 사실 그건 며칠 전부터 그 자리에 있었는데 그 동안엔 정체를 감추고 야비하게 숨어 있다가 그날 처음으로 내 시선을 잡아 끈 것이다. 그걸 보자 다정했던 방의 기운은

온데간데없이 사라지고, 속이 뒤틀리는 것 같았다. 그건 이 완벽한 순간의 유일한 얼룩이었다.

"씨발, 왜 아직까지 저걸 저기다 놔둔 거야."

나는 혼잣말을 하며 침대에서 일어나 밖으로 나갔다. 나도 모르게 나온 욕설 때문인지 누나도 정리하던 것을 내려 두고 나를 따라 거실로 나왔다. 나는 그 웃기지도 않은 감사패와 훈장이란 것을 집어 들며 말했다.

"지네들이 뭘 안다고 이딴 걸 줘. 구역질 나게."

나는 그것들을 들고 쓰레기통으로 걸어갔다. 그러나 쓰레기통에 집어넣는 것으론 충분치 않다는 생각이 들었다. 도끼 같은 게 있다면 산산이 깨부숴 버리고 싶었다. 내 발이 피로 엉망이 돼도 좋으니까 흔적도 없이 밟아 버리고 싶었다. 그런데 갑자기 누나가 내 손목을 잡으며 말했다.

"거기 다시 놔둬."

나는 누나가 무슨 말을 하나 싶었다.

"뭘 다시 둬?"

"그거, 거기 다시 두라고."

"이걸? 왜?"

누나는 아예 내 손에서 감사패를 뺏어 원래 있던 자리에 다시 올려 두었다. 나는 누나가 하는 행동을 전혀 이해할 수 없었다.

"지금 뭐 하는 거야? 왜 그걸 계속 거기다 둬? 왔다 갔다 하면서 하루에도 수십 번 넘게 볼 텐데. 역겹지도 않아?"

누나는 내 말에 전혀 개의치 않고 혹시나 내가 홧김에 집어 던질까 봐 감사패와 훈장을 서랍장 뒤편 안전한 곳으로 밀어 두기까지 했다.

"씨발, 더럽다고. 보기만 해도 구역질이 날 것 같다고. 근데 우리가 왜 그딴 걸 여기다 둬야 하는데?"

내 목소리가 커지자 안방에서 엄마가 나왔다. 엄마는 일주일 새 살이 심하게 빠져서 무슨 심각한 병에 걸린 사람처럼 보였다. 누나는 엄마까지 나온 것을 보고 아예 선전포고 하듯 나에게 말했다.

"그래도 우리 아버지 거잖아."

누나의 입에서 아버지, 라는 소리가 나오자 나도 모르게 주먹이 쥐어졌다. 하마터면 그 순간 가장 먼저 눈에 띈 전화기를 집어 던질 뻔했다. 나는 간신히 참으며 누나에게 물었다.

"언제부터? 언제부터 아버지였는데?"

"태어난 순간부터."

"웃기지 마. 절대 아버지라고 생각 안 한다더니 죽고 나니까 아버지라고 부르고 싶어졌어?"

"아무리 싫어해도 아버진 우리 아버지야."

그건 누나 입에서 나올 만한 대사가 아니었다. 그건 엄마의 전용 넋두리이자 누나가 가장 혐오하는 말이었다. 오염된 피를 물려받은 저주처럼, 그건 누나와 내가 어쩔 수 없는 굴레였다. 누나는 엄마가 그 말을 할 때마다 엄마 목을 졸라서 죽여 버리고 싶다고 나에게 말했다. 누나와 내가 아무리 싫다고 발버둥 쳐도 절대 바뀔 수 없는, 죽어서도 벗어날 수 없는, 운명적으로 우리 아버지라는 말.

그런데 그 굴레에서 벗어나려고 집을 나갔던 누나가 어느 날 다시 집으로 돌아와 자신을 옭아맸던 그 굴레를 다시 목에 걸고, 나에게까지 그 혐오스러운 기구를 뒤집어씌우며 이야기하는 것이었다. 우리 아버지라고.

그날의 대립은 엄마가 감사패와 훈장을 안방으로 옮기고 내가 방으로 들어가면서 개운치 않게 막을 내렸다. 나는 침대에 누워 줄곧 생각했다. 누나가 변한 걸까. 아니면 단순히 죽음이 주는 분위기에서 아직 못 헤어난 걸까. 시간이 더 지나면 우리가 겪은 일들이 누나를 원래대로 되돌려 놓지 않을까. 오래 고민한 끝에 나는 내게 유리한 쪽으로 생각하기로 했다. 그러나 그런 결론에도 그날 누나의 변화는 나에겐 배신…… 그 비슷한 것으로 여겨졌다.

3

 나는 각오했던 것과 달리 공부에 완전히 몰두하지도, 아들과 남동생으로서의 역할을 잘 수행해 내지도 못했다. 집에는 나와 누나 사이의 서먹한 분위기가 흐르지 않는 물처럼 고여 있었고, 그 때문에 새로운 날들에 대한 나의 기대는 시작부터 보기 좋게 엇나가 버렸다. 나는 몇 번이나 그날 있었던 일들에 대해 누나와 이야기해 보려 했지만, 어쩐지 입을 여는 것조차 잘 되지가 않아 방문을 닫은 채 눈앞에서 시간만 흘려보내고 있었다.
 맞지 않는 옷을 입은 것처럼 어색하기는 학교도 마찬가지였다. 새로운 학년이 시작된 교실에는 매년 그래 왔듯 서로의 서열을 확인하려는 눈치작전 때문에 어색한 긴장감이 돌았다. 하지만 겉으로는 그 긴장감을 위장하기 위해 일부러 과장

되게 웃고, 눈살이 찌푸려질 만큼 친한 척하느라 모두 피곤한 광대가 되어 버렸다.

2학년이 되자 1학년 때 급식 시간이나 체육 시간에 함께 어울렸던 애들과는 복도에서 만나도 인사도 잘 하지 않는 사이가 되어 버렸다. 나는 함께 체육을 하고 밥을 먹을 아이들을 찾아야 했다. 그건 생각보다 꽤 피곤하고 신경 쓰이는 작업이었다. 그 어수선한 와중에 담임은 나를 위로해 주려는 생각에서였는지 교무실로 조용히 불러 훌륭한 아버지를 잃어 상심이 크겠지만 그럴수록 공부를 더 열심히 해야 한다는 이상한 말을 하며 '교사용' 도장이 선명하게 찍힌 문제집을 몇 권 주었다. 그러면서 이제 국가유공자에 준하는 혜택을 받기 때문에 내가 조금만 열심히 하면 수시전형 같은 것으로 대학을 갈 수 있을 것이라고 했다. 실제로 내가 어느 정도 요건만 갖추면 나를 특별 수시로 입학시켜 주겠다는 대학이 있다는 거였다.

쉬는 시간엔 아직 이름도 알지 못하는 녀석들이 그 화재 사건이 무슨 영화라도 되는 듯이 내 앞에서 떠들어 댔다. 그 애들은 내가 자기들은 모르는 세세한 뒷얘기—신문 1면에 얼굴이 실린 기분이 어떤지, 국무총리가 장례식장에 방문했을 때 경비가 얼마나 삼엄했는지, 명예 훈장은 진짜 순금인지 같은—를 덧붙이며 그 웃긴 재연에 동참해 주기를 원했다. 들추고 싶지 않은 상처를 공유하는 것이야말로 친구를 만드는 가장 쉬운 방법일 테지만 나는 그 일들에 관해선 아무 말도 하고 싶지 않았고 그런 냉담한 반응이 몇 차례 반복되자 아이들도 더는 나에게 접근해 오지 않았다. 나는 눈을 돌려 교실 창밖을 바라보았다. 새로운 날들이 시작되었다는 나의 희망찬 선언과 달리 일상은 여전히 지루하기만 했다.

분명 봄이 오고 있었다. 그러나 교실 창문 너머로 보이는 건 푸른 새싹이나 하늘을 떠다니는 하얀 솜털 같은 게 아니라 시멘트 공장으로 들어가는 레미콘 트럭들, 길을 따라 양옆으로 늘어선 소규모의 금속가공 공장들, 쇠 자르는 소리, 알아들을 수 없는 말을 하며 우르르 몰려다니는 동남아인들이었다. 사회 선생님은 교문 너머에 너희들 미래의 직장이 깔려 있으니 취업 걱정은 하나도 할 것 없다며 다만 동남아에서 온 사람들한테 일자리를 뺏기지 않으려면 몸값을 좀 낮추든지 아니면 얼굴에 흙을 바르고 '사장님 나빠요' 하며 그쪽에서 온 사람인 척 위장을 해야 한다고 했다. 말끝에 흐흐흐, 하고 바보 같은 웃음을 흘린 걸 보면 우리들의 졸음을 몰아내기 위해 한 시답잖은 농담이었겠지만 그 말을 듣고 웃는 애들은 한 명도 없었다. 우리가 앉아 있는 곳이 노란 머리의 원어민 교사와 영어 회화 시디, 깨끗하게 닦인 칠판으로 둘러싸인 어느 외국어고등학교 교실이었다면 한바탕 크게 웃었을지도 모르지만 펜치를 들고 현장 실습을 나가는 공고 학생들에겐 웃을 만한 포인트가 한 군데도 없었다.

우리 학교 옆에는 담장 하나를 사이에 두고 같은 재단이 세운 여자 상업고등학교가 있다. 두 학교가 얼마나 가까웠느냐면, 한남공고 남학생과 한남여상 여학생이 사귀면 졸업도 못 하고 셋이 되어 학교를 나온다는 말을 동네 어른들까지 알고 있을 정도였다. 실제로 그런 전력이 몇 번이나 있었기 때문에 우리는 모교의 명예를 더럽히는 말들을 듣고도 제대로 된 항변 한번 할 수 없었다. 애초에 우리에게 지켜야 할 명예 같은 게 있었는지는 잘 모르겠지만.

4월이 시작되고 얼마 지나지 않아 두 학교가 크게 술렁일 만한 일이 발생했다. 한남여상 1학년 여학생이 어느 외국인 노동자에게 성폭행을 당했다는 소문 때문이었다. 며칠 뒤 소문은 사실로 밝혀졌다. 우리 학교 학생들은 여상 건물이 보이는 창가에 서서 피해 여학생이 누군지, 언제 어디서 당했는지, 어느 정도의 성폭행이었는지를 쉼 없이 떠들어 댔다. 그중에는 그저 호기심이 아니라 진심으로 그 여학생을 걱정하는 아이들도 있었다. 평소에는 두 학교가 서로를 막장이라고 부르며 헐뜯었지만, 막상 그런 일이 생기자 같은 재단이라는 이유에서인지 막연한 책임감과 함께 여상 학생들을 보호해 주어야 한다는 의무감 같은 것을 느끼게 된 것이다. 게다가 자국인도 아닌 외국인에게 성폭행을 당했다는 건 어쩐지 그 여학생뿐만 아니라 우리들까지도 함께 모욕을 당했다는 생각이 들게 해 학생들을 더욱 흥분시켰다. 성폭행을 당한 여학생은 등교를 거부하고 있으며 범인은 잡히기는커녕 아직 누구인지 조차 파악하지 못하고 있었다. 어쩌면 영원히 못 잡을지도 모를 일이었다.

그런데 그렇게 사건이 해결되지 않은 채 날짜만 더해지자 어느덧 학교에는 그 여학생이 평소에도 행실이 좋지 않았다는, 우리끼리 하는 말로 '발랑 까진 애'였다는 소문이 새롭게 돌기 시작했다. 치마를 입은 여자애 혼자 밤 열한 시에 돌아다닌 건 아무래도 문제가 있는 거 아니냐며 늙고 냄새나는 남자처럼 말하는 아이들도 몇몇 있었다. 그랬다. 우리는 따듯한 봄바람을 맞으면서 여자애들이 성폭행을 당하지 않을 적당한 치마 길이는 어느 정도인지 떠들어 대며 시간을 보내고 있었다. 4월은 봄에서 나는 향긋한 냄새 하나 없이, 마치 일부러 우리들이 있는 곳을 피해 먼 길로 돌아가는 것 같았다.

4

 2학년 봄 체력장이 있던 날이었다. 모든 수업이 취소되었고 반마다 서로 차례가 겹치지 않게 짜인 일정대로 움직이며 윗몸일으키기, 멀리뛰기, 오래 매달리기 같은 것들을 측정했다. 이른 점심을 먹은 뒤에도 그런 자질구레한 종목들을 몇 차례 더 반복했고 밥이 다 소화됐을 즈음에는 체력장의 마지막 종목인 오래달리기가 시작되었다. 운동장에서 출발해 동네를 한 바퀴 크게 돌아와야 했는데 곳곳마다 선도부와 선생님들이 서서 행렬을 지도했다. 반별로 시작했지만 얼마 되지 않아 여러 반이 뒤죽박죽으로 섞이게 되었고, 나는 점점 걸음이 느려지면서 뒷반으로 밀려나 버렸다. 스스로 생각해도 이상할 정도로 다리에 힘이 없었다. 애초에 빨리 뛰고 싶은 의욕조차 없는 게 더 문제였다. 나는 아예 아무도 안 보는 틈을 타 천천히 속도를 줄인 다음 샛길로 빠지기로 했다. 대충 근처에서 시간을 보내다가 끝날 즈음에 교문으로 간 다음 숨찬 표정으로 대열에 섞여 들어가면 될 것 같았다.

　두 시가 조금 지난 시간의 동네는 아주 조용해서 바람에 나뭇잎들이 부딪치는 소리가 들렸고, 말없이 뒤를 따라오는 그림자의 움직임까지 신경이 쓰였다. 사람이라곤 할 일 없는 할머니들이 조그만 슈퍼 앞에 옹기종기 모여 앉아서 뻥튀기 같은 것을 나눠 먹고 있는 게 다였다. 할머니들의 시간은 아주 느리게 흐르는 것 같았다. 내가 계속 바라보자 한 할머니가 뻥튀기를 한 손 가득 집어서 내 쪽을 향해 흔들었다. 나는 못 본 척 고개를 돌리고 맞은편 길로 건너가 버렸다. 걸으면 걸을수록 학교로는 다시 돌아가고 싶지 않아서 내일 담임에게 혼나든 말든 그냥 달이나 보러 가야겠다고 생각했다.

　달이는 내가 아주 오래전에 누나와 함께 주운 유기견인데 집에서는 키울 수가 없어서 우연히 알게 된 고물상 아저씨에게 맡겨 놓았다. 아저씨는 나에게 겁을 주려고 여름만 되면 달이를 잡아먹겠다고 위협했지만 실제로는 합판으로 집도 지어 주고 밥도 잘 챙겨 먹였다. 고물상에 들어서자 아저씨는 마당 한편에 세워 놓은 트럭에서 한 남자와 함께 열심히 고물을 내리고 있었다. 나는 아저씨 사무실 옆에 누워 있는 달이의 목줄을 푼 다음 아저씨에게 달이를 산책시켜 주겠다고 큰 소리로 외쳤다. 아저씨는 내 쪽은 보지도 않은 채 알았다는 표시로 손을 높이 들었다.

　나는 매일 다니는 길에서 벗어나 한 번도 가 본 적 없는 골목으로 걸어갔다. 제법 가파른 언덕을 오를 때는 티셔츠 속으로 땀이 흐르는 게 느껴졌지만 조금 뒤 내리막으로 들어서자 금세 맞바람이 불면서 땀이 조금씩 식어 가 기분이 좋아졌다. 달이도 오랜만에 멀리 산책을 와서 신이 난 것 같았다. 나는 이왕 낯선 길에 들어선 거 계속해서 새로운 길로만 걸어가자 작정하고 큰길에서 하천 쪽으로 방향을 꺾었다.

　하천 주변은 밑으로는 조그만 개천이 흐르고 그 주위로 들풀이 무성하게 자라난 곳이었다. 조금만 더 걸어가면 위로 전철이 지나는 큰 다리가 나오는데 그 밑은 언제나 버려진 물건들로 가득했다. 마을은 전체적으로 낡고 오래돼서 재정비가 필요했지만 내가 모르는 여러 이유들로 손도 대지 못하고 있었다. 그런 데다 이 하천 근처는 주거지역과 멀리 떨어져 있어서 사람들이 처치 곤란한 큰 쓰레기 같은 것을 몰래 내다 버리고 있었다.

　마치 힌트를 주듯 긴 풀들 사이로 버려진 물건들의 모서리가 살짝살짝 드러났다. 가까이 다가가서야 물건들의 정체가 확실하게 드러났는데 문짝이 다 떨어져 나간 소형 냉장고, 뚜껑 없는 밥솥, 욕실 슬리퍼 한 짝, 부서진 대형 거울 같은 것들이었다. 달이가 풀을 보자마자 무작정 달려들려고 해서 나는 얼른 목줄을 잡아끌어 달이를 말려야 했다. 까딱했다가는 유리 조각이나 뾰족한 우산살에 발을 찔릴 수도 있기 때문이었다.

　나는 아예 달이를 품에 안은 채 전철이 지나는 다리가 있는 쪽으로 더 걸어갔다. 그러자 촌스럽긴 하지만 아직 쓸 만해 보이는 보라색 소파가 눈에 띄었다. 그 소파에 앉아 있는 사람의 뒤통수도 함께. 쓰레기에 정신을 빼 놓고 있느라 이런 곳에 사람이 있을 줄은 생각도 못 했던 나는 무서운 걸 본 사람처럼 깜짝 놀라 뒤로 한 발 물러섰다. 소파 등받이에 파묻혀 있는 두 녀석, 그리고 그 아래 바닥에 주저앉은 다른 두 녀석. 그 네 명은 모두 나와 같은 학교 같은 학년 애들이었다. 그 애들은 멀리서부터 내 발소리를 듣고 혹시 선생님들 중 누군가가 신고를 받고 온 게 아닌지 잔뜩 경계하고 있다가 내 정체를 확인하고는 안심한 것 같은 표정을 지었다. 내가 길 한복판에 가만히 서 있자 소파에 앉은 한 녀석이 나에게 자기 쪽으로 오라고 손짓했다. 학교에 돌아가 봐야 한다며 방향을 돌릴까, 나는 잠시 머뭇거렸다. 그러나 그러기엔 너무 늦었다는 생각에 천천히 그쪽으로 걸어갔다.

　나를 부른 애들은 넷 다 같은 중학교 출신으로 소파에 앉은 녀석들이 한성제, 김기진, 그 아래쪽이 최연, 김수현이었다. 우리 학교는 여러 지역의 중학교에서 진학해 오기 때문에 1학년 때에는 주로 같은 출신끼리 어울리는 경향이 있다. 그래 봤자 대부분은 학년이 올라가면서 흐지부지되지만 졸업할 때까지

돈독한 관계를 유지하는 경우도 가끔 있었다. 이 애들은 학교에서 특별히 유세를 떨고 다니는 건 아니었지만 항상 네 명이서 몰려다니기 때문인지 어딘가 무시할 수 없는 데가 있었다. 나는 소파 앞까지 걸어가 걸음을 멈추었다. 그 애들 앞에 서자 마치 내가 어디에 합격하기 위해 면접을 보는 사람이 된 것 같았다.

"니가 그 소방관 아들 맞지?"

김기진이 소파 등받이에 팔을 기댄 채 내 쪽으로 몸을 돌리며 물었을 때, 나는 얼떨결에 고개를 끄덕일 뻔하다가 곧 그 질문의 의미를 깨닫고 대답 대신 쓰레기 사이로 올라온 긴 풀 하나를 잡아채 뚝 끊었다. 그런 다음 멀리 시선을 돌리자 탁한 색깔의 하천 어딘가에서 하얀 비누 거품 같은 게 부글부글 끓어오르는 것이 보였다. 나는 오랫동안 입을 다물고 있었지만 그 애들은 특별히 기분이 나쁘다거나 하는 표정을 짓지 않았고 오히려 언제 그런 질문을 했냐는 듯 달이를 가리키며, 그 강아지는 뭐냐고 물었다. 내가 키우는 강아지라고 하자 김기진은 나에게서 달이를 받아 안더니 자기도 강아지를 좋아한다고 말했다. 그러면서 나에게 여기서 시간 좀 때우다가 끝날 때쯤에 같이 돌아가자고 했다.

5

　실습은 매주 화요일, 금요일에 두 시간씩 있는데, 모든 수행 과정이 조별로 이루어진다. 시설에서는 밥을 먹든 체육을 하든 북을 치든, 절대 혼자서 하는 일이 없다. 단체 급식, 합동, 합주, 합숙. 모든 단체 시설이 그렇겠지만 이곳 선생님들 역시 개인행동을 그다지 가치 있는 것이라고 생각하지 않는 것 같다. 대부분의 경우 같은 방을 쓰는 아이들끼리 한 조가 되기 때문에 룸메이트끼리 관계가 껄끄러워지면 여러 가지로 생활이 어려워진다.
　203호실을 쓰는 차정선, 백가준, 변주용 그리고 나는 함께 지낸 지 한 달이 되도록 아무 문제 없이 평탄하게 지내고 있다. 우리 중 누군가는 상습적인 절도범이라는 소문도 있고, 깡패라는 소문도 있고, 성추행범이라는 소문도 있지만 지금까지는 없어진 물건도, 얻어맞은 사람도 없다. 물론 밤에 강제로 팬티를 벗기거나 하는 일도 없었다. 우리는 서로의 신경을 거스르지 않는 선에서 각자의 일을 한다. 그래 봤자 개인 사물함을 청소하거나 빨래를 너는 것 정도지만. 아주 가끔씩 잠자기 전에 농담 같은 것을 하기도 하지만 서로 코드가 맞지 않아서인지 크게 웃을 일은 없다. '문제아', 아니 '범죄자' 네 명이 모인 것치고는 너무 시시한 것 아니야, 라는 말을 들을 정도로 아무 문제 없는 날들이 흐르고 있는 것이다. 아무 문제도 없다는 건, 우리가 아무 관계도 아니라는 의미이기도 하다.

오늘 수행 과제는 의자 만들기이다. 장 선생님은 여러 가지 모양의 의자 몇 개를 보여 주며 조원들의 의견을 모아 튼튼하고 멋진 의자를 만들라고 한다. '우수'를 받은 조는 생활 일지에 평가가 좋게 기록된다. 한번은 고장 난 자전거를 수리하는 과제가 나왔다. 나는 오토바이는 타 본 적이 있지만 자전거는 한 번도 타 본 적이 없어서 어디서부터 손을 대야 할지 알 수 없었는데, 나만큼 모르기는 밖에서 자전거를 꽤 탔다는 차정선도 마찬가지였다. 차정선은 고장 난 자전거를 눈앞에 두고 서야 "씨발, 자전거가 이렇게 복잡한 기계였어?"라고 놀란 듯 혼잣말을 하며 설계도를 살폈다. 하지만 시간이 꽤 지나도록 어디가 문제인지 제대로 찾아내지 못했다. 백가준은 설계도 같은 건 봐도 모른다면서 막무가내로 자전거 페달을 손으로 돌려 고장 난 곳을 찾는가 싶더니, 얼마 못 가 체인에 손이 끼여 괴상한 비명을 내지르며 실습실에 나뒹굴고 말았다. 그 일로 우리 조는 감점을 받았고 백가준은 가운뎃손가락에 작은 상처를 입었다. 작은 상처긴 했지만 조금만 더 운이 나빴다면 손가락이 잘렸을지도 모른다. 백가준은 그 뒤로 실습 시간을 조금 무서워하는 것 같지만 티 내지 않으려고 그러는지 새 과제가 주어질 때마다 "이런 건 식은 죽 먹기지"라는 말을 자주 한다. 손은 단체복 주머니에 꼭 찌른 채.

차정선이 연필을 들고 흰 종이에 의자를 그려 넣는다. 다리 네 개에 등받이가 있는, 어디서나 볼 수 있는 흔한 나무 의자다. 우리를 향해 "이 정도면 될 것 같지?"라고 묻는다. 그러자 뒤에 서 있던 변주용이 머뭇거리며 "조금 더 큰 게 좋지 않을까?"라고 조심스럽게 말한다. 차정선은 조금 못마땅한 표정으로 변주용을 흘낏거리면서도 곧 의자의 가로, 세로 변을 10센티미터 정도 늘린다. 확실히 그 정도는 돼야 변주용도 앉을 수 있을 것이다. 변주용은 자신의 의견이 받아들여진 게 기쁜지 이제 됐다는 표정을 지으며 뒤로 물러선다. 변주용의 요구는 그것뿐이다.

백가준은 자꾸 흔들의자를 만들자고 한다. 흔들의자 하나면 다른 조는 볼 것도 없이 우리가 일등을 할 거라면서. 백가준은 의자 하나를 제대로 만드는 것도 얼마나 힘든 일인지 전혀 모르는 것 같다. 나도 전기과였기 때문에 토목에 대해선 잘 모르지만 1밀리미터의 오차가 실패와 성공을 가른다는 것 정도는 알고 있다. 그런데 백가준은 대충 톱질하고 못만 박으면 하늘에서 흔들의자가 뚝딱 떨어질 거라고 생각하는 것 같다. 우리 실력으로 흔들의자를 만들었다가는 불쌍한 첫 번째 시용자의 허리나 목뼈가 그대로 나가 버릴 게 분명하다. 차정선은 그런 건 시간 내에 못 만드니까 실현 가능한 걸 얘기하라고, 너 때문에 또 감점을 당하면 책임질 거냐고 단칼에 자른다. 백가준은 뭐 그냥 말이 그렇다는 거지 말도 못 하냐, 라고 한발 물러서며 그럼 평범한 의자는 시시하니까 등받이에 용무늬라도 새겨 넣자고 한다. 용무늬 하나면 다른 조는 볼 것도 없이 우리가 일등을 할 거라면서. 차정선은 이젠 반쯤 포기한 듯 연필로 종이를 툭툭 치면서, 그럼 니가 새겨 넣을래? 라고 묻는다. 백가준은 지난번에 다친 손을 문지르며 아직 다 안 나았는데, 라고 중얼거린다. 결국 흔들의자도, 용무늬도 없던 일이 된다.

차정선이 나를 바라본다. 너는 어떤 의자를 원하느냐고 묻는 얼굴이다.

나는 어떤 크기든, 어떤 모양이든 별 상관이 없다. 몸이 반쯤 파묻힐 정도로 푹신푹신한 소파라면 좋겠지만 재료라고는 딱딱한 나무밖에 없기 때문에 안 되는 걸 굳이 이야기할 필요는 없다. 사실 나는 의자 자체에는 별 관심이 생기지 않는다. 톱질 한번 제대로 해 보지 않은 남자애들이 만들 수 있는 의자는 어차피 다 거기서 거기다. 나에게 중요한 건 완성된 의자를 어디에 놓고, 그 의자에 앉아 어디를 바라보느냐다. 몇 시간에 걸쳐 힘들게 의자 하나를 만든다 해도 이 시설에서 앉아 볼 수 있는 건 높은 담장과 회색과 하늘색으로 나뉜 벽, 운동장에 이는 흙먼지와 서로의 범죄를 각인시켜 주는 회색 단체복뿐이다.

나는 의자 하나를 잘 알고 있다. 쓰레기가 무성한 풀밭에 버려진, 혼자 앉기엔 넓고 두 명이 앉기엔 약간 비좁게 느껴지는 보라색 의자 주위로는 비밀 장막 같은 들풀이 흔들리고 바로 내려다보이는 하천에는 음모를 감춘 검은 물이 흐른다. 전철을 타고 다리 위를 지나가는 사람들은 다른 세계 사람들 같아서 좁은 캔 속에 몸을 실은 채 일제히 어디로들 가고 있다. 다리 위에서 우리를 내려다본 사람들은 쓰레기와 우리를 구별할 수 없었을 것이다. 그러나 그 의자에 앉아 있을 때만큼은 우리는 누구도 부러워하지 않았다. 태양은 우리를 위해 빛나고 있었다. 나는 그 의자에 앉아 아침이 만들어지는 과정과 낮에 발견된 작은 죽음과 하루의 끝이 아침처럼 다시 시작되는 밤을 목격했다.

아무리 멋진 의자를 만들어 방향을 여기저기 바꿔 앉아 본다 해도 여기서는 절대 볼 수 없는 풍경이다.

6

하천에서의 만남 뒤로 나는 기진이들과 어울리기 위해 종종 밤에 외출했다. 교복을 벗고 사복을 입은 그 애들은 나와는 비교가 되지 않을 만큼 멋있어 보였다. 나는 집에 돌아와 옷장을 뒤지면서 내가 가진 옷들이 얼마나 형편없는지 깨달았다. 그러자 전에는 관심 없던 옷이나 신발, 외모 같은 데에 신경이 쓰이기 시작했다. 나는 그 애들과 시간을 보내며 같은 옷이라도 더 멋있게 입는 법을 배웠고, 머리도 요즘 유행하는 스타일로 손질했다. 기진이들은 단 며칠 만에 내가 완전히 다른 사람이 되었다며 놀라워했다.

누나는 낮에는 극단 연습실에서 살다시피 하고 밤에는 구립 도서관에서 대학 입학시험을 준비했다. 엄마 역시 외곽에 있는 요양 병원에서 간병 일을 구한 뒤로 거기서 먹고 자기 때문에 나는 밤 여덟 시에 집을 나가는 것에 대한 변명거리를 따로 만들어 낼 필요가 없었다.

밤은 아주 다른 냄새를 지녔다. 나는 어렸을 때부터 누나와 함께, 누나가 집을 나간 뒤로는 혼자 떠돌이처럼 밤을 헤매고 다니는 것이 일상이었기 때문에 어떤 식으로 어둠이 몰려오고, 광기로 사람들의 얼굴이 어떻게 바뀌는지, 낮에는 들리지 않던 비명 소리가 어디에서 들려오고, 하이에나처럼 걷는 남자들은 골목을 돌아 어느 문으로 들어가는지, 문을 걸어 잠가 버린 문 앞에서 느끼는 막막한 어둠과 여름밤의 눅눅한 더위, 텅 빈 도로를 질주하는 트럭의 경적 소리 같은 밤의 모든 면을 알고 있다고 자신했었다. 그러나 여러 명의 애들과 함께 하천에 앉아 있는 밤은 내가 알던 밤과는 완전히 다른 세계였다. 하늘에서는 8연발의 폭죽이 터지고 땅에서는 커다란 나비 같은 웃음소리가 전염병처럼 옷 속을 날아다니면서, 낡은 매트리스가 굴러다니는 쓰레기장이 킹사이즈 침대로 가득 찬 천국으로 변하는 것이었다.

기진이들은 내가 막연히 생각하던 이미지와 아주 많이 달랐다. 그 애들은 나 같은 새로운 사람에 대해 배타적이거나 폭력적이지 않았고 오히려 자신들이 아는 것을 나에게 거리낌 없이 알려 주려고 했다. 전날 밤 텔레비전에서 본 오락 프로그램이나 새로 산 스쿠터, 옆 학교 여자애들에 관해 이야기하는 평범한 보통 남자애들이었다. 초등학교부터 고등학교에 진학할 때까지 나에겐 흔히 말하는 베스트 프렌드가 한 명도 없었고, 나 스스로도 특정한 무리에 속하려고 노력해 본 적이 없었기 때문에 겨우 며칠 함께 어울렸다고 해서 그 애들이 단번에 나의 '친구'란 것이 되었다고는 생각하지 않았다. 그러나 숨길 수 없는 내 마음 한구석엔, 이제는 모든 것이 새로 시작되었고 나도 더는 감출 것이 없기 때문에 원하기만 한다면 다들 그러는 것처럼 나도 친구 몇몇과 가깝게 어울리면서 그 애들 집에 놀러가기도 하고 그들을 집으로 부르는, 그런 평범한 관계를 맺을 수 있지 않을까 하는 바람이 조용히 자라고 있었다.

 김기진과 한성제는 지하철역 근처에서 함께 자취를 했다. 내가 그 이유를 궁금해한다고 생각했는지 김기진은 엄마가 재혼함, 새아버지가 밥맛없게 굶, 근데 엄마가 더 밥맛없게 변함, 새동생이란 건 죽이고 싶을 정도로 알짱댐, 나만 빠져 주면 지네들끼리 좋아 죽음, 이런 순서로 오른손 손가락 다섯 개를 다 접었고 주문만 하면 왼쪽 손가락으로도 더 많은 이유를 댈 수 있다는 듯 능청을 떨었다. 내가 이상한 표정을 지었는지 김기진은 나를 향해 어깨를 으쓱거리며 누구 눈치 보지 않고 살아도 되니 자기한테는 훨씬 잘된 거라고 말했다. 나는 얼른 미소를 지으며 그래 보인다고 대꾸해 주었다. 한성제는 이미 아는 이야기를 또 들어서인지 시큰둥한 표정으로 하천을 바라보았다. 그러나 마땅히 시선 둘 데가 없었는지 잠시 뒤 멀쩡한 운동화 끈을 일일이 다 푼 다음 처음부터 다시 꽉 조여 맸다. 두 쪽을 다 묶기까지 꽤 오랜 시간이 걸렸다. 한성제는 그날 헤어질 때까지도 자기가 왜 자취를 하는지 끝내 얘기하지 않았다. 나 역시 물어볼 생각 같은 건 처음부터 없었다.

나는 열여덟 살이 될 때까지 여자 친구를 사귀거나 가볍게라도 만나 본 적이 단 한 번도 없었다. 버스 정류장마다 예쁘다는 여자애들이 그득했지만 애초에 여자를 만난다거나 하는 건 나와는 별개의 일이라는 생각이 들어 특별한 관심이 생기지 않았다. 감추어야 할 일은 아니었지만 그렇다고 자랑할 만한 것도 아니어서 나는 여자 얘기가 나오면 입을 다문 채 나도 다 알고 있다는 듯 허세를 부리곤 했다. 하지만 속마음은 만약 누군가 내가 만나 본 여자애들에 대해 물어보면 뭐라고 둘러대야 할까 하는 걱정으로 울렁거렸고, 그럴 때마다 솔직히 말하지 못하는 내 자신이 바보처럼 느껴졌다.

어느 날 밤, 한성제가 옆 학교에 다니는 여자애 두 명을 하천에 데리고 왔을 때도 나는 외계인이라도 만난 것처럼 혼자 잔뜩 긴장을 하고 있었다. 두 여자애 중 한 명은 한성제의 여자 친구 김한나였고 한 명은 김한나의 같은 반 친구였다. 이런저런 얘기를 하던 중에 나는 김한나가 종종 한성제의 자취방에서 자고 간다는 걸 눈치챘는데 그 순간 이상하게 가슴이 따끔거리면서 그 둘이 아주 나쁜 짓을 하고 있다는 비난이 머릿속을 스쳐 지나갔다. 감시하는 사람이 아무도 없는 집에서 단둘이 해서는 안 되는 일을 하고, 그것을 감출 생각도 없이 크게 떠들어 대면서도 아무것도 아니라는 식으로 행동하는 그 모든 것이 나에겐 아주 비상식적으로 느껴진 것이다. 하지만 나 말고는 그런 것에 신경 쓰는 사람은 아무도 없었다. 다들 편한 자세로 앉아 들뜬 목소리로 내가 모르는 이야기들을 재미나게 떠들어 댔다. 그 가벼운 공기 속에서 나 혼자만 잔뜩 움츠린 채 무슨 얘기가 나올까 눈치를 살피며, 겉으론 가식을 떨고 속으론 자격도 없는 심판을 하고 있었다. 나 자신이 너무나 창피하고 한심스러웠다. 한 번도 환영받아 본 적 없는 세계를 운 좋게 기웃거리게 된 촌뜨기처럼, 나는 아주 슬프게 그 애들과의 거리를 실감해야 했다.

밤이 늦어 헤어지려는 즈음에 갑자기 1학년 여학생 이야기를 꺼낸 사람은 김한나를 따라온 여자애였다. 쉬지 않고 과자를 먹던 여자애는 그때도 긴 통에서 꺼낸 감자칩을 바스락 소리가 나게 씹더니 중간고사 첫날 그 여학생이 엄마와 함께 교무실에 찾아온 것을 봤다고 했다. 담임과 상담을 하면서 여학생이 눈물을 흘리자 그 애 엄마는 뭘 잘했다고 우냐며 딸의 머리를 후려쳤다고 했다. 그 장면을 설명하던 여자애는 갑자기 감자칩 통을 방망이처럼 휘두르더니, 그냥 꿀밤 정도가 아니라 이 정도로 후려갈기더라니깐, 하며 옆에 앉은 한성제의 머리를 내리치는 시늉을 했다. 한성제는 재빨리 여자애의 팔을 막으면서, 만약 자기가 그 여학생이었으면 맨 먼저 그 범인을 찾아내 죽여 버리고 다음엔 엄마를 죽여 버렸을 것이라고 말했다. 나는 그 말을 듣자마자 감전된 것처럼 등뼈가 찌릿찌릿 서는 느낌이었는데 어쩐지 다른 애들은 대수롭지 않다는 표정을 지으며 특별한 반응을 보이지 않았다. 내 생각과 달리 '죽여 버리겠다'는 말을 진짜 칼로 찌르거나 목을 졸라서 살인을 하겠다는 게 아니라 대충 혼을 내 주겠다는 정도의 의미로 쓰는 것 같았다.

열한 시가 넘자 우리는 집에 가려고 자리에서 일어났다. 여자애들이 우리보다 몇 발짝 앞서 걸어갔는데, 그때 김기진이 나를 뒤로 끌어당겨 어깨동무를 하더니 저 애를 어떻게 생각하느냐고 물었다. 귀엽게 생긴 것 같다고 내납했더니 김기진은 내 두 뺨을 감싸며 잘해 보라고 했다. 나는 그냥 웃어넘겼다. 잘해 봐야겠다는 생각 같은 건 조금도 들지 않았다. 다만 다람쥐처럼 쉬지 않고 과자를 갉아 먹는 데 특별한 이유가 있는지, 그게 조금 궁금할 뿐이었다.

그때 맞은편에서 몇 명이 무리 지어 걸어오는 게 보였다. 하천 길은 2동 주택단지로 이어지는 지름길이기는 했지만 워낙 인적이 없는 외진 곳이기 때문에 한밤중에 이 길로 다니는 사람은 거의 없었다. 다리 주변에 변변한 가로등 하나 없어서 멀리서는 그들이 누군지 정확한 정체를 파악하기도 어려웠다. 못 본 척 무시하고 지나갈 수 없을 정도로까지 가까워져서야 우리는 그 사람들이 '파키'라는 것을 알았다. 우리 학교 학생들은 동남아에서 온 것 같은 외모의 외국인들을 모두 파키라고 불렀다. 원래는 파키스탄에서 온 사람을 뜻하는 말이었지만 어느 순간부터 국적이 인도든 방글라데시든 상관없이 무조건 파키라고 불렀다.

파키들은 우리를 보고는 자기들 말로 뭐라 뭐라 중얼거리더니 야릇한 미소를 지으며 지나갔다. 그 웃음이 무엇을 의미하는지는 알 수 없었지만 바로 앞으로 지나가며 이해할 수 없는 낯선 언어로 떠드는 것만으로도 우리에게 시비를 거는 것처럼 느껴졌다. 그때 갑자기 최연이 그들에게 가까이 가더니 한 명의 어깨를 확 잡아채며 말했다.

"야, 너 지금 뭐라 그랬어?"

그러자 옆에 있던 두 명이 최연을 뒤로 떠밀며 알아들을 수 없는 말로 시끄럽게 소리를 질러 댔다. 한성제와 김기진, 김수현은 눈 깜짝할 새에 달려가 최연 옆으로 섰고 나도 늦게나마 얼른 그 애들과 무리를 이루었다. 파키들은 서툰 한국말 억양으로 "왜 그러는데? 문제가 뭔데?"라는 말을 반복했고 우리는 유창한, 유창하다기보다는 욕으로만 이루어진 한국어를 퍼부었다. 말은 잘 못 해도 욕은 알아들을 수 있는지 파키들의 큰 눈동자가 데룩데룩거렸고 더는 안 되겠는지 그들도 서툰 한국말은 그만두고 자기네들 말로 우리에게 소리쳤다. 최연이 아예 파키 한 명의 가슴을 밀치면서 한번 해보자고 도발하자 파키들은 일이 커질 것 같았는지 몇 발 뒤로 물러서면서 이쯤에서 그만 가겠다는 표시를 했다. 여기서 더 시끄러워지면 경찰이 출동할지도 모를 일이었고 아무리 경찰이 우리 학교 애들을 안 좋게 본다고 해도 불리한 것은 파키들 쪽이었다. 여기는 엄연한 우리 땅이고 파키들은 어쩌면 정식 체류 허가도 없이 남의 땅에 들어온, 실제론 존재하지만 법적으론 존재하지 않는 그런 애매한 구멍에 끼어 있는 처지인지도 몰랐다. 파키들은 우리에게서 한 발짝 한 발짝 멀어지다가 빠르게 자기들 갈 길을 갔다. 그 초라한 뒷모습을 보자 이겼다는 생각이 들었다. 여자애들은 최연을 향해 그런 모습이 있는 줄 몰랐다며 자꾸 치켜세웠다. 다들 대단한 일을 하고 난 것처럼 들떠 있었고, 한 게 아무것도 없는 나에게까지 그 기분 좋은 승리감이 전해졌다. 혼자 다닐 때는 한 번도 느낄 수 없었던, 내 스스로에게 도취되는 듯한 감정이었다. 그렇게 하천에서 큰길로 나와 각자의 집으로 헤어질 때쯤, 언제 한번 파키들을 손봐 줘야 하지 않겠냐는 말이 누군가에게서 나왔다. 저렇게 몰려다니는 것들 중에 여학생을 성폭행한 그놈도 분명 있을 것이라는 얘기였다.

그들과의 첫 만남이 왜 그렇게 유쾌하지 못했는지 그 이유에 대해 조금 이야기를 해야겠다. 우리 마을에 사는 파키들의 수는 '번식력'이라는 단어 정도는 써 줘야 할 정도로 빠르게 늘어났다. 예전에는 길에서 마주치면 신기해서 뒤를 돌아볼 정도로 수가 적었는데 어느 날부터인가 알아듣지 못할 언어가 여기저기에서 들리더니 어느새 2동 주택단지 한편에 자기들의 집단 주거지역까지 만들어 작은 마을을 이루었다. 나는 그곳 가까이로는 가 본 적이 없었지만 그쪽에서 들려오는 소문은 모두 안 좋은 것뿐이어서 상상만으로도 그 마을 분위기가 쉽게 짐작이 갔다.

마을을 이룬 그들은 차츰 동네 풍경도 바꾸어 놓았다. 큰길에는 동남아 식품들만 전문적으로 취급하는 인터내셔널 슈퍼마켓이란 것이 들어섰고 폐업을 앞두었던 식당들은 갑자기 쾨쾨한 냄새가 나는 이상한 음식들을 팔기 시작했다. 토요일 저녁에 세계시장이라는 데를 가면, 머리와 목에 하얀 수건을 두른 채 떼로 몰려다니며 장을 보는 여자들, 커다랗고 납작한 밀가루 빵이 수건처럼 차곡차곡 쌓여 있는 매대, 서투른 외국어로 손님을 끄는 상인들과 위협적인 눈초리로 쳐다보는 파키 남자들, 낯선 화폐단위가 그려진 환전소를 볼 수 있다. 그 긴 시장 길을 빠져나오고 나면 뒤죽박죽이 된 세계에 다녀온 것처럼 머리가 어지러우면서 그 많은 외국인들이 도대체 무슨 방법으로 여기까지 와 장을 보고 있는지, 아주 웃습다는 생각이 들었다.

별 볼일 없는 우리 동네로 파키들이 몰려든 것은 우리 동네가 공장이 많고 집값이 싸기 때문이었다. 하교할 때 공장 지대를 지나치다 보면 파키들이 시커먼 공장에서 아주 힘든 모습으로 일하고 있었다. 우리 학교 학생들은 파키들과 마주치면 미래의 니 직장 동료다, 라는 말로 서로를 놀려 대곤 했다. 대놓고 인종차별 발언을 하는 학생들 때문에 학교 선생님들은 가끔 모든 사람을 차별 없이 대해야 한다고 훈시했지만 그건 어디까지나 그런 '척'에 지나지 않았다. 오히려 밥 먹고 난 뒤의 졸음을 몰아내기 위해 '농담 삼아'라며 공공연하게 선생님들이 인종차별 발언을 할 때가 더 많았다. 파키들 몸값보다 베트남 쌀국수가 더 비싸다는 농담엔 책상이 뒤집어질 정도의 폭소가 터져 나왔다.

우리가 사는 지역은 수도권에서도 대부분의 사람들이 살기 싫어하는 곳이다. 게다가 우리기 다니는 학교는 '갈 데 없는 애들이 가는 학교'로 유명하다. 선생님들은 우리가 우리 부모들보다 잘살 수 있는 방법은 없다고 겁을 줬다. 우리는 언제나 가장 밑바닥이었다. 그런데 파키들이 제 발로 우리 밑으로 걸어 들어왔다. 그 덕분에 우리도 농담 삼아, 라며 무시할 수 있는 존재가 생긴 것이었다. 시(市)는 우리 동네를 '인터내셔널 빌리지'로 지정했지만 실상 그 마을에 사는 우리는 조금도 인터내셔널한 사람들이 아니었다.

7

   6월이 되면서부터 누나가 집에 들어오지 않는 날이 부쩍 잦아졌다. 밤늦게까지 밖에서 놀다 돌아와도 집은 아무도 없이 적막하기만 해서 언제나 내가 캄캄한 어둠 속을 더듬거리며 불을 켜야 했다. 불이 들어오면 나는 잠시 환해진 현관에 서서 집 안을 쭉 둘러보았다. 깨끗하게 청소된 거실과 물컵 두세 개가 엎어져 있는 식탁, 찬장 선반에 걸려 있는 하얀 행주. 이제는 그런 일상적인 것들 속에 어떠한 위험도 도사리고 있지 않다는 것을 알면서도 나는 집에 들어올 때마다 버릇처럼 몸을 긴장시켰고 한참 후에야 더는 그럴 필요가 없다는 것을 깨닫고 천천히 경계를 풀었다.
   집에 돌아와도 머릿속은 바깥에서 있었던 일들로 뜨겁게 들떠 있었다. 열을 내리기 위해 찬물로 샤워를 하고 냉수를 한잔 마시고 나면 오히려 정신이 말짱해져 밤이 지나 새벽이 되어도 쉽게 잠이 오지 않았다. 조금이라도 잠을 자기 위해 무작정 침대에 누워 눈을 감으면 결과는 더 나빴다. 시계의 초침이 움직이는 소리, 냉장고 모터가 돌아가는 소리, 윗집에서 변기 물을 내리는 소리, 그런 크고 작은 기계 소리가 한꺼번에 몰려와 알아들을 수 없는 목소리로 나를 괴롭히는 것이었다. 의미를 갖지 못한 소리들이 크게 들릴수록 내가 집에 혼자 있다는 사실도 확연해졌다.

나는 며칠째 누나가 집에 들어오지 않았는지 세어 보았다. 사흘쨍가, 나흘쨍가, 아니 이번 주 내내 누나 얼굴을 본 기억이 없었다. 단순히 활동 시간대가 달라서만은 아닐 것이다. 아침에 일어나 누나 방을 확인할 때마다 침대는 늘 비어 있었다. 일찍 나간 거라고 생각해 보려 해도 이불엔 자고 간 흔적 하나 없었다. 엄마는 누나가 집에 들어오지 않는다는 것을 알고 있을까. 알고 있다면 왜 그걸 용납하는 걸까. 아니, 안다고 해 봐야 엄마가 뭘 어쩔 수 있겠어. 누나는 이미 한참 전에 엄마의 간섭 같은 데서 벗어난 사람인데.

집이 아니면 어디서 자는 걸까.

……역시 그때 집에 왔던 그 남자와 함께 지내는 것일까.

나는 현관문이 열리는 소리를 기다리며 밤늦게까지 거실을 배회하다가 결국 아무도 오지 않을 것이 확실해지는 새벽 두세 시에야 방으로 들어갔다. 그리고 아침이 되면 어느새 열 시가 넘은 시계를 확인하고 허겁지겁 일어나 학교에 갈 준비를 했지만, 갑자기 교복을 찾아 입고 가방을 챙기는 일들이 다 시시하게 느껴져서 다시 침대로 들어가 잠을 자 버리곤 했다.

그즈음부터 나는 스스로도 설명하기 어려운 감정에 자주 휩싸였다. 병원에서 밤새 간병을 한 엄마가 낮에 잠깐 들러 깨끗하게 정리해 놓은 집을 보면 아무도 없는 틈을 타 엄마가 아주 부정한 짓을 하고 갔다는 생각이 들어 아무 욕이나 될 대로 내뱉었고, 혹시 내가 없는 동안 누나가 그 남자를 집에 데리고 오지는 않았을까 하는 의심으로 화가 치밀기도 했다.
바깥에서 친구들과 어울릴 때는 그런 생각이 전혀 들지 않았다. 그러나 모두와 헤어져 집으로 돌아가는 좁고 어두운 길, 집의 불이 다 꺼져 있는 것을 밑에서 올려다본 순간, 아직도 손에 익지 않은 스위치 위치를 더듬는 그 짧은 시간이 지나고 집에 환한 불이 들어올 때, 거실과 부엌과 방들이 내가 아침에 아무렇게나 어질러 놓고 간 그대로가 아니라 모든 것들이 흐트러짐 없이 가지런하게 정리되어 있는 것을 보면, 모두들 나를 놀리려고 못된 장난을 치고 있는 것 같아 손에 잡히는 대로 아무 물건이나 바닥에 내팽개쳐 버리는 것이었다. 일단 그렇게 시작되고 나면 누가 조종이라도 하는 것처럼 마음속 분노가 더 끓어올라 나는 아예 소파에 놓인 쿠션을 다 걷어차고 미친놈처럼 온 방을 왔다 갔다 하며 빨리 다 나오라고 소리를 질러 댔다. 그렇게 한참을 씩씩거린 뒤에야 스스로도 정신 나간 짓을 했다는 후회가 들어 쿠션을 제자리에 올려놓고 바닥에 있는 깨진 것을 쓸어 담았다. 그러나 한번 엇나가 버린 마음은 쿠션을 원래 자리에 올려놓는 것처럼 그렇게 쉽게 정리할 수 있는 게 아니었다.

어느 날 아침, 조회를 끝낸 담임이 나를 교무실로 불러 요즘 들어 지각과 결석이 잦은 이유가 뭐냐고 물었다. 나는 밤에 아르바이트를 해서 늦잠을 자주 잔다며, 집에 따로 깨워 줄 사람이 없어서 잘 못 일어나겠다고 둘러댔다. 담임은 그래도 수업은 빠지지 말라고 말했지만 어차피 하루에도 서너 명은 밥 먹듯 결석을 하고 전학을 가고 자퇴를 하는 학교였기 때문에 결식 몇 번 한다고 해서 큰 문제가 되는 것은 아니었다. 담임은 새벽 한 시까지 일해야 하는 내 상황을 안타까워하며 2학기부터는 장학금을 받을 수 있게 힘을 써 주겠다고 했다. 나는 고맙기는커녕 이런 허술한 거짓말에도 속아 넘어가는 담임이 불쌍하다는 생각이 들었다. 담임은 내일부턴 지각을 하지 않겠다는 약속을 자기와 하자고 했고, 나는 그런 게 무슨 구속력이 있는지는 이해가 안 갔지만 내일부턴 일찍 일어나겠다고 말하고 교무실을 나왔다.

교정을 에워싼 나무들의 초록 이파리가 열린 창 안까지 들어왔다. 군데군데 페인트가 벗겨진 회색 복도는 영화에 나오는 감옥의 정경 같았다. 교실을 향해 걸어가는 도중 몇 번이나 이대로 그냥 조퇴를 해 버릴까 하는 충동이 들었다. 아무도 없는 하천의 소파에 밤이 올 때까지 혼자 앉아 있거나 달이를 보러 고물상에 가는 것도 좋을 것 같았다. 달이는 내가 의외의 시간에 오는 것을 더 좋아했다. 하지만 그랬다가는 괜히 담임의 관심만 더 끌게 될 게 뻔해 나는 그냥 몇 시간만 버티자 생각하며 교실로 들어갔다. 문을 열자마자 끼쳐 오는 땀 냄새 때문에 잘못된 선택을 한 것 같다는 느낌이 들었다.

6월 말, 공연 하나를 마치고 집에 돌아온 누나는 그동안 밀린 잠을 한꺼번에 자려고 결심한 사람처럼 줄곧 잠만 잤다. 나는 오랜만에 누나를 본 거라서 함께 시간을 보내고 싶었지만 누나는 다음에 들어갈 작품도 벌써 계약을 마쳤다면서 연습이 시작되기 전까지 충분히 잠을 자 둬야 한다고 했다. 벌써 누나의 아홉 번째 연극이었다.
　나는 이해가 되지 않았다. 도대체 누나는 왜 계속 연극을 하는 걸까. 우리를 괴롭히던 유일한 악인이 죽었고 집은 믿을 수 없을 정도로 평온해졌다. 더 이상 한밤중에 도망을 치거나 밥에 수면제를 타서 악마를 잠들게 할 궁리를 하지 않아도 됐다. 연극이라고 생각하지 않고선 도저히 살 수 없었던 그 고통의 날들이 다 끝난 것이었다. 그런데도 누나는 왜 계속 연기를 하는 걸까. 다른 여자들처럼 유아교육과나 간호학과, 교육 대학 같은 데 들어가서 아침에 출근해 저녁에 퇴근하는 그런 평범한 직장 생활을 할 수는 없는 걸까. 막은 내렸는데 왜 무거운 가면을 벗고 무대에서 내려올 생각을 않는 거지? 나는 누나가 집을 나가기로 결정한 것부터 부모를 버리겠다고 한 것, 때로는 나를 귀찮아하는 것 같은 작은 표정까지 누나가 하는 모든 것을 이해하고 받아들일 수 있으며 설령 누나가 사람을 죽인다 해도 절대적으로 누나 편에 설 수 있다고 생각해 왔다. 하지만 누나가 집에 돌아온 뒤로부터는 잦은 외박이나 그 남자를 만나는 것, 연극학과에 들어가려고 공부하는 것 같은 모든 것들에 신경이 거슬리고 의심이 들면서 누나를 이해하는 일이 점점 어려워졌다.

　누나가 집에 온 일요일 오후, 엄마도 보살피던 환자의 가족이 병문안을 왔기 때문에 우리 세 사람은 오랜만에 함께 밥을 먹었다. 엄마가 고기를 볶는 동안 누나는 옆에서 상추를 씻었다. 나도 아무거나 거들려고 했지만 내가 할 일은 없다고 해서 그냥 식탁에 앉아 둘의 뒷모습만 쳐다보았다. 그런데 갑자기 우습다는 생각이 들었다. 음식을 준비하는 두 사람은 평범한 모녀지간처럼 다정해 보였다. 하지만 누나는 엄마를 혐오했다. 매일 밤 죽도록 맞으면서도 제대로 된 저항 한번 하지 못하는 나약한 성격, 그것은 힘의 차이 때문이 아니라 의지가 없기 때문이라고 누나는 말했다. 의지만 있다면 칼을 들고서라도 맞서게 된다고. 엄마는 자신이 당하는 일에 대해 누구에게도 얘기하지 않았고 도움을 요청하지 않았다. 친척들조차도 폭력의 낌새를 알아차리지 못했다. 앞집 사람들과는 일부러 눈도 마주치지 않고 다녔다. 집 밖에서의 위장, 그것은 누나의 연극과는 완전히 종류가 달랐다. 그건 자신의 체면을 유지하기 위한 가식이었고 누나와 나를 골탕 먹이는 또 다른 학대였다. 누나가 제발 이혼하라고 울며불며 애원했을 때도 엄마는 이혼하지 못하는 이유를 우리에게 떠넘겼다. 우리는 매일매일 죽고 싶을 만큼 불행했는데 정작 엄마는 우리의 행복을 위해서 이혼하지 못한다는 정신 나간 소리를 하는 것이었다. 그 순간 누나는 그 사람만큼이나, 아니 그 사람보다 훨씬 더 엄마를 혐오했다. 온몸을 두들겨 맞은 다음 날 아침에도 그 사람의 출근 준비를 도우며 갓 지은 밥을 차리고 밤이면 한방에서 같이 잠을 잤다. 누나는 이 집에서 진짜 가족은 너와 나 둘뿐이라며 어른이 되면 나를 데리고 집에서 나가겠다고 했었다.

맛있는 냄새가 나는 식탁에 앉아 그런 기억이나 떠올리는 것은 너무나 불순한 일이었다. 마치 내가 일부러 누나와 엄마 사이를 이간질하고 방해하려는 사람이 된 것 같았다. 마음이 괴로웠다. 나는 누구보다도 이 집이 화목해지기를 원하고 이제는 정말 그럴 수 있게 되었는데 왜 이 좋은 날 그따위 기억이나 들쑤시고 있는 거지. 고기가 다 익자 우리는 식탁에 앉아 식사를 했다. 처음에는 부쩍 더워진 날씨나 곧 있을 방학에 대해 몇 마디 주고받았지만 얼마 안 가 상추 씹는 소리만 들릴 정도로 말이 없어졌다. 너무 조용하게 느껴졌는지 누나가 일어나 텔레비전을 틀었다.

저녁에 엄마가 다시 병원으로 돌아간 후 누나와 나는 함께 소파에 앉아 텔레비전을 보았다. 누나는 몇 분 지나지도 않아 또다시 잠이 몰려오는지 나를 자꾸 소파 끝으로 밀면서 눈을 감았다. 나는 장난 삼아 가볍게 누나의 발바닥을 찔렀는데 그때마다 누나는 움찔움찔거리며 몸을 틀었다. 초여름의 어스름한 밤은 조금 축축하긴 했지만 아주 따듯해서 기분이 좋아졌다. 그동안 누나에 대해서 왜 그렇게 어렵게 생각했는지 이해가 되지 않았다. 누나가 하는 사소한 행동들에도 심각한 의미를 덧입혀 나 혼자 화를 내곤 했던 게 부끄럽고 미안하게 느껴졌다. 누나는 단지 집에 오지도 못할 정도로 바쁜 것뿐이었고 우리 사이엔 아무 문제도 없었다. 나도 누나를 따라 잠이 들 것 같았다. 그때 누나 머리맡에 놓인 휴대폰이 울렸다. 나는 누나가 깨지 않게 얼른 전화를 끊으려 했지만 누나는 벌써 눈을 가늘게 뜨며 휴대폰을 더듬었고 통화를 끝내자마자 잠깐 나갔다 오겠다며 집을 나갔다.

누나가 지난번에 집에 온 그 남자와 만나자마자 손을 잡는 것, 단지 안에 있는 벤치에 나란히 앉아서 이야기를 하는 것, 서로 얼굴을 건드리며 장난을 치는 것, 헤어지는 인사를 몇 차례나 반복하더니 인적이 드문 주차장 쪽으로 걸어가는 것을 나는 베란다에서 모두 지켜보았다. 1, 2분 정도 흐르자 누나와 남자는 천천히 주차장에서 나와 이번엔 진짜로 마지막 인사를 하고 헤어졌다. 누나는 집에 들어오자마자 아무런 말도 없이 방으로 들어갔고 나는 텔레비전을 틀어 놓은 채 계속 소파에 앉아 있었다. 하지만 텔레비전에서 떠드는 사람들이 뭣 때문에 그렇게 웃는지 이해가 되지 않았다.

누나는 뭐든지 할 수 있었다. 자신이 좋아하는 남자를 사귈 수도 있고, 일이 있으면 며칠씩 집에 들어오지 않을 수도 있고, 어제는 학생으로 오늘은 사랑에 빠진 여자로 내일은 어린 미혼모로 변신할 수도 있었다. 나는 누나가 선택한 삶과 삶의 방식에 대하여 개입할 어떠한 권리도, 또 그럴 이유도 없었다. 누나는 화가 날 정도로 혼자서 잘 살아왔으니까. 그러나 그걸 알면서도 나는 끓어오르는 감정을 주체할 수 없었다. 나는 켜져 있는 텔레비전 화면을 향해 리모컨을 집어 던졌다. 누나가 그 소리를 듣고 방에서 나올 거라고 생각했지만 아무런 반응도 없었다. 튕겨져 나온 건전지 두 개를 원래대로 리모컨에 끼워 넣으려 했지만 그것조차 제대로 할 수 없을 만큼 손이 부들부들 떨렸다.

이 분노의 정체가 도대체 무엇인지 스스로에게 수십 번씩 물어도 보았다. 내 마음에 들지 않는 남자를 만난다고 이렇게 화가 나는 걸까? 아니면 아무도 알아주지 않는 연극 같은 것을 계속해서? 그것도 아니면 나에게 했던 모든 말들을 다 잊고 엄마와 나란히 서서 겨우 상추 따위를 씻었다고? 그러나 아무리 물어봐도 스스로 납득할 만한 답을 얻어 낼 수가 없었다.

나는 누나와 이야기를 해 봐야겠다고 마음먹었다. 몇 달 전에 있었던 감사패 사건을 풀지 않고 그대로 흘려보낸 게 문제였을지도 모른다는 생각이 들었기 때문이다. 나는 누나 방 앞에서 몇 마디 말을 미리 생각한 뒤 문을 열고 들어갔다. 누나는 침대에 누운 채 휴대폰을 보고 있었는데 내가 들어오자 휴대폰에서 잠깐 시선을 떼고 물었다.

"왜?"

나는 첫마디를 어떻게 꺼내야 할지 몰라 "그냥"이라고 중얼거리며 누나 책상에 비스듬히 기대섰다. 책상 겸 화장대로 쓰는 책상 선반에는 누나가 항상 뿌리고 다니는 푸른색 향수병이 있었다. 나는 향수병을 들고 뚜껑을 연 뒤 냄새를 맡았다. 누나 냄새였다. 왠지 마음이 가라앉는 것 같기도 했다. 향수를 발견한 건 좋은 징조였다. 나는 향수병을 가리키며 왜 항상 이것만 뿌리느냐, 이 냄새가 제일 좋으냐, 그런 평범한 말로 이야기를 시작하려고 했다. 그 정도면 누나의 기분을 상하지 않게 하면서 자연스럽게 대화를 이어 나갈 수 있을 것 같았다. 그런데 누나가 내 용건을 기다리고 있다는 것을 너무 의식해서였는지 내 입에서는 생각지도 못한 첫마디가 튀어나와 버렸다.

"그 남자랑 같이 살았지?"

누나는 내 말에 얼떨떨한 표정을 지으며 "뭐?"라고 되물었다. 나 역시 내가 뱉은 말에 놀라기는 마찬가지였다. 그런 것을 물어볼 생각 같은 건 조금도 없었다. 내 귀에 들린 말이 내 입에서 나온 말인지조차 의심스러웠다. 그러나 곧 나는 진실을 인정해야 했다. 나 스스로를 속일 만큼 나는 그 질문을 비밀스럽게, 아주 오랫동안 간직해 왔다는 것을.

"……거짓말할 생각은 하지 마. 나도 그 정돈 아니까."

"무슨 말 하는 거야, 지금?"

나는 목소리가 떨렸지만 가능하면 상냥하게 말하려고 노력했다.

"나한텐 혼자 산다고 했으면서…… 거짓말이었잖아. 애초에 극단에서 배우들한테 숙소 같은 걸 준다는 것도 말이 안 되고. 엄마한텐 말 안 할게. 뭐, 엄마가 안다고 해도 아무 일 없겠지만."

"나가. 전화할 데 있어."

누나는 어떻게든 대화를 해 보려는 내 노력을 전혀 이해하지 못하고 있었다. 그 점이 나를 조금 화나게 했다.

"왜 나한테까지 거짓말을 하는 건데?"

"내가 무슨 거짓말을 한다고 이래?"

"그 남자랑 같이 살았으면서 아닌 척 거짓말하고 있잖아."

"그게 도대체 너랑 무슨 상관인데?"

"그러니까, 씨발, 그냥 사실대로 말하라고. 같이 살았으면 살았다고 하면 되잖아. 뭐가 무서워서 거짓말을 하는데?"

나는 아주 크게 소리를 내지르며 누나를 향해 손에 잡히는 대로 무언가를 집어 던졌다. 하지만 뭘 던졌는지는 몇 번을 생각해 봐도 잘 기억이 나지 않는다. 그래도 아주 충격이 큰 무언가를 집어 던진 것만은 분명했다. 왜냐하면 누나 얼굴이 내가 던진 그 무언가에 맞아 묘하게 일그러졌기 때문이다. 한참 후 누나는 이렇게 말했다.

"방에 가서 거울 좀 봐."

나는 멍청하게도 이렇게 대꾸했다.

"말 돌리지 마."

"니가 어떤 얼굴을 하고 있는지 가서 좀 보라고."

그 두 번째 기히 깨끼지도 나는 누나의 말이 무엇을 의미하는 것인지도 모르고 더 크게 고함을 쳤다.

"씨발, 말 돌리지 말라고."

누나는 웃었다. 나는 누나가 배우 흉내를 내고 있다고 생각했다. 하지만 아니었다.

"그 사람이 했던 짓을 똑같이 하는구나……. 닮은 얼굴로."

나는 그 말이 무슨 주문이라도 되듯 얼어붙어 버렸다. 머리털이 주뼛 섰고 뭔가 말하려던 입술은 목적을 잃고 굳어 버렸다. 나는 아무런 반박도 못 하고 그렇게 방 한가운데 가만히 서 있었다. 아까 맡은 향수 냄새가 등 뒤에서 다시 풍겨 왔다. 누나는 나에게서 시선을 떼고 다시 휴대폰을 만지작거렸다.

잠시 후 나는 아무 말도 없이 조용히 문을 닫고 방을 나왔다. 누나는 나의 아킬레스건을 너무나 정확하게 알고 있었다.

8

 그 전화는 매일 같은 시간에 걸려 왔다. 전화벨이 울리기 한 시간 전, 두 시간 전, 아니 전화벨이 한 번 울린 뒤부터 다시 울릴 때까지 누나와 나는 겨울 나뭇가지에 매달린 나뭇잎 두 장처럼 벌벌 떨고만 있었다. 벨이 울리면 누나가 전화기를 들었다. 그리고 아주 상세하고 정확하게 엄마의 일과를 그 사람에게 보고했다. 아무리 가정 안에서 벌어진 일이라 해도 그건 엄연한 스파이 짓이었다. 우리 둘은 어린 첩자가 되어서 엄마의 일거수일투족을 낱낱이 파헤쳐 보고해야 했다. 학교에서 돌아왔을 때 엄마가 무얼 하고 있었는지, 무슨 옷을 입고 있었는지, 집을 나갔다 온 흔적은 없었는지 얘기했고, 그건 모르겠다고 하면 멍청하게 굴지 말고 현관에 가서 신발이 어떻게 놓여 있는지 보라고 욕설을 듣기도 했다. 그 사람은 집에 온 전화는 없었는지, 왔다면 누구에게서 온 전화였는지, 시장은 몇 시에 갔는지, 도중에 누구를 만나지는 않았는지, 어떤 물건들을 샀는지 묻고는, 거짓말하면 오늘 밤 집에 가서 다 죽는 줄 알아라 하며 전화를 끊었다. 그러고 나면 누나는 감기에 걸린 사람처럼 몇 시간을 끙끙 앓았고 저녁이 되어서야 숙제를 해야 한다며 책을 펼쳤지만 연필을 잡은 채로 빈 벽만 멍하니 바라보고 있을 때가 많았다. 나는 비겁하게도 나 대신 누나가 그 일을 맡게 되어서 다행이라고 생각했다.

그 사람이 집에 돌아와서 우리가 준 정보들을 다시 확인했을 때 조금이라도 틀리는 게 있다면, 가령 다섯 시에 장을 보러 갔다고 말했는데 다섯 시 반에 간 것으로 드러나면, 30분 동안 어디서 뭘 했느냐며 어김없이 엄마를 두들겨 팼다. 그 사람도 엄마도, 많이 어렸던 누나와 나도 그 30분이 아무 쓸모 없는 시간이란 것을 알고 있었다. 처음부터 모든 게 엄마를 때리기 위한 구실에 불과했다. 그 정해진 시나리오 속에서 누나와 나는 손쉽게 다룰 수 있는 도구였던 것이다. 그래도 누나와 나는 엄마가 맞지 않게 하려고 무진장 애를 썼다. 하지만 아무리 누나와 내가 정확하게 보고하려고 애를 써도 나는 여덟 살, 누나는 열두 살 즈음이었기 때문에 매일매일 오차를 영으로 만든다는 건 불가능한 일이었다. 우리의 작은 실수 때문에 엄마는 밤 내내 온갖 더러운 추궁을 당하며 두들겨 맞았고 우리는 지옥보다 더한 죄책감을 느끼면서 앞으로는 더 세세하게 엄마를 감시하겠다는 말도 안 되는 다짐을 하곤 했다.

그러던 어느 날, 전화벨이 울리지 않았다. 나는 무슨 큰일이 생긴 게 아닌지 겁을 먹었는데 알고 보니 누나가 전화기 연결선을 살짝 빼 버린 것이었다. 누나는 앞으로 그 사람 전화를 받지 않을 것이며 죽도록 얻어맞을지언정 더 이상 스파이 노릇은 하지 않겠다고 했다. 그다음 날 누나와 나는 학교도 가지 못한 채 하루 종일 방에 갇혀 있는 벌을 받았다. 그 사람은 우리를 꺼내 줬다가는 다 죽을 줄 알라며 엄마를 협박했고 엄마는 정말로 우리를 꺼내 주지 않았다.

방에 한번 갇힌 뒤로 누나의 오기는 오히려 더 세져 결국 그 임무는 나에게 놀아왔다. 누나는 나도 전화를 받을 필요가 없다며 전화선을 빼 놓았지만 나는 전화벨이 울릴 시간이 되면 너무나 무서워져서 다시 살짝 전화선을 끼워 넣었다. 전화벨이 울리는 것을 듣고 누나가 나에게 눈을 흘겼지만 나는 얼른 전화기를 들고 내가 아는 모든 것을 재잘재잘 떠들어 댔다.

나는 무서웠다. 얻어맞는 게 무서운 것이 아니라 학교에 가지 못한다는 게 무서웠다. 하루 더 학교를 빠졌다가는 선생님에게 너무나 큰 벌을 받을 것 같았고, 어쩌면 선생님과 친구들이 우리 집에서 일어나는 모든 일을 알게 될지도 모른다는 불안감이 들었다. 만약 그렇게 되면 정상적인 세계, 학교와 친구들이 있는 그 세계에서 버려져 영원히 외톨이가 될지도 모른다는 두려움이 나를 충실한 스파이로 만들었다.

그 일은 2년 정도 계속되었다. 누나가 중학교에 들어가자 우리의 스파이 짓도 끝이 났다. 하지만 누나가 중학교에 들어갔기 때문에 끝난 것은 아니었을 것이다. 왜 그런 전화가 시작되었는지 모르는 것처럼 왜 매일 걸려 오던 전화가 갑자기 끊겼는지도 알 수 없다. 그 일은 엄마뿐만 아니라 누나와 나에게도 너무나 수치스러운 일이었기 때문에 우리는 굳은 약속을 한 것처럼 그 일을 절대 입 밖으로 꺼내지 않았다. 그러다 보니 그 일이 정말 일어났던 일인지 가끔 헷갈릴 때가 있다. 지옥 같았던 집을 더 지옥같이 만들고 악마 같았던 인간을 더 악마같이 만들기 위해, 나를 더 불행하게 만들기 위해, 긴장감이 흐르는 집을 배경으로 스스로 각본을 짜고 출연한 연극의 한 장면은 아닌지 혼란스러운 것이다.

그러나 그보다 더 혼란스러운 것은 누나와 내가 전화기를 둘러싸고 작은 전쟁을 치르는 동안 엄마가 어디서 무얼 하고 있었는지 전혀 기억나지 않는다는 것이다. 밤마다 들려오던 엄마의 비명 소리는 기억나지만 우리가 전화기 앞에서 벌벌 떨고 있던 시각, 엄마는 무얼 하고 있었는지, 왜 우리 대신 전화기를 가로채고 그 사람을 향해 제발 그만 좀 하라는 말을 하지 못했는지, 왜 우리를 지켜 주지 않았는지, 학교에 가지 못한다는 불안감을 왜 그대로 방치했는지, 내 기억에는 그 부분이 뻥 뚫려 있고 그래서 나는 지금까지도 엄마의 어떤 부분은 잘 이해할 수가 없다.

그다음 주 월요일은 아주 무겁게 시작되었다. 심장에서 열이 나는 것 같았다. 눈은 떴지만 몸이 마음대로 움직여지지 않아서 온몸이 마비된 환자처럼 침대에 누워 탁상시계가 일곱 시, 여덟 시, 아홉 시를 가리키는 것을 꼼짝없이 지켜만 봐야 했다. 문 너머에서는 누나가 샤워하는 소리, 드라이어로 머리 말리는 소리가 들렸고 잠시 아주 조용해졌다가 다시 구두 소리와 문이 닫히는 소리가 났다. 나는 누나가 이대로 집을 나가면 다시는 돌아오지 않을 것 같다는 생각이 들어, 얼른 침대에서 일어나 누나를 붙잡고 어제 일을 사과하면서 내가 이 집에서 진짜로 믿는 사람은 누나뿐이다, 누나가 좋아하는 남자는 아주 괜찮은 사람인 것 같다, 다음에 집에 초대하면 친절하게 대하겠다, 어제와 같은 일은 절대 다시 일어나지 않을 것이라고 말하고 싶었지만 생각과 달리 실제로는 누나가 떠나는 소리를 멍청하게 듣고만 있었다. 온몸에 돌덩이를 매단 채 깊은 물에 빠진 것 같았다. 점점 가라앉고 있다는 것을 알면서도 발 하나 허우적댈 수 없었다. 구해 달라는 소리도 나오지 않았다. 그 와중에도 시계는 쉬지 않고 열 시, 열한 시를 가리켰다. 나와, 나를 둘러싼 온 세계가 죽어 가는데도 책상 위의 작은 시계는 자꾸만 나를 미래로, 미래로, 밀어 넣고 있었다.

이마에서 열이 나는 것 같았지만 나는 정오가 되기 전에 집을 나와 하천으로 걸어갔다. 하천 둔치에 깨진 채로 박혀 있는 거울 조각을 지나친 후에야 나는 학교에 갈 것도 아니면서 교복을 입고 나왔다는 사실을 깨닫고 두통을 느꼈다. 집도 나도 모든 게 이 쓰레기들처럼 엉망진창이 된 것 같았다. 밥을 먹지 않아서인지 더위 때문인지 몸에 힘이 하나도 없었다. 나는 조금 더 걸어가 쓰러지듯 소파에 주저앉았다. 다 썩어 빠진 강물은, 그래도 흘러가고 있었다. 하얀 여름 햇살은 더러운 강물을 피하지 않고 자기 살을 조금씩 떼어 주고 있었다. 강물은 저렇게 환한 빛을 받기에 과분하다는 생각이 들었다.

햇볕이 소파를 뜨겁게 달구어 보라색이 점점 붉은색으로 탈색되어 갔다. 내 이마도 열인지 햇볕 때문인지 모르게 계속 뜨거워졌다. 일어나서 햇볕이 닿지 않는 곳으로 가려고 했지만 다리에 힘이 없어서 한 발짝도 걸어갈 자신이 없었다. 할 수 없이 자세라도 바꾸려고 몸을 반대쪽으로 틀었다. 그때, 내 눈에 손바닥 두 개 크기의 검은 봉지가 들어왔다.

하천 다리 밑 소파 주변은 항상 우리가 모이는 곳이기 때문에 새로운 쓰레기가 오면 단번에 알아볼 수 있었다. 그러니까 그 검은 봉지는 내가 오지 않은 지난 일요일에 버려졌을 확률이 컸다. 봉지는 크기에 비해 묵직했고 풀기 힘들 정도로 매듭이 꽁꽁 묶여 있었다. 바나나 껍질이나 구멍 난 양말 더미 같은 것이 들었을 수도 있다. 피 묻은 수건만 모아서 버리는 이상한 사람들도 있으니까. 그러나 나는 첫눈에 그런 것들과는 다르다는 느낌을 받았다. 불길한 생각이 들었다. 조심스럽게 발로 봉지를 툭 건드려 보았다. 신발을 뚫고 피부에 느껴지는 부드러운 감촉. 가슴이 심하게 뛰기 시작했다.

나는 소파에서 내려서서 천천히 봉지의 매듭을 풀었다. 손이 떨려서 꽉 묶인 매듭을 쉽게 풀 수 없었고 몇 번을 만지작거려도 잘 되지 않아 나는 아예 봉지 한가운데를 확 찢어 버렸다. 봉지 안에 있던 것이 밖으로 튀어나온 순간, 나는 잠시 눈을 감았다. 그래, 봉지를 뜯기 전부터 나는 이미 무엇이 들어 있는지 알고 있었다. 나는 따뜻하고 부드럽고 착한 무언가를 상상했고, 봉지에 들어 있던 것은 따뜻하고 부드럽고 착한, 죽은 강아지였다. 아마 어젯밤이나 오늘 새벽? 눈을 감은 지 얼마 되지도 않은 것 같아서 하얀 강아지는 그냥 잠이 든 것처럼 보였다. 사방을 둘러보았다. 그러나 강아지를 버리고 간 사람이 지금까지 있을 턱이 없었다. 나는 떨리는 손으로 봉지에서 강아지를 꺼내 주었다. 햇볕을 받아서인지, 아니면 방금 전까지도 살아 있어서인지 털에는 아직 온기가 남아 있었다.

……더러운 인간들.

사랑할 줄도 모르면서 쉬지 않고 애를 낳고 개를 기르는 더러운 인간들. 자기 기분 내키는 대로 학대하고 머리를 쓰다듬고 다시 걷어차는 역겨운 인간들. 밥을 먹다가도 언제 손이 날아올지 몰라 숨죽이고 있게 만드는 인간들. 겁먹은 눈동자를 보면서 자기가 대단한 존재라도 된 양 희열을 느끼는 변태 같은 인간들. 죽어야 할 사람들은 당신들이야. 검은 봉지에 담겨 하천 쓰레기장에 버려져야 할 사람들은 악마 같은 당신들이라고.

나는 갑자기 미친 사람처럼 울며 바닥에 쓰러져 거의 오열하다시피 소리를 질러 댔다. 한참 뒤 울음이 멈췄을 때는 머리가 너무 아프고 목이 부어 탈진한 것처럼 아주 멍한 상태가 되었다.

나는 강아지를 땅에 묻어 준 뒤 오후까지 하천에 앉아 있다가 학교 끝날 시간이 되어서야 자리에서 일어났다. 고물상에 갔더니 아저씨가 한 할머니가 끌고 온 손수레에서 폐지를 내리고 있었다. 할머니는 몸이 아주 마른 데다가 머리가 하얗게 세고 주름살도 많아서 백 살은 넘은 것처럼 보였는데, 정산이 끝난 뒤에도 갈 생각을 않고 아저씨에게 오백 원만 더 달라며 고집을 피우고 있었다. 오백 원을 더 받아서 팔천 원을 채워 가고 싶다는 거였다. 나 같으면 그깟 오백 원 그냥 줄 수도 있을 것 같은데 아저씨는 또 아저씨대로 장사를 그렇게 하면 안 된다면서 다음에 폐지를 더 많이 가지고 오면 그때 더 쳐주겠다고 할머니의 등을 떠밀어 돌려보냈다. 아저씨는 인정이 많아 보이다가도 어떤 때는 완전히 다른 사람이 된 것처럼 냉정했다. 할머니는 결국 빈 수레를 끌고 고물상을 나갔다.

달이는 자기 집 앞에 얌전히 앉아 있다가 나를 보자마자 꼬리를 흔들며 막 달려들었다. 복슬복슬한 털이 햇볕에 달궈져 뺨에 닿는 느낌이 아주 따뜻했다. 나는 달이를 뒷마당 세면장으로 데려가 목욕을 시켰다. 달이를 쓰다듬자 하천에 묻어 준 강아지가 생각났다. 일부러 죽인 건 아니었을 거다. 고칠 수 없는 병을 오래 앓다가 자연사했는데 죽음이란 걸 처음 목격한 멍청한 주인이 너무 당황해서 어쩔 줄 몰라 그랬을 것이다. 학대 같은 것도 없었고 털을 염색해 줄 정도로 귀여워했을 것이다. 하지만.

……그렇다면 검은 비닐봉지는 어디서 온 것이지?

강아지 주인은 악마가 분명하다. 싸구려 염색은 사람들에게 보여 주기 위한 술수에 불과하다. 건강했던 강아지는 어느 날 영문도 모르고 검은 봉지에 갇혀 천천히 질식당했을 것이다. 꺼내 달라고 낑낑거리는 소리가 커질수록 주인은 봉지 매듭을 더 세게 조이며 쾌감을 느꼈겠지. 그리고 일요일 밤, 산책을 나가면서 검은 봉지를 쓰레기처럼 들고 나가 하천 아무 데나 집어 던진 후 기분 좋게 집으로 돌아갔을 것이다. 놀라거나 무서워할 것도 없다. 그런 사람들은 아주 평범한 얼굴을 하고 있으니까.

달이를 다 씻겨 준 뒤 나는 컨테이너 사무실로 들어가 아저씨와 함께 라면을 끓여 먹었다. 먹는 도중에 또 손님이 와서 아저씨는 서둘러 국물을 마신 뒤 마당으로 나가야 했다. 그때

온 손님들은 파키 두 명이었는데 아저씨와 잠깐 얘기를 한 후 돈을 받고 고물상을 떠났다. 저 사람들이 무슨 일로 고물상에 왔냐고 묻자, 아저씨는 고물상에 고물 팔러 올 일 말고 뭐가 있겠냐면서 파키들이 종종 공장에서 얻은 물건들을 가지고 와 돈으로 바꿔 간다고 했다. 나는 딱히 그런 생각을 하고 있었던 것도 아닌데, 그 고물들은 얻은 게 아니라 훔친 것일 거라고, 곧 있으면 경찰들이 들이닥칠 거라고 얘기했다. 아저씨는 별 헛소리를 다 한다는 표정으로 나를 바라보았다.

해가 저물자 나는 오늘 밤엔 달이를 집에서 재우겠다며 달이의 목줄을 풀었다. 아저씨가 괜찮겠냐고 묻기에 나는 아무 문제 없다고 대답하고 고물상을 나왔다. 아파트 단지에 들어서면서 나는 달이를 최대한 바짝 끌어안고 걸었다. 겨울이면 대충 점퍼 속에라도 숨길 수 있었을 테지만 하복 셔츠로는 어떻게 해도 달이를 숨길 수 없었다. 나는 경비 아저씨에게 들키지 않으려고 일부러 경비실에서 멀리 떨어진 쪽으로 걸어갔는데 하필이면 그 앞에서 요란스러운 아줌마를 만나고 말았다. 아줌마는 내가 안고 있는 달이가 괴물이라도 되는 것처럼 소리를 지르며 아파트 안으로 개를 데리고 들어오는 게 불법인지 모르느냐고 떠들어 댔다. 내가 사는 동은 주민들의 협약에 따라 개를 키우는 것이 금지되어 있긴 했다. 하지만 그런 게 '불법'이 될 수는 없었다. 나는 한순간 기운이 쭉 빠져서 그 아줌마와 오래 상대하고 싶지 않았다. 애초에 우리가 올

곳은 여기가 아니었다. 어차피 집의 불도 모두 꺼져 있으니까. 나는 겁에 질린 달이를 위로하며 달이와 내가 처음 만난 곳으로 걸어갔다.

9

 누나와 나에게 집이란 숨바꼭질 장소였다. 비록 하나 둘 셋 넷, 천천히 숫자를 세는 소리 대신 살려 달라는 비명 소리가 들리고, 한참을 헤매도 못 찾는 어수룩한 술래 대신 당장 나오지 않으면 가스 선에 불을 질러 집을 폭파시켜 버리겠다고 협박하는 무시무시한 악마가 사는 집이었지만 누나와 나는 매일매일 방문 뒤, 침대 밑, 책상 아래, 장롱 속에 숨어 빨리 아침이 밝아 학교에 갈 시간이 되기를 빌고 또 빌었다.
 나이를 먹고 조금씩 몸집이 커지면서 우리는 집 말고도 숨을 수 있는 곳을 찾기 시작했다. 놀이터나 지하 주차장, 불 꺼진 상가 계단에도 있어 봤지만 오래 있기엔 너무 불안하고 무서운 곳이었다. 우리는 매일매일 사람이 다니지 않는 폐쇄된 장소를 찾아다녔고, 그러던 어느 날 멀지 않은 곳에서 그런 장소를 발견했다. 아파트 지하 창고였다. 지하 창고는 가끔 경비 아저씨가 문 잠그는 것을 잊어버려 열려 있을 때가 있었는데 그때마다 누나와 나는 오늘은 운이 좋다며 안으로 들어가 쌓여 있는 박스들 사이에 앉아 쪽잠을 자거나 끝말잇기 같은 것을 하면서 시간을 보냈다.

시간이 흘러 모든 것이 끝났을 새벽이 되면 우리는 살금살금 집으로 올라가 조심스럽게 손잡이를 돌렸다. 그러나 때때로 문이 잠겨 있을 때가 있었다. 그럴 때마다 우리는 아주 굴욕적인 기분이 들었다. 좋아하지도 않는, 세상에서 가장 증오하는 인간들에게서조차 버려진 기분이었다. 누나와 나는 그 문 안으로 들어가지 않고도 살 수 있는 몇 가지 방법을 알고는 있었다. 그러나 학교에 가고, 밥을 먹고, 제대로 된 옷을 입기 위해서는 결국 그 문으로 들어가는 수밖에 없다는 것 역시 잘 알고 있었다.

세상에서 유일한 문이 우리를 밖으로 내몬 채 문을 잠갔는데도 누나와 나는 그 사람이 깰까 봐 벨 누를 생각 같은 건 하지도 못하고, 그 사람이 출근할 때까지 다시 지하 창고에 숨어 있었다. 어린아이 둘이 새벽에 돌아다니는 것을 경비 아저씨가 봤다가는 경찰에 신고할지도 모르기 때문에 우리는 밤길을 어슬렁거리는 고양이처럼 등을 바싹 낮춰 걸으며 사람들의 눈치를 살폈다. 그러다 보면 아무 데서나 잘 자는 진짜 고양이들이 많이 부럽기도 했다.

그렇게 밤을 새운 채 학교에 가면, 그 규칙적이고 안정된 장소가 그리웠음에도 책상이나 의자, 어려운 수학 시간, 친구들과의 평범한 대화, 급식시간 같은 학교의 모든 것에 제대로 적응을 할 수가 없었다. 아무 걱정 없어 보이는 친구들의 얼굴을 볼 때마다 나는 어젯밤 너희들은 상상도 할 수 없는 곳에서 자다 왔고 집 안은 또 엉망이 되었다는 생각이 들어 자주 우울해졌다. 또한 그것을 아무에게도 들키지 않아야 한다는 강박 때문에 언제나 극도의 긴장 상태에 있었다. 우리 엄마가, 우리 아빠가, 라고 시작되는 친구들의 흔한 얘기들은 나를 시험에 들게 했다. 나는 도저히 '우리 아빠'라는 말은 할 수 없었다. 어떤 눈치 빠른 아이가 나를 가리키며 너는 절대 너희 집 얘기는 안 하더라, 라고 지적했을 때도 겉으로는 태연한 척했지만 혹시 우리 집에서 일어나는 일들을 다 알고서 하는 말은 아닌가 불안해져 하루 종일 그 애 눈치만 살펴야 했다.

나는 점점 친구들과 멀어져 갔다. 쉬는 시간에도 혼자 책상에 앉아 있을 때가 많았다. 선생님도 나 같은 애한테는 별 관심이 없었다. 나는 여러 명이서 몰려다니는 애들이 부러웠지만 시간이 갈수록 어제 너무 일찍 자서 텔레비전을 못 봤다는 식으로 거짓말을 하지 않아도 돼 차라리 편하다는 생각도 했다.

어김없이 폭력이 다시 시작된 어느 밤, 누나와 나는 집에서 도망쳐 나왔다. 지하 창고로 내려가 봤지만 운 나쁘게도 문이 잠겨 있었다. 또 어디로 가야 할지, 높은 벽 앞에 선 것처럼 막막했다. 그런데 누나는 봐 둔 데가 있다며 평소와 달리 아주 자신만만하게 나를 데리고 아파트 단지를 지나 언덕 위쪽으로 올라갔다. 가을이 오고 있었기 때문에 밤공기는 아주 차가웠다.

　너무 멀리 가는 건 아닌가 걱정될 정도로 걸어 우리가 도착한 곳은 아주 넓은 공간이 전부 방수포로 둘러쳐진 공사장이었다. 안을 들여다볼 수 없도록 높이 둘러친 파란색 방수포 때문에 갖가지 이상한 소문이 나도는 곳이기도 했다. 무서운 생체 실험을 하는 연구소가 있다느니 폐쇄된 정신병원이 있다느니 하는. 그러나 사실 그곳은 어떤 이유인지 모르지만 아주 오랫동안 공사가 중단된 보통 빌라 단지일 뿐이었다.

　누나는 그 가운데 한쪽 면을 빙 돌더니 쌓여 있는 모래주머니 한 개를 치우고 방수포를 들추었다. 그러자 모래주머니 밑에 깔려 있던 방수포 밑단이 말려 올라가면서 사람이 드나들 수 있을 만한 공간이 생겼다. 이런 걸 어떻게 알아냈느냐고 묻자 누나는 며칠 전 개 한 마리가 이 구멍으로 드나드는 것을 보고 다른 사람이 눈치 못 채게 모래주머니를 이쪽으로 옮겨 놓았다고 했다.

　언덕 너머는 우리가 평소 다니는 길과는 정반대 길이었고 인적도 없는 곳이어서 누나가 이곳으로 올 일은 전혀 없었다.

도대체 무슨 일로 누나가 여기에 왔었을까 궁금증이 들긴 했지만 어쨌든 나는 누나의 그런 영민함이 좋았다. 밤을 떠돌아다니는 고통과 두려움의 순간에도 누나와 함께 있으면 그 유랑이 밤나들이처럼, 때론 모험처럼 느껴져서 언젠가 우리 둘이 이 모든 시련을 극복하고 달나라에 가서 화목하게 살게 되리라는 허황된 꿈에 빠지기도 했다.

누나와 나는 방수포 너머로 기어 들어가 무릎에 묻은 흙을 털고 일어난 뒤 손을 꼭 붙잡았다. 동네 불빛과는 한참 동떨어져 있는 데다가 한쪽 면은 뒷산에 접해 있어 발등이 안 보일 정도로 깜깜했다. 게다가 철골만 세워 놓은 3층 건물은 사방이 부직포로 둘러쳐져 꼭 붕대를 감은 병든 도시 같았다. 정전이 된 것 같은 어둠에, 팔이 시리는 서늘한 날씨, 바람에 펄럭거리는 낡은 천들, 유령이 떠돌아다닌대도 믿을 수밖에 없는 풍경이었고 내가 이런 곳을 걷고 있다는 게 악몽처럼 느껴졌다.

건물은 기다란 직사각형으로 모두 다섯 동이었는데 누나는 그 병든 건물들을 씩씩하게 지나치며 나를 3동 쪽으로 데려갔다. 그리고 어느 한 지점에서 걸음을 멈추고 이것 좀 봐, 하며 땅을 가리켰다. 나는 누나의 손가락을 따라 시선을 옮겼다. 그곳엔 맨홀이 있었다.

빌라 단지는 땅을 콘크리트로 평평하게 다지기 전이어서 여기저기가 울퉁불퉁한 흙길이었다. 맨홀이 있는 주변 땅 역시 고르지 않아서 맨홀 뚜껑 한쪽이 비스듬하게 들려 있었다. 누나는 우리가 힘을 합치면 이것을 들어 올릴 수 있지 않겠냐고 물었다. 나는 그때까지만 해도 맨홀이란 게 어떤 건지 전혀 몰랐기 때문에 왜 이런 쇳덩어리가 땅에 놓여 있는지, 또 그 밑에 무엇이 있기에 누나가 이것을 들어 올리자고 하는지 궁금했다. 조금 무섭긴 했지만 누나를 실망시키고 싶지 않아 나는 그럴 수 있을 것 같다고 대답했고, 우리는 곧 맨홀 뚜껑을 붙잡고 힘껏 그 쇠붙이를 들어 올렸다. 그러자 뚜껑이 사라진 자리 밑에서 좁고 긴 구멍, 수상한 어둠이 나타났.

나는 무서워서 얼른 누나 등 뒤로 도망쳤다. 하지만 누나는 조금도 두려워하는 기색 없이 그 구멍 가까이 얼굴을 갖다 대며 한번 들어가 보자고 했다.

"한번 들어가 보자."

누나 목소리가 컴컴한 구멍 속으로 빨려 들어가자 아주 굵고 기괴한 소리로 바뀌었다. 친근했던 누나의 얼굴마저 어둠에 갉아먹힌 유령 얼굴로 변해 버렸다. 나는 누나의 대담한 행동에 그동안 참았던 겁이 한꺼번에 몰려와 집에서 너무 멀리 도망쳐 온 것과 주인 허락도 없이 이곳에 들어온 것, 어딘가 수상한 맨홀 뚜껑을 연 것 등 모든 일이 갑자기 큰 죄를 지은 것처럼 두려워졌다. 아무리 겁 없는 누나라도 그런 짓은 하면 안 될 것 같았다. 나는 어서 여기서 나가자고 누나에게 보챘다. 누나는 밤이기 때문에 무서워 보이는 것이라며 이건 원래 사람이 드나들 수 있게 만든 구멍이라고 나를 안심시켰다. 그러나 누나의 설명을 듣고도 마음이 안정되기는커녕 오히려 누나가 나를 놀리기 위해 지어낸 말로 생각되어 이제는 누나마저도 믿을 수 없게 돼 버린 것인가, 하는 생각에 눈물이 나오려고 했다.

내가 지나치게 벌벌 떨며 얼른 나가자고 계속 보채자 누나는 시시하다는 표정과 미안하다는 표정을 동시에 보이며, 그럼 내일 낮에 학교 끝나고 다시 오자고 했다. 나는 내일 따위에는 관심도 없었지만 오로지 지금 당장 여기서 나가야 한다는 생각만으로 가득 차 그렇게 하자며 누나를 끌어당겼다. 방수포 밖으로 나온 뒤 누나는 "아, 맞다" 하며 맨홀 뚜껑을 닫지 않은 것을 기억해 내고는 다시 들어가서 닫아야 한다고 했다. 나는 절대로 그곳에 돌아가고 싶지 않아 내일 낮에 와서 닫아도 되지 않겠냐고 했다. 누나는 잠깐 생각하는 얼굴을 하더니 곧 "그래, 어차피 아무도 모를 텐데"라고 했다.

우리는 다시 고양이처럼 등을 구부리고 경비실을 지나쳐 집으로 올라갔다. 손잡이를 조용히 돌리자 다행히도 문이 열렸다. 안방에서 코 고는 소리가 크게 들렸다. 누나와 나는 조용히 각자 방으로 들어갔다. 시계를 보니 벌써 새벽 한 시가 넘었다. 나는 침대에 누워 잠이 몰려오길 기다리며 천장을 바라보았다. 하지만 밖에서 일어난 일들 때문에 쉽게 잠이 오지 않았다. 그렇게 한참 동안 잠을 못 이루고 있는데 갑자기 천장에 작은 점 하나가 생겨났다. 콩알만 했던 그 점은 다음 단계에선 사람 눈동자만큼, 그다음 단계에선 사람 얼굴만큼 커지더니 어느 순간부터 걷잡을 수 없이 빠르게 자라나 온 천장을 뻥 뚫린 구멍으로 만들어 버렸다. 나는 소스라치게 놀라 얼른 이불을 뒤집어쓰고 베개에 얼굴을 묻었다. 하지만 구멍은 그 좁은 틈을 비집고 들어와, 내 눈 바로 앞에서 시작만 있고 끝은 없는 입체적인 공간으로 변했다. 머리에서부터 몸통, 다리까지 내 몸은 점점 그 구멍 속으로 야금야금 먹혀 들어갔고 나는 그곳에서 빠져나오려고 필사의 힘을 다해 몸부림쳤다. 그날 밤, 어둠이 가시고 구멍이 사라질 때까지 실제인지 악몽인지 모를 그것과 싸우느라 나는 녹초가 되었다.

  맨홀에 가기로 한 다음 날, 누나와 나는 무슨 이유에선지 약속대로 맨홀에 가지 못했다. 다시 그곳에 가게 된 날은 그로부터 사흘 정도 지난, 그 사람의 쉬는 날이었다.

10

 십 년이 넘었지만 방수포는 여전히 유령도시의 성곽 노릇을 하고 있었다. 그렇게 오랜 시간 동안 공사가 지체된 이유가 무엇인지 감도 잡히지 않았다. 건물 주인이 갑자기 죽은 걸까? 아니면 반대로 누군가를 죽인 걸까? 공사장은 시간의 흐름으로부터 완전히 벗어나, 지붕에 쌓인 먼지만 닦아 내면 오래 축적된 시간이 가볍게 날아갈 것 같았다. 변한 게 하나 있다면 방수포를 여닫고 다니는 나 자신이었다. 꼬마에서 고등학생으로 자라는 동안 나는 더 이상 어둠이 무서워서 벌벌 떨지도, 철골을 가린 부직포를 유령이 감아 둔 붕대라고 생각하지도 않게 되었다. 어둠은 그저 밤이 되어 깜깜해지는 자연 현상일 뿐이고 진짜 무서운 것은 아마 밤이 되어서도 낮처럼 환한 그런 때일 테니까.

나는 3동 쪽으로 가서 맨홀 뚜껑을 연 뒤 한쪽 팔로는 달이를 안고 다른 쪽 팔로는 사다리를 잡고 맨홀 속으로 들어갔다. 그런 뒤 달이를 땅에 놓아 두고 다시 사다리를 타고 올라가 맨홀을 반쯤 닫아 두었다. 공기구멍을 확보해 두는 동시에 달이처럼 맨홀에 빠지는 부상자가 나오지 않게 최소한의 방어막을 설치해 두는 거였다. 내 실수로 날쌘한 고양이나 작은 강아지가 맨홀에 빠진다 해도 나는 달이 외에는 더 이상 돌볼 여력이 없기 때문이었다.

나는 그날 아주 오랜만에 맨홀에 온 것이었다. 마지막으로 온 것이 1월 초였고, 1월 21일 화재 사고가 나서부터 2월 초 장례식을 치른 뒤로는 한 번도 와 볼 일이 없었다. 6개월이 흐르는 동안 맨홀 안도 겨울에서 여름이 되어 있었다. 나는 달이를 안은 채 왼쪽 수로관으로 걸어갔다. 그리고 신발을 벗고 돗자리 위에 누웠다. 사방에서 서늘하고 축축한 지하의 흙냄새가 풍겨 왔다. 그것은 오롯이 내 유년의 냄새였다.

그날은 그 사람이 쉬는 날이었기 때문에 누나와 나는 아침부터 기운이 없었다. 학교가 끝나고 바로 집에 돌아간다면 어김없이 부서진 거울이나 벽시계, 문 뒤에 숨어 있는 엄마를 보게 될 것이다. 그게 아니면 금방이라도 천장에서 칼이 떨어질 것 같은 긴장감이 돌고 있을 것이기에 우리는 오후 시간을 보낼 적당한 장소를 찾아야 했다. 누나는 나를 교실 근처까지 데려다주며 수업이 끝나면 교문 앞에서 기다리고 있으라고 했다. 나는 누나가 어디를 갈 계획인지 알 것 같았다.

누나와 내가 두 번째로 방문한 맨홀에서 발견한 것은, 발견했다기보다는 들었다고 해야 맞을 그것은 끙끙 앓는 강아지의 신음 소리였다. 환한 빛 아래에서 본 맨홀 속은 밤에 보았던 것에 비해 실망스러울 정도로 얕았는데 그때 내 키가 1미터 30센티 정도였으니 내 키보다 세 배쯤 깊은 정도였다. 땅 속으로 들어가는 한쪽 벽엔 사다리가 붙어 있었고, 바닥에 발을 디디니 왼쪽으로는 크게 걸어 열 걸음 정도 되는 길이의 시멘트 수로관이 뻗어 있었고 오른쪽은 수로관 없이 5미터 정도 땅만 파 놓은 상태였다. 누나는 아마도 이 속으로 물이 지나갈 거라고 했는데 아직은 모든 것이 깨끗해서 물이 흐른 흔적은 없었다. 누나는 한쪽에만 수로관을 묻어 놓고 물을 흘려보내기도 전에 공사가 중단된 것 같다고 말하면서도, 평범한 수로관은 이렇게 높지가 않은데, 라며 손이 닿지 않는 천장이 이상하다는 듯 고개를 갸웃거렸다.

내 눈에 그곳은 수로관이라기보다는 비상시에 집단 탈출을 하기 위해 만들어 놓은 비밀 땅굴처럼 보였다. 누군가 나쁜 사람에게 비밀이 탄로 나서 공사가 중단된 게 분명했다. 그곳엔 끝까지 완성된 것이 하나도 없었다. 맨홀뿐만 아니라 그 공사장 터 전체가 신에게서 버림받은, 하나의 실패한 시도처럼 여겨졌다. 그곳에 들어온 우리 역시.

강아지는 맨홀 뚜껑에서 바로 내려다보이는 곳에 앉아 있었는데, 아마도 우리가 맨홀 뚜껑을 열어 놓은 탓에 떨어져서 발을 다친 모양이었다. 누나는 지난번 자기가 봤던 강아지가 이 강아지인 것 같다고 말하며 강아지의 다리를 살폈다. 손만 살짝 갖다 댔을 뿐인데도 강아지는 우리가 자기를 때리기라도 하는 것처럼 심하게 몸을 움찔거렸다. 나는 그 강아지가 단번에 마음에 들었고 내 강아지로 키우고 싶었다. 누나도 우리가 그 강아지를 키워야 한다는 것에 찬성했다. 그것은 꼭 우리 때문에 강아지가 다쳤다는 죄책감 때문만은 아니었다.

누나와 내가 강아지를 동물 병원에 데려가자 수의사는 강아지의 더러운 털을 보며 우리가 키우는 개냐고 물었다. 누나는 시골 할머니 집에서 키우던 강아지인데 밖에서 키워서 더러운 것이라고 대답했다. 다리는 어쩌다 다쳤냐고 묻자 누나는 놀이터 기구에서 떨어졌다고 금방 답을 했다. 수의사는 강아지가 일주일 정도 굶은 것 같은데 그건 또 왜냐고 물었고, 누나는 아무리 사료를 줘도 강아지가 먹지를 않는다면서 아마도 할머니가 주던 밥맛이 그리워서 그러는 것 같다고 어깨를 으쓱거리며 대답했다. 나는 있지도 않은 할머니와, 놀이터에서의 그럴듯한 사고, 할머니가 주는 밥까지 만들어 가며 태연하게 거짓말을 하는, 아니, 거짓말이라기보다는 연기를 하는 것 같은 누나의 자연스러운 모습에 가슴이 다 두근거렸다. 의사는 강아지 치료 비용으로 꽤 많은 돈을 청구했는데, 누나는 모든 것을 예상하고 있었던 것처럼 작은 지갑에서 만 원짜리 지폐를 한 장 한 장 꺼내어 수의사에게 내밀었다. 나는 누나가 그렇게 많은 돈을 가지고 있으리라고는 생각지도 못했다.

집에서는 강아지를 키울 수 없었기 때문에 우리는 공사장에 있는 철근에 강아지를 매어 놓고 학교에 가기 전이나 다녀와서 밥을 챙겨 주었다. 강아지는 처음 얼마 동안은 우리가 가도 반기지 않았고 붕대가 감긴 자기 앞발만 바라보면서 시무룩하게 앉아 있었다. 그러던 어느 날 누나는 수학여행을 가고, 나도 혼자 공사장으로 가는 게 무서워서 며칠 먹을 밥을 한가득 담아 주고 발길을 끊었다. 며칠 뒤 수학여행에서 돌아온 누나와 함께 공사장으로 찾아가자 강아지는 처음으로 꼬리를 흔들며 우리를 향해 마구 달려들었다. 우리는 드디어 강아지의 주인이 된 것이었다.

강아지를 발견한 뒤로 우리는 일주일에 몇 번씩, 때로는 학교가 끝난 뒤 매일매일 맨홀에 갔다. 맨홀에는 누나와 나의 물건이 하나둘 쌓여 갔다. 수로관 바닥에 집에서 가져온 은박 돗자리를 깔고, 동화책을 가져다 놓고, 비상식량과 랜턴도 준비해 놓았다. 우리는 돗자리 위에 앉아 랜턴을 비춰 가며 학교 숙제를 하기도 하고, 때로는 낮잠을 자기도 했다. 누나와 나는 더 이상 아파트 지하 창고나 상가 계단을 기웃거리지 않아도 됐다. 또다시 집에서 도망쳐 나와야 하는 밤이 돌아오면 우리는 신나게 집에서 뛰어나와 맨홀로 들어갔다. 누나와 나는 어둠 속에서 킥킥거리며 귀신 놀이를 할 정도가 되었다. 맨홀은 더 이상 무섭지 않았다.

어느 밤, 반쯤 열어 놓은 맨홀 안으로 노란 빛이 들어왔다. 강아지를 껴안고 있던 누나는 하늘을 올려다보며 이제부터 너는 달이다, 라고 했다. 달이는 누나의 말을 알아들었는지 멍멍 짖었고 나는 그것이 달이의 몇 번째 이름일지를 생각해 보았다.

무엇이 변화를 가져왔는지 모르겠다. 언제부터인가 누나는 학교에서 늦게 오는 날이 많았고, 달이가 어떻게 지내는지 궁금해하지도 않았으며 더는 맨홀에도 오지 않았다. 폭력적인 밤이 비명을 질러도 맨홀로 도망치는 대신 불 꺼진 방에서 그 모든 것을 묵묵히 참아 냈다. 시간의 단절이 느껴질 만큼의 큰 변화였지만 정작 나와 누나에겐 너무나 자연스럽게 벌어진 일이라서 나는 누나에게 그것에 대해 물어볼 생각도 하지 못했다.

누나는 어느 날 갑자기 훌쩍 커 버린 것이다. 그러나 불행하게도 나는 여전히 어린아이였다. 갑자기 어른이 된 누나는 네 살 어린 남동생이 참기 어려울 때가 많았을 것이다. 하지만 그렇다고 해서 누나가 나를 배척한 것은 아니었다. 누나 방으로 들어가는 문은 항상 열려 있었고 우리는 비밀스런 고통을 함께 겪은, 서로가 서로에게 이 세상의 유일한 동지였다. 다만 누나에게는 내가 이해할 수 없는 혼자만의 관심사가 생겼고 어려운 책을 읽기 시작했으며 맨홀에서의 귀신 놀이 같은 것은 시시해져 버린 것이다.

　누나의 작별로 맨홀은 나에게만 남겨졌다. 나는 누나가 없는 긴 오후에 혼자 맨홀 주변을 어슬렁거렸다. 그리고 누나 나이가 되자 나도 선택해야 했다. 맨홀을 떠날 건지 이대로 계속 머무를 건지. 하지만 어쩌면 나에겐 누나와 달리 애초부터 선택권 같은 게 없었는지도 모르겠다. 나는 누나가 맨홀을 떠났을 때의 나이를 훌쩍 넘어서까지 여전히 맨홀 뚜껑을 열고 있었다.

11

 여름방학이 시작되자 나는 넘쳐 나는 시간 속에 내팽개쳐진 기분이었다. 여덟 시에 깨서 다시 한숨 잔 후 일어나 보면 아홉 시 반, 오후가 됐을 거라고 기대하고 눈을 떠 보면 열 시, 다시 이불 속으로 기어 들어갔다가 나와 봐도 열 시 십 분, 지겨울 정도로 자고 일어나도 고작 열 시 십삼 분, 십사 분. 뭔가 고장이라도 난 것처럼 아침이 계속 이어지고 있었다. 누워 있는 것도 지겨워지면 뭐라도 해야겠다는 생각에 이불을 걷고 거실로 나왔다. 하지만 방을 나왔다고 딱히 할 일이 있는 건 아니었다.
 나는 소파에 앉아 거실에 펼쳐진 커다란 공백을 바라보았다. 내가 잠을 자는 사이에 집이 자기 멋대로 확장 공사라도 했는지 방과 방 사이가 걸어서는 갈 수 없는 행성만큼이나 서로 멀어져 있었다. 쉬지 않고 울어 대는 가전제품들의 소음이 우주를 배경으로 한 영화의 OST처럼 울려 퍼졌다. 하지만 별로 재미있는 영화는 아니었고, 나도 우주 영웅은 못되었다. 나는 혼자서 밥을 먹고 혼자서 텔레비전을 보고 혼자서 청소를 하고 혼자서 잠을 잤다가 다시 혼자서 일어났다. 집이 우주라면 나는 은하계에서 떨어져 나와 홀로 자전하는 작은 돌멩이 같은 것이었다. 그 거대하고 적막한 움직임 속에서 시간은 아주 지루하게 흘러갔다.

집에서 흐르는 시간과 비교하면 하천에서 노는 시간은 태엽을 잔뜩 감아 놓은 장난감이나 마찬가지였다. 우리는 기진이 오토바이와 최연 스쿠터에 세 명, 두 명씩 나눠 타고 하천을 따라 달렸다. 최연은 스쿠터를 탈 때마다 혼자만 헬멧을 써서 놀림을 받았는데 2년 전 스쿠터에서 떨어져 사고를 당한 뒤로는 헬멧 없이는 스쿠터를 탈 수 없게 되었다고 했다. 그러면 아예 스쿠터를 안 타면 되잖아, 라고 말했더니 최연은 스쿠터 없이 어떻게 세상을 산단 말이야? 하는 병찐 표정으로 나를 쳐다보았다.

세 명이 타는 기진이 오토바이의 맨 뒷자리가 내 지정석이었다. 누가 그러라고 한 것도 아닌데 나는 언제나 다른 애들이 다 타고 난 뒤 가장 나중에 그 자리에 올라탔다. 안장이 넓지 않았기 때문에 떨어지지 않으려면 앞사람 옷을 꽉 붙들어야 했다. 그러나 아무리 세게 붙들어도 커브를 돌 때는 엉덩이가 빠질 정도로 아슬아슬했다. 그래서 나는 오토바이를 탈 때마다 마음속으로 오늘은 분명히 떨어질 거라는 각오 아닌 각오를 다졌다.

집에서의 늦잠과 하천에서 시간 때우기, 그것이 내 여름방학의 전부였다. 나는 점심시간쯤 집을 나와 고물상에 가서 달이와 논 뒤 저녁에는 하천에 가서 기진이들을 만나는 생활을 매일매일 반복했다. 가끔 고물상에서 나오다가 여름 자율 학습을 끝내고 가는 인문계 학교 애들과 마주칠 때가 있었다. 한여름에도 작은 교복을 입고 무거운 가방을 메고 학교를 다니는 그 애들이 불쌍해 보였다. 하지만 다들 자기 일을 제대로 하고 있는 것 같아서 하는 일 없이 거리만 어슬렁거리고 다니는 내가 한심하다는 생각도 들었다.

나 역시 2학년이 시작될 즈음에는 수시 전형으로 대학에 간다는 계획을 짜 놓았었다. 그러려면 내신을 잘 관리해야 한다는 것도 알았다. 하지만 그렇게 결심한 순간부터 여름이 될 때까지 집에서든 학교에서든 제대로 책상 앞에 앉은 적이 단 하루도 없었다. 이유가 뭔지는 나도 알 수 없었다. 공부할 시간은 많았고 집도 조용했다. 누가 봐도 완벽한 조건이었다. 다만 시간은 너무 많고 집은 지나치게 조용하다는, 바로 그 점이 나를 불안하고 불편하게 했다. 그러나 그런 식으로 내 생활에 대한 고민을 하다가도 막상 교복 입은 애들이 눈앞에서 사라지면 그 애들에 대한 부러움이나 나 자신에 대한 후회 같은 상념들도 금방 사라져 버렸기 때문에 나는 밤늦게까지 놀고 아침 늦게 일어나는 생활을 여름내 계속했다.

 달이를 보러 고물상에 간 어느 오후, 나는 한 남자가 달이에게 무언가 먹이는 것을 보았다. 고물상에 오가는 할머니들이 가끔 달이에게 요구르트나 빵 같은 것을 먹이려 해도 달이는 나나 고물상 아저씨 말고 다른 사람이 주는 음식은 잘 먹으려 하지 않았다. 나는 얼른 달이의 목줄을 끌어당겨 남자에게서 달이를 떼어 내었다. 캡 모자를 쓴 뒷모습만 봤을 때는 몰랐는데 얼굴을 보니 그 남자는 파키였다. 달이는 파키가 준 붉은 쥐포 같은 정체 모를 것을 정신없이 씹고 있었다. 남자는 내 행동에 당황한 것처럼 굴다가 곧 남은 먹이까지 달이에게 억지로 먹이려고 손을 들이밀었다.
 달이는 먹이를 보자 다시 남자의 손을 향해 혀를 쑥 내밀었다. 식탐이 많은 것도 아닌데 왜 이렇게 침을 흘리고 달려드는지, 나는 순간 달이가 먹이를 못 삼키게 목줄을 더 조여 버릴까 생각했다. 어쩌면 파키가 먹이에 흥분제 같은 이상한 약을 발랐을지도 몰랐다. 나는 달이를 뒤로 잡아끌며 파키에게 들으란 듯이 모르는 사람이 주는 이상한 음식을 먹으면 안 된다고 소리를 질렀다. 남자는 내 말을 다 이해하지는 못하면서도 나의 화난 억양이나 손짓을 보면서 대충 분위기를 파악했는지, 파키 말처럼 들리는 한국어를 중얼거리며 나에게 다가

왔다. 그러나 나는 그 남자가 하는 얘기 같은 건 아예 말 같잖게 느껴져 그쪽으로는 눈길도 주지 않고 달이의 목줄을 풀었다. 그리고 아저씨에게 오늘은 달이를 집으로 데려가겠다고 말한 뒤 고물상을 나왔다.

공사장으로 간 나는 달이를 둘러업고 맨홀로 들어갔다. 그리고 맨홀 바닥에 달이만 혼자 둔 뒤 다시 사다리를 타고 올라왔다. 달이는 왜 내가 자신을 데려가지 않는지 모르겠다는 얼굴로 지상에 올라온 나를 올려다보았다. 나는 그대로 맨홀 뚜껑을 닫아 버렸다. 다른 놈이 주는 먹이를 받아먹은 벌이었다.

다음 날 아침, 서둘러 공사장으로 가 맨홀 뚜껑을 열자 화가 나서 짖을 거란 내 예상과 달리 달이는 턱을 내리고선 어제 그 자리에 조용히 앉아 있었다. 다리가 부러진 채 만났던 처음 모습 그대로였다. 나는 얼른 사다리를 타고 내려가 달이를 품에 안아 올렸다. 뚜껑까지 닫아 버린 맨홀 속 어둠에 갇혀서 달이가 혼자 무슨 생각을 했을지, 그 길고 어두운 밤을 상상하니 내가 정신 나간 짓을 한 것 같았다.

나는 달이에게 몇 번이고 사과했다. 내가 잘못했어. 미안해, 정말 미안해. 하지만 달이는 내 사과에 아무런 반응을 보이지 않았다. 오히려 나를 귀찮아하는 것 같았다. 나는 조금 서운한 마음이 들었다. 하지만 달이가 옳았다. 그래, 사과 같은 건 필요하지 않았다. 아무리 사과를 해도 한번 저지른 짓이 없던 일이 될 수는 없는 것이니까.

12

엄마가 돌보던 할머니가 돌아가시자 엄마는 잠시 간병 일을 쉬고 일주일 정도 휴가를 가졌다. 엄마와 같이 있으면 오래 헤어져 있다가 다시 만난 사람들처럼 아주 서먹한 기분이 들었다. 밥을 먹다가 말이 없어지면 엄마는 매번 누나 일을 화제로 올렸다. 나는 몰랐지만 누나는 시간이 날 때마다 엄마가 일하는 요양원에 종종 찾아왔다고 했다. 엄마는 누나와 함께 온 남자에 대해 이야기하며 나이는 많지 않지만 진중하고 믿을 수 있는 사람인 것 같다는 말도 했다. 엄마가 누나의 애인을, 그러니까 남자라는 존재를 믿을 수 있는 사람이라고 평가하는 대목에서 나는 대놓고 비웃을 뻔했다. 엄마는 아주 어설프게 엄마 흉내를 내고 있는 것 같았다.

엄마는 누나가 하는 일을 자랑스러워했다. 누나가 새 배역을 맡을 때마다 누나는 태어날 때부터 배우로 타고난 것 같다며 감탄하듯 얘기했다. 아무것도 해 준 게 없는 엄마에게는 자기 길을 스스로 개척해 무대에 서는 딸이 자랑할 만한 존재겠지만 누나가 왜 연극에 눈을 떴는지, 그 오래전의 눈물과 고백을 아는 나로서는 이제 와 누나를 자기 자랑으로 삼으려는 엄마의 태도가 가끔은 폭언을 퍼부어 주고 싶을 정도로 신경에 거슬렸다.

  나는 엄마가 집에 있는 동안만큼은 괜한 잔소리를 듣지 않으려고 밤에 외출하는 일을 삼갔다. 그리고 오후에도 잠깐 고물상에 다녀오는 것을 제외하고는 하루 종일 방에서 공부하는 시늉을 했다. 몇 번은 진짜로 책을 읽어 보려고도 했지만 같은 부분을 두세 번씩 읽어 봐도 무슨 말인지 이해가 되지 않아 금방 관둬 버렸다. 일주일 후 엄마가 다시 간병 일을 시작했을 때는 몸에 찰싹 달라붙어 있던 거머리가 떨어져 나간 것처럼 아주 홀가분한 기분이 들었다.

  엄마를 고용한 사람은 죽은 할머니의 옆 침대에 있던 할머니였는데, 원래 있던 간병인을 해고하면서까지 엄마를 고용한 것이었다. 엄마는 활발하고 싹싹한 성격은 아니었지만 피곤한 몸을 이끌고서라도 집에 들러 청소를 하는 것처럼 조용하게 자기 할 일을 다하는 사람이었다. 눈치 빠른 할머니는 같은 값이면 그런 간병인을 바랐을 것이다. 다른 사람의 대소변을 치운다는 건 상상만 해도 구역질 나는 일이지만 엄마는 그것 역시 대수롭지 않게 해냈을 것이다. 그리고 환자가 무슨 말을 하건 기분을 맞춰 주기 위해 무조건 맞장구를 쳤을 것이다. 엄마에게는 확실히 타고난 종의 기질 같은 게 있었다. 부당한 일을 당해도 사과를 요구할 줄 몰랐고, 자기 잘못이 아닌데도 먼저 빌곤 했다. 하지만 거기엔 어떤 진심도 없었다. 상대의 말에 정말 동감해서가 아니라, 자신이 정말 잘못을 저질러서가 아니라, 상황을 모면하기 위해 무조건 고개를 숙이고 보는 것이었다. 그런 모습이 때로는 아주 괴롭히고 싶게 사람을 자극한다는 걸, 엄마는 잘 모르는 것 같았다.

다시 집에 혼자 있게 된 후로 나는 누나 생각을 자주 했다. 지난번의 다툼—다툼이라고 하기엔 내가 일방적으로 누나를 몰아세운 것이지만—때문인지 누나는 가끔 집에 와서도 나와 같이 있는 것을 꺼리는 듯 금방 나가 버렸다. 나는 아무 일도 없었던 것처럼 누나를 대하려고 했지만 의식적으로 문을 닫고 나가 버리는 누나 모습을 볼 때마다 내가 바꿀 수 있는 건 아무것도 없다는 무력감만 맛보았다.

누나가 집에 오지 않은 지 며칠이 더 지난 어느 오후, 외출을 하기 위해 옷을 갈아입으려던 나는 갑자기 무슨 생각에서였는지 벽에 걸린 거울을 유심히 들여다보았다. 갑자기 17년을 보아 온 내 얼굴이 아주 낯설게 느껴지면서 이 얼굴이 누구로부터 시작된 것인지 알 수 없다는 자각이 들었다. 아직

셔츠를 입기 전이어서 나는 반나체로 거울 앞으로 가까이 걸어갔다. 그리고 나와 마주 보고 있는 사람을 물끄러미 응시했다. 분명 '나'라고 학습된 얼굴인데도 그걸 부정하려는 것처럼 자꾸 의심이 들었다.

나와 누나는 '그 사람 닮았다'는 말을 몸서리치게 싫어했다. 넌 아버지를 닮았구나. 분별없는 어른들이 인사치레로 하는 말에도 누나는 심각한 표정으로 밤새 거울 속 자기 얼굴을 뜯어보았고, 한참 뒤 거울을 내려놓을 땐 꼭 눈도 코도 입도 귀도 하나도 안 닮았어, 라는 답을 내리곤 했다. 그런 노력 덕분인지 누나는 정말로 나이 먹을수록 마치 다른 집에서 온 사람처럼 다른 얼굴을 가지게 되었다. 그런 변화가 일어나지 않았다면 누나는 자기 얼굴을 사랑할 수 없었을 것이다. 그 사람과 닮았다는 말이 얼마나 큰 상처를 남기는지는 누나 본인이 가장 잘 알 것이었다. 그러니 그 저주를 동생에게 퍼부은 누나가 나보다 더 큰 상처를 입었을 거라는 생각도 들었다. 그렇다면 내가 먼저 누나에게 다가가야 했다. 누나에게 다가가서 나는 아무렇지도 않았다며, 그런 건 한참 전에 잊어버렸다고 누나를 위로해 주어야 했다. 나는 기진이에게 전화를 걸어 오늘은 못 나갈 것 같다고 말한 뒤 서둘러 옷을 입고 전철역으로 뛰어갔다.

나는 누나가 하는 연극을 보러 갔다. 누나는 말도 하지 않고 자기 연극을 보러 오는 것을 싫어했기 때문에 나는 일부러 조명도 안 비치는 맨 뒷자리에서 몸을 숙인 채 누나를 지켜보았다. 무대 위의 누나는 발성에서부터 몸짓, 표정 하나하나가 집에 있을 때와는 완전히 달랐다. 모든 것이 크고 또렷하고 선명했다. 누나는 모두가 보는 앞에서 춤까지 추었다. 나는 태어나서 누나가 춤추는 모습은 한 번도 본 적이 없었고 상상조차 해 본 적 없었다. 그런데 누나는 몸을 흔들며 춤을 추고 있었다.

연극이 끝나자 출연 배우들이 모두 나와 손을 맞잡고 관객들에게 인사를 했다. 누나는 옆에 선 배우와 오래 포옹을 했고 관객들 중 누군가로부터 작은 꽃다발을 하나 받았다. 누나는 세상을 다 가진 사람처럼 행복한 얼굴이 되었다. 환하게 웃는 누나를 보면서 나는 그제야 누나가 집에 오지 않는 진짜 이유를 알 것 같았다. 나는 기립 박수를 치는 관객들 틈에 숨어 서둘러 극장을 빠져나왔다.

대학로의 밤은 낮과 뒤바뀐 것 같았다. 이제 막 하루가 시작된 것처럼 활기찼고 모두 누군가를 사랑하는 행복한 얼굴이었다. 나는 길도 모르면서 무작정 사람들이 없는 뒷골목으로 걸어갔다. 하염없이 눈물이 흘렀다. 슬퍼서 나는 눈물이 아니었다. 깨달음의 눈물이었다. 누나에게 더 이상 집은 필요하지 않았다. 더불어 나까지도.

그 뒤로 밤에 놀러 나가는 것에 대해 들었던 조금의 죄책감도 남김없이 사라졌다. 엄마나 누나나 다들 그럴듯한 이유를 대면서 집에 오지 않는데 나만 충직한 개처럼 그 집을 지키고 있을 이유는 없었다. 어차피 벽에도, 거울에도, 찬장에 놓인 접시 하나에도 폭력의 얼룩이 드리워진 곳이었다.

여름방학 동안 하천에 모이는 아이들이 더 늘어났다. 매일매일 모르는 얼굴들이 새로 나타나 오래 알고 지낸 사이처럼 어울렸다. 동네도 다르고 학교도 다르고 이름도 몰랐지만 그런 건 하나도 중요하지 않았다. 모르는 여자애가 나에게 담배를 건넸다. 나는 담배를 받아들고 경험이 많은 것처럼 연기를 들이마셨다. 그건 아무것도 아니었다. 담배를 피우고 술을 마시는 건 나쁜 일이 아니었다. 진짜 나쁜 일은 사람을 패고, 목에 칼을 디밀고, 죽이지도 못하면서 죽일 것처럼 위협하는 거니까. 우리는 열 명 넘게 모여서도 한 번도 싸움을 벌이지 않았다. 가끔 주도권을 잡으려는 허세 때문에 장난하듯 몸싸움을 벌이긴 했지만 여자애들이 말리면 금세 아무 일도 없었던 것처럼 다시 웃고 떠들었다. 여름의 하천은 사람을 아주 기분 좋게 만들었다. 그곳에서 나는 희주를 만났다.

13

 소등이 된다고 해서 머릿속 불까지 탁, 하고 꺼지는 건 아닙니다. 어둠 속에 깨어 있으면 몸에 있는 모든 감각이 예민해져서 아주 작은 움직임에도 신경이 쓰인다. 내 위층 침대에 누운 변주용이 또 울고 있다. 자기 딴에는 아무에게도 들리지 않는다고 생각하나 본데 이 방에서 변주용이 밤마다 우는 것을 모르는 사람은 없고, 이미 다른 방에까지 소문이 퍼진 상태다. 다만 별로 위로를 해 주고 싶지 않고 왜 우는지 크게 궁금하지도 않기 때문에 다들 모르는 척 입을 닫고 있을 뿐이다. 그러고 보니 우리가 자기에게 말을 걸어 줄 때까지 일부러 우는 건 아닌지 의심이 들기도 한다.
 변주용은 아주 뚱뚱하다. 뚱뚱한 사람을 좋아하는 사람이 세상에 있을까. 게다가 밤마다 우는 뚱보라니. 나는 변주용이 무슨 죄를 짓고 이곳에 왔는지 모르지만 무슨 죄든 저 육중한 몸과 상관없지는 않을 것 같다는 생각이 든다. 돼지라고 놀리는 같은 반 녀석을 죽도록 패 주었거나, 뚱뚱하다는 이유로 빵집 같은 데서 절도죄로 모함을 받았거나, 목을 매서 자살을 시도했다가 끈을 매단 천장이 무너져서 정신 개조를 받을 겸 제 발로 들어왔거나, 그것도 아니면 여기를 다이어트 캠프로 착각한 부모가 강제로 들여보냈거나. 내가 이해할 수 없는 건 왜 변주용에게 2층 침대를 배정했는지다. 덕분에 매일 밤 침대에 누울 때마다 나는 압사의 공포에 시달린다.

우리는 사실 서로를 경멸하고 있다. 함께 밥을 먹고 축구를 하고 의자를 만들고 농담을 하고 잠을 자긴 하지만 마음속엔 언제나 도둑놈, 양아치 새끼, 싸이코패스, 하는 말들을 품고 있다. 누구라도 이런 범죄자들과는 친구가 되고 싶지 않을 것이다.

시설에서 지낼 날도 이제 한 달밖에 남지 않았다. 문 선생님은 여기서 나가면 제일 먼저 뭘 하고 싶냐고 물었다. 나는 잠시 생각에 잠겼다가 아무것도 떠오르는 게 없어 잘 모르겠다고 대답했다. 선생님이 제일 싫어하는 대답이 '그냥'과 '몰라요'다. 선생님은 그런 대답이 나오면 어떻게 해서든지 추궁을 해 원생들이 속 깊이 감추어 둔, 혹은 자기가 원하는 대답을 듣고야 만다. 하지만 그 두 대답이 자주 나오는 건 그만큼 많은 원생들이 '그냥' 일을 저지르고, 앞으로의 일 따위에 대해선 '잘 모르기' 때문이다.

미래의 일들을 계획하고 사는 것이 얼마나 쓸모없는 일인지 나는 지난 1년간 온몸으로 체험했다. 어느 것 하나 내가 계획한 대로 되는 것이 없었지만 나쁜 일들만큼은 아주 오래전부터 계획하고 있었던 것처럼 치밀하게 일어났.

변주용이 울음을 그쳤다.

저 울음소리까지 멈추면 이제 다들 잠을 자는 것이다. 나도 곧 잠이 들 것이다. 하지만 이렇게 천장을 올려다보고 있으면, 가느다란 의식의 끈이 사라지기 전까지 밤마다 꼭 생각나는 것들이 있다. 작은 동물들을 위해 만든 것 같은 좁은 골목길, 그 골목길 위에 매달려 있는 천장 낮은 다락방, 다락방 한쪽 벽에 어지럽게 얽혀 있는 전선들, 넝쿨 같은 전선들에 휘감겨 있는 마네킹, 그리고 그 모든 풍경 속에서 마네킹 머리에 파마 롤을 감고 있는 희주.

그러다 보면 나는 무의식적으로 손바닥 냄새를 맡게 되는데, 왠지 그 풍경들을 떠올리고 있으면 내 손에서 비누 냄새가 날 것 같기 때문이다. 그때 아저씨에게 받은 비누 조각상을 어디에 뒀는지 기억이 나지 않는다. 아저씨는 매일매일 거품을 내어 비누를 다 쓰면 소원이 이루어진다고 했지만 나는 조각상의 얼굴이 사라지는 게 아까워서 한 번도 물을 묻히지 못했다. 내 소원은 어떻게 됐을까. 책상 서랍 어딘가에 처박혀서 먼지가 묻은 채 딱딱하게 굳었을까.

아니다. 다시 생각해 보니 나에겐 이루고 싶은 소원 같은 것도 없었다. 그 사람이 죽은 것으로 내 유일한 소원이 이루어졌으니까.

14

　우리는 하천에 모여 폭죽을 터뜨리고 있었다. 폐수로 오염된 하천도 깜깜한 밤이 되면 작은 빛 조각들이 떠다니는 이국적인 야영지로 변했고 아무도 뽑아 주지 않는 들풀들은 자랄 대로 자라서 우리의 목을 간질였다. 하천 주변은 가로등이 없어서 폭죽놀이를 하기에는 최적의 장소였다. 폭죽은 사라진 별들을 대신해 하늘에 잠깐 박혀 있다가 순식간에 사라져 버렸다. 폭죽이 하나둘 터지는 것을 올려다보던 나는 이상하게도 슬픈 마음이 들었다.
　그건 내가 가장 싫어하는 나의 일면이었다. 나는 조금이라도 신이 나면 오히려 금방 우울하고 슬퍼졌다. 여름방학이라고 해 봐야 집에서 도망쳐 맨홀에 가 있거나 고물상에서 달이와 노는 게 전부였던 내가 태어나 처음으로 가장 많은 친구들을 사귀고, 한 번도 해 보지 않은 폭죽놀이를 하면서 밤을 보내고 있는데, 이대로라면 영원히 집에 가지 않고도 즐겁게 잘 살 수 있을 것 같은데. 모두가 웃고 떠드는 여기 어디에 슬퍼할 여지가 있다는 거지? 하지만 폭죽이 사라지는 찰나, 찰나마다 가슴이 꽉 막혀 오면서 슬픈 마음이 드는 것을 나에게까지 아닌 척 속일 수는 없었다. 나는 내 속마음을 들키지 않으려 애써 더 크게 웃었고, 그 위장된 웃음으로 슬픔을 꾹꾹 눌렀다. 하지만 난 이런 순간마저도 제대로 즐길 줄 모르는 인간인가 하는 자괴감은 웃음으로도 잘 눌러지지 않았다.

폭죽 빛에 흠뻑 빠져 있느라 우리는 뭔가 우리 쪽을 향해 빠르게 다가오고 있는 것도 알아채지 못했다. 그러다가 그것이 거의 피할 수 없을 정도로 가까이 와서야 강렬한 하얀빛의 정체를 파악하느라 눈을 찡그렸다. 그리고 잠시 후 누군가 튀어, 라고 소리친 후에야 모두 정신없이 불빛이 비추는 반대쪽으로 뛰기 시작했다. 그것은 경찰차였다. 우리가 도망치는 것을 보고 경찰 두 명이 차에서 내려 우리들을 쫓기 시작했다. 하천에 경찰이 출동한 것은 그날이 처음이었다. 그런데 우리가 왜 도망치고 있는지, 나는 발바닥에 불이 나게 달리면서도 이해가 되지 않았다. 경찰들은 거미줄처럼 퍼지는 우리들을 보고 누구부터 잡아야 할지 몰라 우왕좌왕했다.

나는 중간에서 방향을 틀어 하천 위쪽으로 올라갔다. 하천 지리라면 경찰보다야 우리가 훨씬 더 잘 알았다. 한참 가자 경찰도 더는 쫓아오지 않는 것 같았다. 처음부터 우리를 잡을 생각 같은 건 없었는지도 모른다. 나는 걸음을 멈추고 가쁜 숨을 몰아쉬었다. 그때 내 옆에서 똑같이 밭은 숨을 내뱉는 소리가 들렸다.

"이제 포기했나 보다. 고마워."

나는 그제야 내가 한 여자애와 함께 달려왔다는 것을 알았다. 언제 잡았는지 내 손이 그 애 손목을 붙들고 있었다. 내가 놀라서 얼른 손을 놓자 그 애는 두 손을 무릎에 올리고 깊게 숨을 내쉬었다. 등을 굽히자 검은색 긴 머리가 한쪽 어깨 위로 쏟아져 내렸다. 나는 처음으로 여자에게서 예쁘다는 느낌을 받았다.

"너 아니었으면 분명히 잡혔을 거야. 하필이면 오늘 구두를 신고 와서. 뭐, 뒤꿈치가 까지긴 했는데 경찰한테 잡힌 것보다는 나으니까."

그 애는 한쪽 다리를 절룩거리며 내 앞으로 걸어갔다. 뒤에서 보니 꼭 술에 취한 사람 같았다. 나는 그 여자애의 이름을 기억해 내려고 했지만 아무것도 떠오르지 않았다. 애초에 우리와 함께 있던 일행인지도 불확실했다. 그냥 그쪽 길을 가던 중에 경찰이 쫓아오니까 무작정 우리와 섞여 도망친 건 아닐까 하는 생각까지 들었다.

"왜 따라와?"

앞서 걸어가던 그 애가 뒤를 돌아보며 물었다. 나는 걸음을 멈추고 주머니에 두 손을 집어넣었다. 꼭 그 애를 따라가고 있었던 건 아니었는데, 그 말을 듣자 내가 정말로 그 애를 따라가기라도 한 것처럼 할 말이 없어져 버렸다.

"집에 안 가?"

또 그렇게 물어보자 나는 정말 집에 안 갈 사람처럼 대답 없이 땅바닥에 신발 밑창만 끌어 댔다.

"갈 데가 없어?"

그러자 나는 정말 갈 데가 없어져서 그냥 고개를 젖히고 하늘만 바라보았다.

"그럼 따라와."

그 애는 나를 몇 번 본 적이 있냐면서 내 이름을 대며 맞지? 라고 했는데, 비록 성은 틀렸지만 이름은 정확히 알고 있었다. 그 애는 내가 며칠 전에 달이를 데려온 것까지 알고 있었지만 나는 그런 말을 들어도 그 애의 얼굴이나 이름 같은 게 전혀 기억나지 않아서 그 애가, 맞지? 그랬지? 라고 물을 때마다 응, 응, 이라고만 엉성하게 대답했다.

그 애는 세계시장을 지나 파키들이 많이 사는 2동으로 나를 데려갔다. 골목이 좁아지고 담이 낮아질수록 장난감 모형으로 만든 미로 속으로 들어가는 기분이었다. 파키들의 마을, 하지만 우리는 그곳을 동네로 인정해 주지 않고 언제나 쪽방촌이라고 불렀다. 담도 없이 길가에 문을 낸 쪽방들은 도시의 구멍 난 곳을 귀신같이 알아채 네 벽, 때론 다른 사람이 세운 벽에 기생해 세 벽이나 두 벽만으로 공간을 만들어 냈다. 거기에 천장과 이불 한 장만 더해지면 그대로 집이 되는 것이었다. 방향도, 질서도, 규칙도 없이 기운 누더기 천 같았다. 내가 사는 곳 역시 대단한 곳은 아니었지만 그래도 우리 마을 어른들은 최소한 법대로 집을 지은 권리자였기 때문에 근처에 쪽방촌이 들어선 것에 분개했다. 거기다가 피부색까지 까만 파키들이라니. 인터내셔널이라고 했을 때 우리들이 바란 것은 외국어 학원에서 영어를 가르치는 얼굴 하얀 외국인이었지 용접 공장에서 일하는 파키들은 아니었다.

나는 한 번도 이쪽 동네로 와 본 적이 없었지만 원주민들이 느끼는 불안과 적개심을 충분히 이해할 수 있을 것 같았다. 내가 그 애를 따라가는 내내 파키 한 명이 골목 한쪽에 서서 우리 둘을 빤히 보고 있었기 때문이다. 당장에라도 주머니에서 칼을 꺼내 강도로 돌변할 것 같은 눈빛이었다.

"저 사람은 뭔데 계속 우리를 째려보는 거야?"

그 애는 내가 눈짓으로 가리키는 파키를 힐끗거리더니 "사람이 지나가니까 쳐다보지"라고 대수롭지 않게 말하면서 "저 사람들은 우리랑은 비교도 안 되게 눈이 커서 살짝만 치켜떠도 그렇게 보여"라는 부연 설명까지 덧붙였다. 나는 그 애가 이 동네에서 꽤 오래 살았다는 것을 알 수 있었다.

나는 어쨌든 주머니에 두 손을 푹 찔러 넣은 채 소리 없는 걸음으로 좁디좁은 쪽방촌 골목길을 걸어갔다. 한 집 한 집 지나갈 때마다 설명할 수 없는 오묘한 냄새가 났다. 어떤 집은 담이 내 눈높이보다 낮아 속옷을 널어놓은 마당이 훤히 들여다보였고 그 집 옆으로 난 대문 앞에는 하얗게 탄 연탄재가 담보다 더 높게 쌓여 있었다. 나는 이 시대에 아직도 연탄을 때는 집이 있다는 것에 놀랐지만 7월 한여름에 연탄을 피울 일이 도대체 뭔지 그 사연이 더 궁금했다. 연탄에 손을 갖다 대려 하자 그 애는 어떻게 알았는지 뒤를 돌아보며 나에게 조용히 소리쳤다.

"그건 왜 만져. 그러다 깨지면 니가 다 치워야 해. 다 왔으니까 들어와."

그 애는 깨진 창문을 청색 테이프로 대충 붙여 놓은 집으로 문을 열고 들어갔다. 내가 문 앞에서 머뭇거리자 그 애는 얼굴만 문밖으로 빼고는 "왜? 들어오기 싫어? 더러울까 봐?"라고 물었다. 나는 이름도 기억나지 않는 여자애 집에 내가 왜 따라왔는지를 돌이켜 생각하느라 망설였던 것뿐인데 그렇게 묻자 정말로 집이 더러워서 안 들어가는 것 같아, 이름 같은 건 모르면 어떠냐며 하던 생각을 내팽개치고 그 애를 따라 들어갔다.

문을 열고 들어가자마자 신발을 벗어 놓는 곳이 있었고 그 위로 무릎 정도 되는 높이에서 바로 방이 시작되었다. 나는 방에 젊은 남자가 한 명 있는 것을 보고 발을 멈칫했다. 여자애는 그 사람을 형부라고 불렀다. 하얀 러닝셔츠에 반바지 차림으로 앉은뱅이책상 앞에 앉은 남자가 나를 보고는 누구냐고 물었다.

"아는 앤데 갈 데가 없대. 오늘만 재워 주려고."

"오늘만 재워 주면 내일은 갈 데가 생긴다던?"

"사람 앞에 세워 놓고 꼭 그렇게 말하지."

"야, 농담한 거야, 농담."

여자애는 한쪽 발로 남자의 등을 장난스럽게 누르는가 싶더니 갑자기 벽에 세워진 사다리를 타고 위로 올라갔다. 내가 방 입구에 멀뚱히 서 있자 그 애는 나보고 따라 올라오라는 손짓을 보냈다. 짧은 사다리를 타고 올라가니 벽에 다시 계단이 나 있었다. 그리고 다섯 칸쯤 되는 그 계단을 모두 올라가자 다락방이라고 불러야 할 것 같은, 천장이 아주 낮은 방이 나왔다. 그 애는 허리도 바로 펴지 못하는 엉거주춤한 자세로 천장에 달린 백열등을 켜더니 여기가 내 방이야, 했다.

"좀 낮긴 해도 그렇게 나쁘진 않지?"

나는 고개를 끄덕이며 방을 둘러보았다.

"작년까지는 이것도 없었어. 원래는 이 방이 우리 집이랑 옆집이랑 같이 연결된 데여서 그냥 비어 있었는데, 형부가 벽을 뚫고 만들어 준 거야. 옆집이랑 대판 싸우긴 했는데, 뭐, 원래부터 어느 집 방이었는지 애매했으니까 목소리 큰 사람이 이긴 거지. 언니랑 나만 있었을 땐 말도 못 했는데, 이럴 땐 집에 남자가 있는 게 좋긴 좋다니깐. 저래 봬도 믿음직스러운 데가 있지?"

나는 애초에 어느 집에 딸린 방인지 애매한 방이 어떻게 존재할 수 있는지, 또 막무가내로 벽을 뚫고 우기면 그것이 자기네 방이 될 수 있는지, 그 애가 하는 말이 하나도 이해가 되지 않았지만 작은 백열등이 달린 방 안 분위기가 꽤 괜찮았기 때문에 잘됐네, 라고 대꾸해 주었다.

그 애는 이불을 여러 겹 깔아 침대처럼 만들어 놓은 이불 더미에 풀썩 엎드리더니 선풍기를 틀었다. 그러고는 선풍기에 달린 선을 가리키며 이 전선도 다 형부가 해 준 거야, 라고 자랑하듯 말했다. 지붕에서 끌어왔는지 여러 개의 전선들이 천장 위로 어지럽게 얽혀 있었다. 나는 계단 밑으로 남자를 내려다보았다. 남자는 계속 책상 앞에 꼼짝 않고 앉아 무언가를 만들고 있었다.

"배고파?"

나는 배가 고팠지만 고개를 저었다. 그 애는 자기가 배가 고프니까 라면을 끓여 오겠다면서 아랫방으로 내려갔다. 나는 들어올 때 보지 못한 부엌이 어디에 숨어 있는지 궁금해 그 애의 움직임을 지켜보았다. 그 애는 뒷집으로 통할 것 같은 문을 열고 나가더니 한참 후 컵라면에 물을 부어 가지고 다락방으로 올라왔다. 내가 둘이만 사느냐고 묻자 그 애는 그럴 리 있겠느냐는 황당한 표정을 지으며 언니는 병원에서 야간 근무를 한다고 했다. 이런저런 얘기를 하면서 나는 그 애가 나보다 한 살이 많고, 기진이들이랑은 중학교 때부터 알고 지낸 사이며, 지금은 학교를 그만두고 미용 학원에 다닌다는 것을 알게 되었다. 그러고 보니 방 한쪽에 머리가 긴 마네킹이 있었다.

시간이 갈수록 골목은 더 조용해졌다. 누군가 지나갈 때마다 발소리가 다른 음정, 다른 박자로 울렸다. 낮은 천장과 큰 소리로 돌아가는 선풍기, 남의 집 이불에서 나는 냄새, 낯선 여자애. 이 집에선 절대 잠을 잘 수 없을 것 같았는데 배가 불러서인지 어느새 슬슬 졸음이 몰려오기 시작했다. 그 애도 베개를 끌어안은 채 꾸벅꾸벅 고개를 숙이다가 나에게 베개를 하나 건넸다. 나는 베개를 받아 계단 가까이에 누웠다. 그 애는 침대 흉내를 낸 그 이불 더미 위로 스르륵 쓰러졌다.

다락방의 불을 꺼도 아랫방에서 켜 놓은 불빛이 계단을 타고 올라와 주위가 어스름했다. 막상 자려고 눈을 감자 도대체 내가 이 집에 어떻게 들어오게 된 것인지, 이 집 사람들은 모르는 사람을 원래 이렇게 잘 데려오는지, 게다가 처음 보는 사람을, 그것도 남자를 아무렇지도 않게 받아 주는 건 또 뭐지 하는 복잡한 생각으로 잠이 싹 달아났다. 나는 여자애가 누워 있는 쪽을 바라보았다. 그 애는 벌써 얕은 숨소리를 내며 잠이 들어 있었다. 나는 베개를 들고 아주 조용히 그 애 침대 가까이로 다가갔다. 그리고 얼굴을 자세히 바라보았다. 그러고 보니 예전에 몇 번 본 것 같기도 했다. 하지만 이름이 뭐였는지는 기억이 날 듯 날 듯 하면서도 끝내 떠오르지 않았다. 나는 그 애 옆에 한참 앉아 있다가 아랫방으로 내려갔다.

 한 시가 다 되어 가는데도 남자는 잠을 자지 않고 있었다. 남자는 내가 계단에서 내려오는 것을 보고 "왜? 가게?"라고 물었다. 나는 신발이 있는 곳으로 걸어가며 네, 라고 대답했다. 남자는 또 놀러 오라고 했다. 나는 나가기 전 남자에게 무엇을 하고 있느냐고 물었다. 남자는 손에 든 것을 나에게 보여 주며 비누 공예를 하고 있다고 했다. 비누와 공예 각각은 하나도 어려운 말이 아니었지만 비누 공예란 것은 잘 이해가 되지 않았다. 내가 모르겠다는 표정을 드러냈는지 남자는 비누를 깎아서 사람이나 코끼리, 소 같은 것을 조각하는데 예뻐서 주변 외국인들이 꽤 많이 사 간다고 했다. 그러고는 책상에 세워 놓은 조각상 하나를 보여 줬다. 너덜너덜한 러닝셔츠를 입은 남자가 만들었다고는 믿어지지 않을 정도로 정교하고 아름다웠다. 남자는 몇 개를 더 보여 주며 이런 동물 조각은 이만 원 정도에 팔고 부처상이나 예수상은 더 비싸게 판다고 했다. 하지만 나는 아무리 예쁘다고 해도 가난한 파키들이 이런 쓸모없는 것에 돈을 쓸까 하는 생각이 들었다. 남대문에만 가도 비록 비누로 만든 건 아니지만 이런 동물 조각상은 넘치고 넘쳤다. 더군다나 비누로 만들었으니 물에 닿으면 바로 닳아 없어질 텐데. 남자는 내가 하는 생각을 어떻게 알았는지 단순히 비누만 파는 게 아니라고 덧붙였다.

"또 뭘 파는데요?"

"말하자면 믿음을 파는 거지."

"어떻게요?"

"외국인들에게 이 비누를 쓸 때마다 자기가 원하는 것을 기도하면 비누가 닳아 없어질 때쯤 코끼리를 산 사람은 코끼리 신이, 소를 산 사람은 소의 신이, 부처를 산 사람은 부처가, 예수를 산 사람은 예수가 그 소원을 들어준다고 말하거든."

"그걸 믿는 사람이 있어요?"

남자는 실제로 소원을 이뤘다는 네팔인이 찾아와서 몇 개 더 사 간 적도 있다고 했다. 나는 세상에는 별의별 방법으로 돈을 버는 사람들이 있구나, 생각했다. 내가 문을 열고 나가려 하자 남자는 희주랑 사귀냐고 물었다. 나는 안녕히 계세요, 하고 나왔다. 밤을 막 지난 새벽 공기가 아주 신선하게 느껴졌다. 나는 조용한 골목길을 요란하게 뛰어 내려갔다. 처음으로 좋아하는 여자가 생겼다. 그 애 이름은 희주였다.

나는 희주가 가을, 겨울만 지나면 곧 성인이 된다는 점이 좋았다. 학교를 다니지 않는 점도 좋았다. 왜 그런 것들이 마음에 들었는지는 확실하게 설명할 수 없지만 미용 학원을 졸업해 4, 5년 헤어숍에서 일하면서 1년에 천만 원씩 차곡차곡 돈을 모아 언니와 함께 뷰티숍을 열 것이라는 계획은 겉보기엔 현실적인 것 같으면서도 어딘지 어린 꼬마애가 재잘대는 것처럼 허무맹랑한 데가 있어서 피식피식 웃음이 날 정도로 재미있었다.

　나는 밤에 희주를 데려다주면서 집에도 자주 갔다. 캡 모자를 콧등까지 푹 눌러쓴 파키들이 서너 명씩 몰려다니는 골목 분위기는 여전히 껄끄러웠지만 희주네 집에만 들어가면 그 음산한 기운은 단번에 사라지고 오래 알고 지낸 집에 온 것처럼 마음이 놓였다. 나는 희주의 다락방이 좋았다. 그 집에 배어 있는 마늘과 비누가 섞인 향기도 좋았다. 에어컨이 없어서 후끈 달아오른 공기와 더운 바람만 계속 내뿜는 선풍기도 좋았다. 옆집 말소리가 고스란히 들리는 얇은 벽이라든지 어두침침한 조명, 지붕을 뛰어다니는 고양이들까지, 나는 그 집의 모든 것이 마음에 들었다.

　희주네 형부는 낮에는 굴착기 기사로 일하고 밤에는 희주 언니가 오기를 기다리면서 비누 조각을 한다고 했다. 왜 파키들한테만 비누 조각을 파느냐고 물었더니 나에게 파키가 뭐냐고 되물었다. 나는 학교에서 동남아 사람들은 다 파키스탄에서 왔다고 파키라고 부른다고 알려 주었다. 그러자 희주 형부는 그런 말은 처음 들어 본다며 자기는 여기에 살면서 방글라데시, 인도, 미얀마, 네팔, 태국 사람한테 비누를 팔아 본 적은 있어도 정작 파키스탄 사람은 얼굴도 본 적이 없다고 했다. 나는 내가 붙인 이름이 아니어서 잘 모르겠다고 대꾸했다.

그러고는 왜 파키들한테만 비누를 파냐고 다시 물었다. 희주 형부는 처음부터 그러려던 건 아니었다고 했다.

"한국 사람 중에 내 말을 믿는 사람이 있어야 말이지. 어쩌다가 할 일 없는 할아버지들이 사 가기도 했는데 왠지 그런 사람들한테 팔고 나면 사기 친 것처럼 기분이 찜찜하더라고. 나이가 아흔이 다 됐는데 소원을 빌어 봤자 그게 얼마나 이뤄지겠어. 빨리 죽게 해 달라는 소원이면 모를까. 그런 건 좀 그렇잖아. 젊은 사람들은 거들떠보지도 않고 노인들한텐 못 팔겠고, 어차피 취미로 시작한 거니까 그냥 관둘까 했는데 그때 네팔에서 온 남자가 좋다고 사 가는 거야. 남의 나라에 혼자 돈 벌러 와서 외롭기도 하겠다, 나이가 젊으니까 소원도 많겠다, 거기다가 코끼리는 얼마나 좋아들 하는지. 시장 공략 제대로 한 거지. 나도 알고 보면 사업가 체질이야."

여기저기 칼자국이 많이 난 책상엔 열 개 정도의 비누 조각이 벽 쪽에 가지런히 서 있었고 위쪽 벽에는 책에서 오려 낸 것 같은 여러 동물과 신들 사진이 어지럽게 붙어 있었는데, 예수님과 부처님과 코끼리 신이 마치 하나의 종교처럼 보였다. 나는 기도하는 여자 조각상을 하나 집어 들고 얼마냐고 물었다. 형부는 "그건 마리아상인데"라고 엉뚱한 대답을 했다. 내가 다시 "얼만데요?" 묻자 형부는 "사려고?"라며 되물었다. 내가 고개를 끄덕이면서 주머니를 뒤지자 형부는 희주랑 친하게 지내라고 주는 선물이라며 그냥 가지라고 했다. 나는 그래도 공짜로는 받고 싶지 않아서 주머니에서 돈을 꺼내려고 했는데 형부는 벌써 나에게선 신경을 끄고 조각에 몰두했기 때문에 나는 쭈뼛쭈뼛 돈을 쥐고 있다가 도로 주머니에 집어넣었다.

희주는 나처럼 자기 집을 좋아하는 사람은 처음이라면서 다른 애들은 이 동네 근처로만 데려와도 얼굴색부터 달라진다고 했다. 어렸을 때는 그런 게 좀 충격이었지만 지금은 아무렇지도 않다면서 나를 향해 "안 그래?"라고 물었다. 나는 그 질문이 조금 어울리지 않는다고 생각했지만 "그래"라고 대답해 주었다. 질문이 뭐든 희주가 바라는 건 자기 말을 긍정해 주는 것이라는 생각이 들었기 때문이다. 희주는 내 대답에 만족한 듯 고개를 끄덕이다가 "오기 싫은 사람은 안 오면 그만이지"라며 아주 씩씩하게 길바닥의 돌멩이를 멀리 걷어찼다.

어느 날 오후, 희주와 나는 하천에서 기진이들과 만나기로 한 약속을 깨고 둘이서 영화를 봤다. 극장에서 나오니 여섯 시가 조금 넘어서 우리는 버스 정류장으로 걸어갔다. 나는 그날도 희주를 집에 데려다줄 생각이었는데 희주가 내 팔을 잡더니 "오늘은 우리 집 말고 너네 집에 놀러가자" 했다.

우리 집?

나는 나쁜 말이라도 들은 것처럼 갑자기 불쾌해졌다. 아니, 불쾌하기보다는 거짓말을 하려다 타이밍을 놓쳐 실패한 것처럼 아주 당황스러웠다. 그런 모습을 숨기려고 주머니에 두 손을 집어넣었다. 희주에게 어떻게 설명해야 할지 알 수 없었다. 나에겐 누워 있으면 금방 잠이 드는 다락방도 없고, 밤마다 나를 기다리며 조각을 하는 가족도 없고, 현관엔 내 운동화를 제외한 다른 사람의 신발은 한 켤레도 없고, 8층 아파트는 한여름에도 공기가 너무 싸늘해서 선풍기조차 켜 놓을 필요가 없다는 것을.

나에겐 너를 데려갈 만한 집이 없어.

희주는 내가 망설이는 모습을 보고는 안 좋아 봤자 자기 집보다 안 좋겠냐면서 만약 그렇다고 해도 자기는 내가 그랬던 것처럼 입을 꾹 다문 채 아무 말도 않겠다고 농담하듯 말했다. 나는 집에 데려가기엔 좀 늦었다거나, 부모님이 계셔서 못 데려간다, 누나가 친구 데려오는 걸 싫어한다고 대충 둘러댈 수도 있었지만 부모님이니 누나니 하는 말을 떠올리자 속이 뒤틀리는 것 같았다. 그런 쓰레기 같은 거짓말 따위는 이젠 정말 하고 싶지 않았다. 희주에게는 더욱이.

"그래, 가자."

나는 집에 가기 전 고물상에 들러 달이를 데려가자며 고물상으로 가는 버스를 탔다. 달이가 고물상에서 사는 줄 몰랐던 희주는 그 이유에 대해 이것저것 물었고, 나는 집이 개를 키우기에는 적당하지가 않아서라고 간단하게 대답해 주었다.

오른손으로는 희주 손을 잡고, 왼손으로는 달이의 목줄을 잡고 걸었다. 처음에 들었던 난감한 기분은 사라지고 오히려 일 초라도 빨리 집에 가고 싶을 정도로 마음이 들떴다. 노을이 지면서 하늘이 붉은색으로 물들었다. 철길을 지나가는 전철 소리는 뭔가를 아주 그립게 했다. 내 양손에는 내가 이 세상에서 가장 좋아하는 친구들이 있었다. 그건 내 생애 처음 있는 일이었고, 나에게는 절대 일어나지 않을 거라고 생각했던 순간이었다.

인적이 드문 가파른 언덕을 넘을 때까지도 아무 말 않고 나를 따라오던 희주는 방수포를 쳐 놓은 공사장을 보고 황당하다는 표정을 지었다. 그러더니 내가 "이쪽이야"라고 말하자 자기를 놀리느냐며 잡고 있던 내 손을 뿌리치고 화를 냈다. 나는 모래주머니를 들고 방수포를 걷은 다음 희주에게 들어오라고 손짓했다. 금방이라도 가 버릴 것처럼 등을 돌렸던 희주는 비밀의 문이 열리는 것을 보고 갑자기 말이 없어지더니 조용히 뒤따라 들어왔다. 달이는 우리보다 앞장서서 공사장으로 뛰어 들어갔다.

아무리 익숙해졌다 해도 밤에 혼자 보는 공사장은 무서울 때가 있었다. 하지만 달이에 희주까지 함께 있으니 유령이 흘리고 간 붕대같이 의심스럽고 수상한 것들은 다 사라지고 환한 낮을 걷는 것처럼 모든 것이 선명하게 보였다. 나는 발밑을 조심하라고 알려 주고 길을 안내했다. 좋아하는 손님을 집으로 초대하는 건 아주 즐거운 일이었다.

나는 맨홀 뚜껑을 열었다. 그리고 희주에게 잠깐 달이를 안고 기다리라고 한 후 맨홀 속으로 들어가 랜턴을 켜서 희주의 다리를 비추었다.

"들어와."

희주는 나에게 달이를 건넨 후 천천히 사다리를 타고 맨홀 속으로 내려왔다. 방에 들어가기 위해 사다리를 타는 것이 희주에게는 그렇게 낯선 일이 아니었기에 희주는 보통 여자애들이 보일 법한 호들갑도 떨지 않고 아주 침착하게 사다리를 탔다. 땅에 내려선 후 희주는 내가 준 랜턴을 받아 들고 맨홀 속을 둘러보았다. 호기심에 찬 얼굴이었지만 별다른 말은 하지 않았다. 나는 희주가 말을 꺼낼 때까지 달이를 안고 잠자코 뒤에 서서 기다렸다. 희주는 내가 가져다 놓은 돗자리, 책, 옷 몇 벌 같은 것에 랜턴을 가까이 가져갔다. 그러더니 한참 뒤 나를 돌아보며 해석하기 힘든 이상한 웃음을 지었다.

"여기가 너희 집이란 말이지?"

"정확히는 내 집."

"장난 아닌데"라고 희주는 혼잣말을 했다.

희주와 나는 수로관 벽에 나란히 등을 기대고 돗자리 위에 앉았다. 우리 둘이 비추는 랜턴 빛이 맨홀 여기저기에 부드러운 구멍을 만들어 냈다. 희주는 자기 턱 밑에 랜턴을 갖다 대더니 머리카락으로 온 얼굴을 덮고 내가 희주로 보이니? 라며 이미 이 맨홀 속에서는 한참 전에 유행이 지난 장난을 쳤다.

얼굴을 가릴 머리카락은 없었지만 나도 턱 밑에 랜턴을 갖다 대고 아니, 희주는 니 뒤에 앉아 있는데, 라고 되받아쳤다. 별로 무섭지도 않은 말이었는데 희주는 맨홀이 울릴 정도로 크게 비명을 질렀다. 그 소리에 내 무릎에 턱을 괴고 누워 있던 달이가 깜짝 놀라 진짜 귀신을 본 것처럼 왕왕 짖어 댔다.

우리는 정신 나간 사람들처럼 웃었다. 모든 것이 좋았다. 이대로 영원히 이 속에서 나가지 않으면 좋겠다는 생각이 들었다. 맨홀 뚜껑을 닫으면 희주와 나와 달이가 이 시간, 이 모습 그대로 밀봉될 수 있지 않을까. 그때 잠깐, 아주 잠깐 누나 얼굴이 스쳐 지나갔다. 어쩐지 누나와 이 속에 앉아 있었을 때도 여기서 이렇게 누나와 둘이서 살았으면, 하는 바람을 가졌던 것 같은 기억이 났다. 누나는 이 맨홀을 기억하고 있을까. 그러나 나는 곧 고개를 저으며 누나를 맨홀 밖으로 밀어내 버렸다. 내 옆에는 그런 죽어 버린 기억 따위가 아니라 살아 있는 희주가 앉아 있었다.

우리는 그곳에서 첫 키스를 했다. 나는 손끝이 빠질 정도로 온몸에 힘이 들어가서 그만 랜턴 스위치를 눌러 버렸는데, 희주는 내가 일부러 그런 줄 알았는지 자기도 따라서 랜턴을 껐다. 아주 깜깜했다. 그리고 모든 것이 완벽해졌다. 매캐한 흙냄새와 손바닥에 느껴지는 달이의 부드러운 털, 누구 것인지 모를 숨소리, 호흡이 가빠질 정도로 모자란 산소, 유년의 유품처럼 남아 있는 장난감들과 아버지의 폭력을 피해 맨발로 달아나야 했던 그 외로운 밤들까지도.

　나는 엄마와 누나가 없는 틈을 타―물론 둘은 거의 매일 집을 비웠지만―희주를 아파트에도 몇 번 데려왔다. 그냥 평범한 아파트일 뿐인데도 희주는 대단한 부잣집에라도 온 것마냥 호들갑을 떨었다. 희주는 누나 방을 열어 본 뒤 약간 화가 난 것 같기도 하고 실망한 것 같기도 한 표정을 지으며, 여기가 자기 방이라면 절대 이렇게 해 놓고 살지 않을 거라고 얘기했다. 누나는 그때까지도 몇 가지 짐들을 상자에 그대로 둔 채 살고 있었기 때문에 막 이사를 왔거나 곧 이사를 나갈 사람 방처럼 불안해 보이긴 했다. 나는 내 방이나 거실에 있자고 했지만 희주는 누나 방에서 나갈 생각을 않고 계속 떠들어 댔다. 벽에 붙은 침대를 창가 쪽으로 옮기고 칙칙한 책상 대신 하얀 화장대와 마네킹을 세운 다음 바닥에 작은 카펫을 깔고 그 위에 일인용 소파를 놓을 것이다, 커튼과 이불은 꼭 같은 계통의 색이어야 하며 여름에는 반드시 침대에 레이스가 달린 큰 모기장을 달아야 한다, 벽지는 옅은 하늘색으로 하되 침대와 마주 보는 벽면은 그보다 더 진한 색으로 포인트를 주고 공기 정화가 되는 화분도 하나쯤 놓으면 좋을 것이다……. 희주는 그 방 주인이라도 된 것처럼 자세하게 설명했고 계속 듣다 보니 이 방이 누나보다는 희주에게 더 쓸모 있을지도 모른다는 생각이 들었다.

아파트를 본 뒤 희주는 나를 더 좋아하는 것 같았고 때로는 넓은 집에서 사는 내가 부럽다는 듯이 이야기했다. 하지만 나는 다 비슷비슷한 아파트보다는 희주의 다락방이 훨씬 좋다고 말했고 그건 진심이었다. 희주도 내 맨홀이 더 좋고 특별하다고 했지만 그게 진심인지는 알 수 없었다.

15

　매일 밤 나가 노느라 나는 방학이 끝나 가는 것도 알지 못했다. 그러다 우연히 본 달력에서 당장 다음 주가 개학이라는 것을 확인하고 중요한 일을 끝내지 못했다는 생각에 덜컥 다급해졌다. 나는 불안한 걸음으로 방을 서성이며 걱정했지만 곰곰이 생각해 보니 나에게 끝내야 할 중요한 일 같은 건 없었다.
　다시 등교를 하는 날이었다. 익숙한 듯 낯선 교실 여기저기엔 빈자리가 서너 개 있었다. 그러나 그건 어느 반에나 공통적으로 일어나는 개학 후유증 같은 것으로 별로 신경 쓸 일도 못 됐다. 예상했던 대로 수요일이 되고 목요일이 되자 빈자리의 주인들이 피곤한 얼굴로 하나둘 교실에 나타났다. 하지만 일주일이 지나도록 채워지지 않는 자리도 있었다. 나는 그 자리에 앉았던 아이가 누구였는지 기억해 내려고 했지만 아무리 생각해도 도통 떠오르는 얼굴이 없었다.

  선생님들은 빈자리 같은 것엔 신경 쓸 겨를도 없다는 듯이 분주하게 복도를 뛰어다녔다. 개학 며칠 전에 일어난 교통사고를 처리하느라 다들 정신이 없었다. 5반 아이 세 명이 남의 차를 훔쳐서 무면허로 영동고속도로를 달리다가 강릉 근처에서 중앙분리대를 들이받는 큰 사고를 냈다. 차는 옆 차선에서 달려오던 흰색 SUV와 충돌해 깡통처럼 구겨졌고, 5반 아이 세 명은 중상, 보조석에 동승한 여자는 그 자리에서 죽었다. 그 사건은 뉴스에까지 보도되어서 개학 후에는 단연 학교 최고의 화제였다. 죽은 여자애가 옆 학교 학생이었기 때문에 무궁무진한 소문이 만들어졌다. 교장 선생님은 8월 마지막 주 월요일에 전교생을 운동장에 모아 놓고 특별 훈화를 했지만 고물 마이크와 뜨거운 햇볕 때문에 안전 의식, 학생의 본분이라는 말들을 제외하고는 무슨 말을 하는지 하나도 알아들을 수가 없었다. 어수선한 학교 분위기는 세 명에 대한 퇴학 징계가 결정된 후에도 가라앉을 줄 모르다가 9월 중순 즈음 교생실습을 나온 대학생들 덕분에 겨우 진정이 되었지만, 막상 소란이 가라앉자 할 일 없고 따분한 학교생활만이 수면 위로 떠올랐다.

  그러나 그런 지루함과 다르게 나는 꽤 만족스러운 날들을 보내고 있었다. 1학년 때는 단 1센티도 자라지 않아 성장이 멈춘 줄 알았던 키가 여름방학 사이에 갑자기 7센티나 넘게 자랐고 가끔 이상하게 들리던 목소리도 듣기 좋게 다듬어졌다. 학교에서의 내 위치에도 변화가 있었다. 그전까지는 나 역시 방학이 지난 후 학교에 나오지 않는대도 누구도 눈치채지 못할, 아무도 관심을 가지지 않는 학생들 중 한 명이었지만 기진이들이랑 어울린다는 소문이 난 후로는 모두들 나를 다르게 보는 것 같았다. 다른 사람의 주목을 끄는 게 귀찮은 일이라고만 늘 생각했는데 막상 기진이들과 함께 복도에 몰려서 있는 기분은 그리 나쁘지만은 않았다.

16

 9월 말, 학교에서 집으로 돌아오는 길에 우편함에 꽂힌 편지 한 봉을 발견했다. '순직소방공무원유족회'에서 엄마 앞으로 보내온 편지였다. 엘리베이터를 타고 올라가는 동안 나는 몇 번이나 편지를 뜯어볼까 망설였지만 8층에 도착할 때까지 봉투에 적힌 발신인의 주소만 만지작거렸을 뿐 실행에 옮기지는 못하였다. 집에 들어온 나는 급하게 신발을 벗어 던진 뒤 곧장 내 방으로 뛰어 들어가 방문을 잠갔다.
 편지 내용은 10월 7일, 소방방재회관에서 순직공무원 추모 행사를 하니 가족 모두 참석을 바란다는 것이었다. 내용은 단순했지만 문장마다 그 사람의 값진 희생을 되새기는 찬사가 흘러넘쳤다. 특히 마지막 문장은 어디에서 보고 베낀 것처럼 따분했는데, 그 사람은 죽었어도 죽은 게 아니며 소방대원들과 국민들 가슴속에 영원히 살아 숨 쉴 것이라는 얘기였다.

엄마와 누나와 내가 할 수 있는 쇼는 그날 장례식장에서 전부 마쳤다. 서울시장이니, 소방방재청장이니, 국회의원이니 하는 높은 직책의 사람들이 올 때마다 우리는 사진기자들이 시키는 대로 맞절을 하며 슬픔의 최대치를 보여 주어야 했다. 사진 몇 장을 찍은 뒤 그 나이 든 남자들은 엄마와 누나를 제치고 꼭 나에게 다가와 내 어깨나 손을 붙들며 아버지를 자랑스러워해야 한다고 말했다. 아마도 내가 미성년자이고 남자이기 때문이었을 것이다. 화마에 아버지를 잃은 소년, 소년이 흘리는 눈물, 눈물을 닦아 주는 마음씨 좋은 국회의원, 그들은 아마도 이런 사진을 원하는 것 같았다. 아마 내가 열 살 정도 더 어렸다면 훨씬 좋은 사진이 나왔을 것이다.

내 눈에선 단 한 방울의 눈물도 흘러나오지 않았다. 나는 장례식 내내 이 모든 게 빨리 좀 끝났으면 하는 생각뿐이었고 나름 노력을 한다고 했지만 플래시가 터질 때마다 저절로 얼굴이 찡그려졌다. 장례식이 끝난 뒤 한 친척이 내 얼굴이 실린 신문을 보여 줬는데 나는 이 모든 것이 귀찮아 죽겠다는, 짜증 나는 표정을 짓고 있었다. 하지만 사진 하단에는 '슬픔을 누르다 못해 얼이 빠진 듯 지친 아들의 모습이 주위를 안타깝게 하고 있다'는 설명이 붙어 있었다. 황당한 일이었다. 나는 유명 대학을 나온 사람들 중에서도 아주 똑똑한 사람들만 정치인이 되고 기자가 되는 줄 알았는데 알고 보니 그곳을 방문

한 정치인과 기자들은 대학을 나왔다는 게 믿어지지 않을 정도로 멍청한 사람들이었다. 그렇지만 그 거짓투성이인 장례식장 분위기가 꼭 싫은 것만은 아니었다. 모두들 자신의 이익을 위해 어설픈 연극을 하고 있었고 위장과 가식은 그 사람의 죽음과 잘 어울렸다.

나는 편지를 쓰레기통에 버리려다가 잠시 생각을 정리한 다음 봉투에 인쇄된 발신자와 수신자 주소를 깨끗이 오려 새 봉투에 붙였다. 그리고 편지를 새 봉투에 넣은 뒤 풀로 단단히 봉했다. 완성된 것은 원래 편지와 다를 것이 없어 보였다. 나는 아파트 정문으로 내려가 그 편지를 우편함에 도로 넣어 두었다.

내 입으로 한차례 생각을 정리했다고 했지만 나는 내가 무슨 의도로 그런 짓을 했는지 잘 모르겠다. 비밀 편지도 아닌데 왜 방문까지 잠그면서 숨어 읽었을까. 편지 봉투를 새로 만드는 그런 음흉한 짓은 도대체 왜 한 것일까. 왜 편지가 왔다고 떳떳하게 엄마에게 전해 주지 못할까. 내가 했다고는 믿고 싶지 않은 더러운 행동이었다. 다만 짐작할 수 있는 것은 가위로 봉투를 오리고 풀로 붙이는 동안 내가 그것을 일종의 시험으로 여겼다는 것이다. 쇼가 끝난 이상 우리는 더는 그런 행사에 불려 다니며 꼭두각시 노릇을 할 필요가 없었다. 만약 엄마가 그런 곳에 참석을 한다면 나는 한 인간으로서 엄마를 경멸하게 될 것 같았다.

행사 날짜가 가까워졌는데도 엄마는 아무 말도 없었다. 우편함이 비어 있는 걸로 보아 엄마가 그 편지를 본 건 분명했다. 나는 엄마가 나에게 말을 걸 때마다 그 이야기를 꺼내려는 건 아닌지 해서 신경을 곤두세웠지만 엄마가 하는 말들이란 학교에 지각하지 말라거나 아침밥을 챙겨 먹고 가라, 저녁에 전화해도 집에 없던데 일찍 일찍 다녀라 같이 예전과 똑같은 얘기들뿐이어서 엄마도 이제는 그 사람과 관련된 것들엔 진절머리가 났구나 생각했다. 그런데 한편으론 엄마 입에서 그런 훈계가 나올 때마다 엄마가 나에게 저런 충고를 할 자격 같은 게 있나, 라는 생각이 들었다. 그동안은 학교에 가는지 마는지 상관도 안 했으면서 언제부터 저런 말을 하게 된 거지. 자기가 나를 어떻게 할 수 있을 거라고 생각하는 건가. 그렇지만 엄마가 힘든 간병 일을 하면서 집안을 책임지고 있다는 사실이 내 입을 다물게 만들었다.

편지를 받은 날부터 나는 줄곧 행사 날짜에만 신경을 쓰고 있었는데 이상하게도 정작 당일이 되자 행사니 뭐니 하는 건 까맣게 잊어버리고 기진이들과 함께 밤늦게까지 거리를 걸어 다녔다. 나는 그날 열한 시가 넘어 아파트 단지에 도착했다. 다른 때와 달리 거실 불이 환하게 켜져 있었다. 어찌 된 일인지 영문을 알 수 없어 처음에는 누나가 집에 왔나, 생각했다. 그러나 왠지 다른 이유가 있을 것 같았다. 나는 날짜와 요일을 세어 보고는 곧 그날이 행사가 있는 날이라는 것을 깨달았다.

엘리베이터를 기다렸다. 그러나 10층 위로 올라가던 엘리베이터가 11층에서 멈추고는 한참이나 내려올 기미를 보이지 않았다. 버튼을 쾅쾅 두드려도 봤지만 엘리베이터가 꼼짝을 하지 않아 나는 할 수 없이 방향을 돌려 계단 쪽으로 뛰어갔다. 계단 폭이 좁아 한 번에 서너 칸씩도 넘을 수 있었다. 5층까지 전속력으로 뛰어 올라가도 전혀 힘들지 않았다. 오히려 다리 근육은 달릴수록 더 탄력적으로 반응했다. 하지만 이상하게도 심장은 큰 충격을 받은 것처럼 심하게 요동쳤다. 나는 범인을 바로 눈앞에 둔 형사처럼 허겁지겁 달렸다. 머릿속에는 이미 온갖 추궁의 말이 뒤섞여 있었다.

문 앞에 도착한 나는 일단 숨을 고르며 마음을 진정시켰다. 그리고 소리가 나지 않게 조심하며 남의 집에 들어가는 도둑처럼 조용히 들어갔다. 현관에 엄마와 누나의 것으로 보이는 구두 두 켤레가 나란히 놓여 있었다. 평소에는 신발장 밖으로 나올 일이 없는 그 구두들을 보면서 나는 이미 모든 것을 확신하였다.

거실에는 아무도 없었다. 살짝 열린 누나 방문 사이로 들여다보았지만 그 안에도 사람은 없었다. 나는 발소리가 나지 않게 조심하며 엄마 방으로 다가갔다. 문은 닫혀 있었다. 문틈에 귀를 갖다 댔다. 엄마와 누나가 주고받는 말소리가 어렴풋이 들렸다. 나는 그 순간 마치 현장을 급습하는 경찰처럼 방문을 확 열어젖혔다. 침대에 나란히 앉아 있던 엄마와 누나는 나를 보자마자 단순히 놀란 것 이상의, 어떤 위험을 경계하는 얼굴이 되었다. 나는 두 사람의 표정에서 내가 오지 말아야 할 불청객이 된 것 같은 기분을 맛보았다.

엄마와 누나는 서로 손을 잡은 채 그대로 한 침대에서 잠이라도 잘 것 같은 모습이었다. 내 입에서 비웃음 같은 것이 터져 나왔다. 내 기억에 두 사람이 손을 잡고 있는 장면은 단 하나도 없었다. 두 사람이 함께 있는 모습은 역겨울 정도로 어울리지 않았다. 엄마는 방금 전까지 나를 모르는 사람처럼 바라보던 표정을 지우고 왜 이렇게 늦게 다니느냐고 했다. 나는 누나를 바라보았다. 누나는 시선을 피하는 것 같았다. 나는 이렇게 입을 열었다.

"간병은 어쩌고 집에 왔어? 왜, 그 할머니도 또 죽었어?"

내 말투에서 이상한 점을 느꼈는지 엄마는 "일이 좀 있어서"라며 말끝을 흐렸다. 나는 "무슨 일?" 하며 물었다. 자신이 이미 알고 있는 것을 굳이 상대방의 입을 통해 다시 듣고자 하는 건 취조나 다름없었다. 내가 뭐라고 엄마를 이런 식으로 밀어붙이는 거지? 내 행동은 내가 생각해도 지나쳤지만 그런 반성을 통해 진정하기에는 나는 이미 선을 넘은 후였다.

"무슨 일이냐고!"

나는 소리를 질렀고 엄마는 입을 열지 못했다. 그러자 누나가 대신 말했다.

"아버지 기념행사라고 해서 엄마랑 같이 갔다 왔어. 근데

너 말하는 게 왜 그래?"

"누나도 같이 갔다 왔어?"

"그래."

"나한텐 왜 같이 가자고 안 했는데? 나도 같이 오라고 했을 거 아니야."

"넌 어차피 같이 가자고 했어도 안 갔을 거 아니야."

"그걸 알면서도 갔단 말이지……. 좆나 열 받네, 씨발."

그 순간 내 몸 안에 있던 열이 얼굴로 확 솟구치는 게 느껴졌다. 나는 눈을 가리고 있던 머리를 쓸어 올리며 두 사람을 내려다보았다. 두 사람은 내 쪽을 쳐다보면서도 감히 나와 눈을 마주치지 못하고 시선을 피했다. 그 순간 나는 난생처음 아주 미묘한 기분을 맛보았다.

그것이 어떤 이름이 붙은 감정인지는 모르겠지만 나를 더 열 받게 하고, 더러운 욕을 쏟아붓게 만들고, 엄마와 누나를 더 불안하게 만들고 싶게 하면서 동시에 나에게 우월감을 안겨 주는 기분 좋은 쾌감이었다. 엄마와 누나는 나에게 겁을 먹었다. 내가 늘 우러러봤던 누나조차도 내 눈을 똑바로 쳐다보지 못할 정도로 겁을 먹은 것이다. 그 힘의 불균형을 감지한 나는 침대 옆에 있던 쓰레기통을 발로 걷어차며 소리를 질렀다.

"씨발, 병신같이 그딴 데를 왜 가는데. 이십 년 넘게 맞고 살았으면서 그 인간 보고 영웅이니 뭐니 떠받드는 데 가서 앉아 있고 싶어? 그 인간이 우리한테 어떻게 했는데. 집에만 오면 칼부림하고, 가스 폭발시켜 버릴 거라고 협박하고, 누나랑 나 가둬 놓고 학교도 못 가게 한 인간이 그 인간이야. 엄마 안 찾아 오면 우리까지 다 죽여 버린다고 한 게 그 인간이라고. 그런데 어떻게 그딴 인간을 추모하는 행사에 갈 수 있어?"

말을 하기 위해 굳이 생각이라는 과정이 필요하지는 않았다. 내 마음 어딘가에서 조용히 웅크리고 있던 지난 시간들이 더는 참지 않겠다는 각오를 하고 한꺼번에 쏟아져 나왔다.

"엄마가 이딴 식으로 병신같이 구니까 여태까지 찍소리 한 번 못 하고 그딴 쓰레기 같은 새끼한테 맞고만 산 거야. 알아? 엄마 때문에 나랑 누나는 매일매일을 지옥에서 살았다고. 그걸 아냐고."

엄마는 울고 있었다. 누나는 이를 꽉 깨문 채 몸을 부들부들 떨었다. 그래, 그게 내가 아는 누나였다. 누나는 눈물을 흘리지 않을 정도의 자존심은 있는 사람이었다. 나는 그 둘이 착각하고 있는 사실을 더 자세하게 알려 주어야 했다. 세상 사람들은 멍청하게 속아도 우리만은 그 사람이 어떤 사람이었는지를 잊지 않아야 했다. 그러려면 더 고통스럽고 잔인하고 심장을 파낼 만큼 무서운 말들이 필요했다. 나는 그런 말들을 내뱉을 충분한 준비가 되어 있었다. 그런데 한마디 한마디 내뱉을 때마다 혀끝에서 짠물이 느껴졌다. 도대체 내가 왜 눈물을 흘리고 있는지 알 수 없었다. 그 사람을 생각하며 눈물을 흘려서는 안 됐다. 화조차 제대로 내지 못하는 나 자신이 병신처럼 느껴졌다. 나는 둘에게서 몸을 돌려 벽을 바라보았다. 그리고 조금 시간이 지났던 것 같다. 엄마가 겨우겨우 나오는 목소리로 나에게 말했다.

"……돌아가셨잖아. 이제 다 잊고 용서해 줘야지. 어쩌니 그럼, 그래도 니 아빤데."

어느 정도 마음이 진정되어 가던 나는 여전히 아무것도 모르는 엄마의 그 백치 같은 소리에 다시 정신이 나갈 것 같았다. 나는 목이 터져라 소리를 질러 댔다.

"씨발, 나한테 그딴 소리 하지 마. 왜 그딴 쓰레기가 내 아빠야. 낳아 줬다고 다 부모야? 내가 제일 죽이고 싶어 하는 인간이 어떻게 내 아빠가 될 수 있는 건데……."

그때 누나가 말했다.

"……아버지도 알고 보면 불쌍한 사람이야."

나는 그 순간 뭔가에 얻어맞은 것처럼 머리가 흔들렸고 다시 정신을 차렸을 때는 그대로 주먹을 날려 누나의 얼굴을 갈겨 버리고 싶었다. 다시는 그런 소리를 못 하도록 목을 졸라 버리거나 거지 같은 연극을 못 하고 다니게 얼굴을 엉망으로 뭉개 버리고 싶었다. 엄마 옆에 달라붙어서 엄마 같은 한심한 여자나 할 법한 멍청한 소리를 하고 있는 건 내가 아는 누나가 아니었다.

"불쌍해? 누가? 그 인간이 누나한테 했던 말 잊었어? 너 같은 년은 평생 공장에서 일하다 썩어 죽을 거다, 누나한테 그렇게 말했지. 나도 이렇게 똑똑히 기억하는 걸 누나가 다 잊었다고? 이제 와서 그 인간이 불쌍해?"

"그건…… 내가 대학 안 가고 연극한다고 하니까 화나서 그런 거고……. 나는 이제 지난 일은 다 잊고…… 아버질 용서하기로 했어."

엄마와 누나는 그 병신 같은 행사에 가서 세뇌를 당하고 온 게 분명했다. 그러고는 집에 와서 그 사람에 대한 기억들을 완전히 재구성할 계획이었다. 내가 없는 사이 이 침대 위로 기어올라 서로 손을 붙들고 그런 날조를 벌이고 있었던 것이었다. 아직도 칼자국이 선명한 장롱은 순간의 실수로, 엄마를 때린 건 엄마에게 그럴 만한 이유가 있어서, 누나와 나를 학대한 건 그 사람도 알고 보면 어려서 비슷한 짓을 당했던 불쌍한 사람이어서라며 그 악인을 마침내는 우리 아버지로 날조할, 그런 말도 안 되는 계획을 짜고 있었던 것이다.

그 계획에 나는 훼방꾼이었다. 나는 끊임없이 그 사람의 폭행과 폭언을 생생하게 일깨웠으니까. 그 사람이 어떤 도구를 이용해 엄마를 때렸는지, 누나에게는 어떤 저주의 말을 퍼부었는지, 왜 나는 아버지라는 말이 세상에서 가장 역겨운지. 나는 더 이상 둘의 이야기를 듣고 있을 수 없었다. 할 수만 있다면 엄마와 누나를 있는 힘껏 두들겨 패 버리고 싶었다. 그러면 욱신거리는 통증을 느끼면서 지옥 같았던 지난 일들을 다시 떠올릴 수도 있을 테니까. 하지만 이상하게도 내 몸에선 점점 힘이 빠져나갔고 나는 아주 무거운 피로를 느꼈다.

"죽는 게 그렇게 대단한 거야? 있었던 일도 없던 일이 되고 죽이고 싶을 정도로 증오했던 인간도 다 용서를 받을 만큼? 그럼 나도 죽을까? 내가 죽으면 둘이서 그딴 행사에 다니면서 남들한테 행복한 가족이었던 것처럼 보이면서 살 수 있을 거 아니야. 둘이 바라는 게 그런 거잖아."

엄마는 한차례 멈추었던 울음을 다시 소리 내 울기 시작했다. 나는 엄마의 우는 소리가 정말 싫었다. 엄마에겐 눈물이 유일한 무기였겠지만 그건 어떠한 동정도 얻지 못했다. 오히려 그 약해 빠진 눈물은 때리는 사람을 더 미치게 만드는 흥분제나 마찬가지였다. 대항할 힘도, 그럴 의지도 없는 약자임이 처절하게 드러난 사람은 위로가 아니라 멸시와 모욕과 더 큰 학대를 부를 뿐이었다. 나는 어서 이 집에서 나가 울음소리가 들리지 않는 곳으로 피하고 싶었다. 그러나 그러기 전에 엄마와 누나에게 확실히 보여 줄 것이 있었다. 나는 무슨 일이 있어도 내 과거를 뒤트는 짓에 동참하지 않을 것이며, 죽음이 모든 것을 용서하게 하지도 않을 것이며, 맹세처럼 굳은 증오를 시간 따위에 녹이지도 않을 것이며, 그 악마 같은 사람이 내 아버지로 둔갑하는 것을 가만히 두고 보지만은 않을 것이란 것을.

나는 장롱 서랍을 일일이 다 뒤져서 엄마가 옷 속에 감추어 둔 훈장과 감사패를 찾아냈다. 훈장이 담긴 박스에는 그 사람과 관련한 기사를 스크랩한 것까지 함께 보관되어 있었다. 열여섯 명의 생명을 구한 소방 영웅. 나는 그것들을 들고 누나가 내 팔을 붙드는 것도 뿌리친 채 집을 뛰쳐나왔다. 밖은 너무 어두웠고 내 손엔 내가 가장 증오하는 것들이 마치 보물이나 되듯 안겨 있어 어떻게 해야 할지, 어디로 가야 할지, 마지막으로 집을 뛰쳐나왔던 열일곱의 겨울처럼 모든 것이 막막하기만 했다.

17

 나는 누나가 연극을 하고 있다고 생각했다. 옆머리에 찌른 하얀 핀과 하얀 상복은 코스튬에 가까웠다. 나는 마땅히 입을 검은 정장이 없어서 병원에서 빌려준 옷을 입었는데 바지는 짧고 팔은 길어서 아주 꼴이 우스웠다. 나는 그 차림으로 닷새 동안 대학 병원 장례식장에 앉아 있어야 했다. 동료 소방 대원들과 정치인들, 생존자의 가족들, 뉴스를 보고 찾아온 일반 조문객들이 끊임없이 향을 꽂고 국화를 놓았다. 기자들은 한순간도 놓치지 않고 사진을 찍어 댔다. 나는 그 바보 같은 사람들이 하는 짓을 나와는 전혀 무관한 일처럼 멀뚱히 보고만 있었다.
 하지만 장남으로서 내가 그 사람의 영정 사진을 들고 장례식장부터 운구차까지, 차에서 내려 다시 화장장까지 걸어가야 한다는 말을 들었을 때는 나도 모르게 뒷걸음질을 쳤다. 엄마와 누나를 제외하고 이유를 모르는 다른 사람들은 나를 이상하게 보았다. 나는 장례 기간 동안 영정 사진 쪽은 쳐다보지도 않았다. 그런데 내가 그 사람의 얼굴을 품에 안고 행진을 해야 한다니. 결국 그 사람의 얼굴을 보지 않을 수 없게 된 것이었다.

　나는 아주 거대한 침팬지나 오랑우탄을 상상했다. 나와 같은 '인간'이라고 생각하고서는 도저히 견딜 수가 없었기 때문에 인간에 근접한, 그러나 인간은 아닌 짐승으로 타협을 본 것이다. 그렇게 생각하면 마음이 편해질 때도 있었다. 그래, 저 사람은 인간이 아니다, 원숭이다, 덜 진화한 침팬지다, 털투성이 오랑우탄이다. 나는 사실 아주 오래전부터 그 사람의 얼굴을 똑바로 쳐다본 적이 없었다. 평소에는 집에서도 마주치는 일이 없게 그 사람의 활동 시간대를 피해 다녔고 어쩔 수 없이 같은 자리에 있어야 할 때는 바닥을 내려다보거나 눈의 초점을 흩뜨렸다. 그런 노력에도 불구하고 몇 번쯤은 아주 우연히 그 사람 눈과 내 시선이 완벽하게 맞닥뜨릴 때가 있었는데 나는 그때마다 미칠 듯이 심장이 두근거려 얼른 눈을 내리깔았다. 그 사람은 그런 내 모습을 보고 소심한 새끼라고 욕을 했다. 사회 부적응자처럼 군다고 경멸하듯 얘기했다. 그런 폭언에도 나는 아무런 저항을 하지 못했다. 어느새 나는 그 사람한테 지지 않을 만큼 키가 자라고 조금 말랐다 뿐이지

체격도 커지고 뼈에도 근육이 붙었지만 그 사람 앞에서만큼은 언제나 여덟 살 어린아이로 퇴보한 것처럼 겁이 났다. 그런 모습은 나 자신에게도 큰 수치심을 안겨 주어 어쩌면 내가 정말로 사회 부적응자일지도 모른다는 생각을 하게 했다.

사진 속의 얼굴은 침팬지도 오랑우탄도 아니었다. 정상적으로 생긴 한 인간이었을 뿐이다. 그러나 내가 알던 얼굴이 아니었다. 아니, 아예 모르는 사람이라고 하는 게 맞을 것이다. 나는 다른 장례식장과 영정 사진이 바뀌어 버린 건 아닌가 생각했다. 어찌 됐든 나에겐 다행한 일이었다. 남이나 마찬가지일 만큼 낯선 얼굴이었기 때문에 두려워했던 것보다는 조금 수월하게 영정 사진을 품에 안을 수 있었다.

그 사람의 몸이 화장장으로 들어가고 표시판에 '화장 중'이라는 문구가 떴을 때, 누나는 어깨를 들썩이며 하염없이 눈물을 흘렸다. 기절할 듯이 소리치는 엄마의 오열에는 관심도 없었다. 나는 다만 누나가 그렇게 우는 것이 신기할 따름이었다. 다른 사람도 아닌 누나가.

사람이 죽으면 슬프지 않아도 예의를 차리기 위해서 일부러 울음소리를 크게 낸다는 이야기를 어디선가 들은 적이 있다. 화장장에는 우리 말고도 사람들이 많았는데 하나같이 여자들만 보기 싫을 정도로 울음을 터뜨리고 있었다. 그중엔 화장을 마치고 다른 곳으로 이동하면서는 언제 그랬냐는 듯 마른 얼굴로 돌변하는 이들도 있었다. 나는 그 모습을 보면서 여기에서는 눈물이 보편적인 위장술로 쓰인다는 사실에 조금 안심했다. 하지만 아무리 봐도 누나의 연극은 그런 사람들의 것과는 차원이 달랐다. 모르는 사람들은 당연히 아주 사랑했던 아버지를 잃은 딸로 보고 온갖 안타까운 마음이 들었을 것이다. 뺨으로 흘러내린 머리칼과 눈물에 젖은 속눈썹, 붉어진 뺨. 나는 누나의 실체를 아는 단 한 명의 관객이었지만 그럼에도 누나의 연기에 큰 감동을 받고 말았다.

나에게는 슬픔이라는 감정이 전혀 생기지 않았다. 감정이라는 것이 생기려면 먼저 그 사람을 생각하는 과정을 거쳐야 하는데 나는 그 사람에 대한 생각 같은 걸 전혀 하고 있지 않았다. 장례식장과 화장장을 거치는 내내 머릿속을 가득 채우고 있던 생각은 인간의 죽음도 이런 시스템에 의해서 처리되는구나, 하는 감상 정도였다. 나는 장례와 화장이라는 것을 그때 처음 겪어 보았기 때문에 향을 꽂고, 맞절을 하고, 관을 나르고, 순번을 기다렸다가 시체를 태우고, 화장이 끝났다는 불이 들어오면 끔찍했던 인간도 아무것도 아닌 유골이 되어 작은 항아리에 담겨 나오는 그 지루한 과정이, 우리가 방에서 나감과 동시에 다음 차례 사람들이 기다렸다는 듯이 들어오는, 타이트하게 짜인 일정이 피곤하지만 아주 정교하게 기획된 시스템으로 여겨져서, 그런 처리 방식과 절차에 조금 압도되었을 뿐이었다. 나는 어른들을 따라 여기저기로 이동하는 것 외에는 별로 할 일도 없었기 때문에 주변을 둘러싼 우울한 풍경과 검은 옷의 사람들이 만들어 내는 지루한 장례 절차를 공부하듯 눈여겨보았다. 감상이라기보다는 차가운 분석에 가까웠다. 몇몇 어른들은 그런 나를 주시하고 있었는지 화장이 다 끝난 후 내가 상주 노릇을 아주 담담하게 잘 치러 냈다고 칭찬을 해 주었다.

화장을 끝낸 밤, 나는 드디어 그 맞지도 않는 검은 상복을 벗어 던지고 편안한 차림으로 침대에 누울 수 있었다. 오랜만에 샤워를 해서 기분이 좋았고 집은 믿을 수 없을 정도로 평온했다. 슬픔을 느끼지 않는다는 사실에 나는 어떤 죄책감도 들지 않았다. 다만 사람들이 내 머릿속을 들여다보고 내 진짜 생각을 알게 된다면 나를 괴물이라고 부를지도 모른다는 생각이 들기는 했다. 왜냐하면 어쩐지 나는 억울한 마음이 들었기 때문이다.

그 사람이 그렇게 갑자기 죽으리라고는 상상하지도 못했다. 그 사람이 죽는다면 누나와 나에 의해서일 거라고, 나는 예전부터 어렴풋이 그렇게 생각하고 있었다. 그 방법이 아니면 절대 죽지 않을 것 같았기 때문이다. 그 사람은 죽기 바로 며칠 전에도 집을 쑥대밭으로 만들었고 분풀이를 끝낸 후에는 코를 골며 편하게 잠을 잤다. 거실에는 부서진 시계와 뒤엎인 반찬들이 마구 섞여 나뒹굴고 있었다.

나는 그날 밤 정말 그 사람을 죽여 버리려고 했다. 불 꺼진 부엌을 더듬어 칼을 찾았다. 언제나 그 사람이 우리를 위협할 때 사용했던, 집에서 가장 큰 칼이었다. 그 사람이 잡았던 칼 손잡이를 내가 붙들고 있는 건 불쾌했지만 그래도 내 손안에 그 사람의 목숨이 달려 있다고 생각하니 우쭐한 기분이 들었다. 나는 칼을 든 채 그 사람의 방 가까이까지 걸어갔다. 문을 열고 들어가기만 하면 정말 죽일 수 있을 것 같았다.

지금이야.

하지만 나는 칼을 원래 있던 자리에 꽂아 둔 후 내 방으로 들어왔다. 괴로웠다. 그것 하나 해내지 못하는 내가 병신처럼 느껴졌다. 뭘 두려워하는지 알 수 없었다. 아버지를 죽인 패륜아로 신문에 얼굴이 실리는 것? 손에 수갑을 찬 채 재판을 받을 일? 아니면 감옥에서 보낼 길고 긴 시간들?

그 모든 것들이었다. 내 몸에 튄 피를 닦아야 하는 일, 누나 방에 숨어 자는 엄마에게 달려가 내가 그 사람을 죽였다고 알려야 하는 일, 사이렌을 울리며 출동할 경찰들, 새벽 난리에 잠이 깨서 우리 집으로 몰려들 아파트 주민들, 그리고 학교에 퍼질 갖가지 소문. 나는 그 모든 것들이 두려웠다. 하지만 이런 생각도 들었다. 나에게 총이 있었다면 얘기는 달라졌을 것이라고. 방아쇠만 당기면 되는 그 짧고 간단한 작업을 망설였을 리가 없다. 손가락만 굽히면 순식간에 끝나니 두려움이 몰려올 틈도 없을 테니까. 세상에서 가장 증오하는 인간을 눈앞에 두고도 죽이지 못하는 것이 결국 도구의 편리성 때문인가 생각하니 내 오랜 증오까지도 일순간 시시해져 버리고 말았다.

그 사람은 영웅이 되어 죽었다. 번호 키의 전기선이 녹아 버려 열리지 않는 문을 부수고 들어가 안에 갇힌 열여섯 명 전원을 탈출시킨 후 불길에 약해진 나무 계단에 깔려 그대로 죽었다. 집을 불길 속 공포로 몰아넣은 악인과 죽음을 무릅쓰고 타인을 구한 소방 영웅, 그 간극에 무엇이 있는지 나는 알 수 없다. 그러나 과정이야 어쨌든 내 유일한 소원대로 그 사람은 죽었다. 운 좋게도 내 손에 피 한 방울 묻히지 않고 말이다.

하지만 누나는 연기를 한 것이 아니었다.

18

 버려진 시간, 누군가 버리고 간 소파에 앉아 시커멓게 버려진 물을 바라보며 나는 나만 몰랐던 그날의 이면을 깨달았다. 누나가 연극을 한 게 아니었다고? 핏기를 잃은 얼굴도 진짜였고, 속눈썹이 떨어져 나갈 정도로 흘린 눈물도 진짜였고, 화장장 유리 벽 너머를 향해 "아빠, 아빠" 하고 오열하던 목소리도 진짜였단 말이지? 믿을 수 없었다.
 나는 누나가 집을 나간 날부터 그 사람의 사망 소식을 듣고 병원으로 달려온 날까지의 시간들을 하루하루 되짚어 보았다. 그러나 무엇이 누나를 변하게 한 건지 조그마한 단서도 찾아낼 수 없었다. 집에서 나가 사는 동안 누나에게 무슨 일이 있었던 걸까? "그래도 너희 아빠야"라고 말하는 엄마의 목을 졸라 버리고 싶다던 누나는 도대체 어디로 사라져 버린 거지?

어린 시절 내가 가장 두려워한 시간은 그 사람이 엄마에게 더러운 년이라고 욕하면서 벽시계를 부수고 엄마를 베란다 쪽으로 밀치는 밤이었다. 한밤중에 누나와 함께 컴컴한 산으로 도망가서 괴물처럼 보이는 나무들 밑에 앉아 있는 것이 너무나 무서웠다. 그러나 조금 더 나이를 먹어서는, 다음 날 아침 아무 일도 일어나지 않은 것처럼 아침을 먹고 학교를 가고 다시 그 집으로 돌아오는 나와 누나의 모습이 가장 끔찍했다. 명절날 친척들끼리 모여 반갑게 인사하고 큰상에 모여 함께 밥을 먹는 풍경이 약품 냄새가 나는 실험실에 갇힌 것처럼 섬뜩했다.

그러디 이느 순간 깨달았다. 내가 가장 두려워하는 것은 소방관인 그 사람이 가스 선에 라이터를 갖다 대며 집을 폭파시켜 버리겠다고 협박하는 그런 때가 아니라 결국 언젠가는 늙어 버릴 그가 어느 날 나에게 자신의 잘못을 뉘우치는 짧은 편지를 써서 내 손에 쥐여 주는 순간이라는 걸. 언젠가 늦은 밤에 하는 텔레비전 고발 프로그램에서 어린 아들을 학대했던 아버지가 다 늙어서 아들과 화해하는 것을 본 적이 있다. 늙고 못생긴 그 남자는 연신 눈물을 흘리며 자신이 한때 아들에게 큰 실수를 했다고 고백했다.

……실수?

하지만 사과를 하겠다는 사람이 뭐 하나 제대로 기억하는 게 없었다. 아들이 '이랬었죠, 저랬었죠' 고통스럽게 얘기하면 머리를 갸웃거리며 '내가 그랬었나' 하는 수준이었다.

　나는 구역질이 나왔다. 텔레비전에 나오는 정신과 의사, 상담사들도 죄다 머저리였다. 그 사람들은 위로를 해 주는 척하면서 그의 아버지 역시 어쩔 수 없는 나약한 인간이었다는 것을, 그가 학대를 하는 동안 그 자신도 학대당하고 있었음을, 그 역시 아버지로부터 폭력을 당한 피해자였다는 것을 알아야 한다고 아들을 협박했다. 그들은 아버지에게 두들겨 맞는 엄마를 한 번도 본 적 없는, 모범 가정에서 자라난 행운아들이 분명했다. 그런데 가장 이상한 건 그 아들이었다. 아들은 그 말도 안 되는 헛소리를 들으면서 눈물을 질질 흘리는 것이었다. 나는 저거 병신 아니야, 라고 중얼거렸다. 나는 내가 나이가 들어서 그런 말도 안 되는 몽키쇼에 나가게 될까 봐 두려워졌다. 서른이나 마흔이 되어, 다들 그러는 것처럼 '미안하다'라는 그 쉬운 한마디에 지난 일을 다 묻어 두고 그 사람을 용서해야 하는 순간이 오는 것이 가장 두려웠다. 내 입에서 아버지, 라는 소리가 나오게 될까 봐 정말 두려웠다. 병든 아버지에게 아들이 자신의 간과 신장을 떼어 주는 미담은 어떤 호러 영화보다도 괴기스러웠다. 어떤 날은 나에게 그런 일이 닥칠까 봐 무서워 눈도 감을 수 없었다. 그날이 오기 전에 내 몸을 다 망가뜨려 버리고 싶었다. 나는 강해지고 싶었지만 그런 순간들을 상상하면 늘 눈물이 나왔다.

내가 다가올 시간만을 두려워하며 방심하고 있는 사이 불시의 죽음이 내 뒤통수를 쳤다. 예상하지 못한 죽음이긴 했다. 늘 생사를 다투는 현장에 있다는 것을 알면서도 그 사람이 죽는다는 것은 한 번도 기대해 본 적이 없었으니까. 나 역시 갑작스런 사망 소식을 듣고 얼이 나갈 정도로 놀라긴 했다. 하지만 그뿐이었다. 나는 모두가 소란을 피우는 와중에 혼자 화장실로 들어가 거울을 보면서 드디어 다 끝난 거야, 라고 나에게 얘기해 주었다.

죽음이란 게 그렇게 대단한 것인지 이해가 되지 않았다. 곰팡이 핀 어두운 지하실에서의 쪽잠, 죽을 정도로 맞는 엄마를 바라보고 있을 수밖에 없었던 공포, 온몸에 불이 붙어 고통스럽게 타 숙는 악몽에서 깬 뒤 차라리 그대로 꿈속에서 죽어 버렸다면 좋았을걸 하고 혼자 울던 밤. 집은 지옥 그 자체였다. 그런데 죽음이란 게 그 모든 기억과 증오를 다 앗아 갈 정도로 힘이 세다니. 나는 도저히 받아들여지지 않았다. 내 몸, 지난 시간을 기억하고 있는 내 세포 하나하나가 그 말도 안 되는 이론에 저항하고 있었다. 나에게 그 사람의 죽음이란 그저 일찍 죽고 늦게 죽고의 차이일 뿐이었다.

아침이 오기 전, 나는 누구에게든 물어보고 싶었다.

왜 내가 그 사람을 용서하기 위해 이토록 노력해야 하는 건지, 정작 그 사람은 우리 누구에게도 미안하다는, 그 짧은 사과의 말도 한 적이 없고, 세상의 영웅이 되어 죽었으니 이제

와서 우리의 용서 따위는 필요로 하지도 않을 텐데. 왜 피해자인 우리가 그 사람을 용서하기 위해 이렇게 애를 쓰고 서로 싸우고 눈물을 흘려야 하는 건지.

용서를 하고 나면 내 마음이 가장 편안해질 거라고?

그따위 속임수는 쓰지 마. 누가 편안해지고 싶대? 누가 그딴 걸로 행복해지고 싶다 했냐고. 자기 상처를 판 대가로 행복을 얻는 거라면 차라리 불행한 게 훨씬 양심적인 거 아니야?

그러나 어둠은 아무런 답을 주지 않았고 나는 아주 의심스러운 목소리로 나 자신에게 물어보아야 했다.

……아무 슬픔도 느끼지 않는 내가, 용서의 마음이 손톱만큼도 자라지 않는 내가 정말 잘못된 인간인 걸까?

시간이 얼마나 흘렀는지는 알 수 없었지만 어둠에 묻혀 있던 하천이 조금씩 드러나면서 다리 위로 전철이 다니기 시작했다. 나는 그때까지도 내가 가지고 나온 것들을 어떻게 처리할지 결정을 내리지 못하고 있었다. 시커먼 하천에 던져 버릴 수도 있었을 것이다. 그랬다면 밤새 어둠 속을 흐르고 흘러 내가 영원히 보지 못하는 곳으로 사라져 버렸을 것이다. 하천 둔치에 가득한 잡동사니 사이에 내다 버릴 수도 있었다. 도금된 훈장은 천천히 부식해 그 위에 새겨진 글자가 무엇인지 알아볼 수 없을 정도로 녹이 슬 것이었다. 감사패를 돌멩이로 깨부술 수도 있었고 스크랩한 신문 기사를 갈기갈기 찢어 공중으로 날려 버릴 수도 있었다. 그러나 나는 아무것도 하지 못하고 소파에 앉아만 있었다.

그때 뒤쪽에서 들리는 어떤 말소리에 길 쪽으로 고개를 돌렸다. 출근길인 것 같은 파키 세 명이 모여 있었는데 그중 한 명이 날 발견하고는 알아들을 수 없는 말로 소리치면서 휘파람을 불었다. 그러자 나머지 두 명이 낄낄대며 웃었다. 그 짧은 순간 내 머릿속엔 저 사람들을 죽여 버려야겠다는 생각이 스쳐 지나갔다. 그리고 그걸 확인이라도 시켜 주려는 듯 나의 입에선 아주 정확한 발음으로 죽여 버려, 라는 혼잣말이 새어 나왔다. 파키들은 내가 계속 자기들을 노려보자 멋쩍은 표정을 지으며 가던 길을 갔다. 꼬리를 내리고 슬그머니 사라지는 파키들의 뒷모습을 보며 나는 지난번과는 다르게 내 힘만으로 그들을 쫓아냈다는 쾌감이 들었다.

파키들이 사라진 뒤로도 나는 꽤 오랫동안 그곳을 지키고 있었다. 그러나 소파에만 계속 앉아 있다가는 어떠한 해결책도 찾을 수 없을 것 같아 아홉 시 즈음에 하천을 나와 큰길 쪽으로 걸어갔다. 출근 인파가 빠져나간 마을은 아주 한산하고 조용했다. 거리에는 교복을 입은 채로 거리를 배회하는 중학생 무리가 종종 눈에 띄었는데, 학교에 있어야 할 시간에 밖에 있다는 것만으로도 그 애들에게 아주 중요한 일이 벌어지고 있는 것처럼 보였다. 하지만 그 일이 무엇인지는 별로 궁금하지 않았고 막상 알게 된다 해도 시시한 일일 게 분명했다. 약국 벤치에는 다섯 명이 넘는 할머니들이 이른 아침부터 약을 타기 위해 일렬로 앉아 있었다. 약국 옆 정형외과 앞에는 목발을 짚은 아저씨가 인상을 쓴 채 담배를 피우고 있었다. 가로수 잎들은 말라 갔고 사람들은 다 늙고 아프고 우울하거나 외로워 보였다. 스산한 공기 속에 내리쬐는 따뜻한 가을 햇볕은 어딘가 배신적이었다. 대낮에 야광띠 두른 작업복 조끼를 입고 도로 공사를 하는 인부들은 이 도시를 갈아엎어 버리려는 것 같았다. 금속 가공업체 공장에서 일하는 파키들은 사장 몰래 자기들 말을 써 가며 음흉한 계획을 꾸미고 있는 게 분명했다. 나는 그 이상한 거리를 하루 종일 쉬지 않고 걸었고, 왔던 길을 되돌아가기도 했다.

 온 도시를 헤매고 다녔지만 해 질 녘이 되어 걸음이 멈춘 곳은 결국 맨홀 앞이었다. 나는 맨홀 뚜껑을 열고 그 익숙한 어둠 속으로 들어갔다. 다리가 후들거릴 정도로 녹초가 되어 있었다. 돗자리 위에 몸을 누이자 이대로 눈을 감으면 죽겠구나, 하는 생각이 들었다. 몸은 너무나 지쳐 있었고 내가 누운 자리는 그 어느 곳보다 안락했다.

 나는 편안해지고 싶었다. 엄마와 누나에게 화를 내고 욕을 하고 싶지 않았다. 집안을 그렇게 불안하게 만들고 싶지 않았다. 두 사람은 내가 아는 가장 불쌍한 여자들이었다. 둘을 기쁘고 즐겁게 해 주고 싶었다. 하지만 그러기 위해서는 내 모든 기억을 지워야 했다. 엄마 얼굴만 봐도 비쳐 보이는 폭력의 잔상, 누나의 마른 몸에 깃든 학대, 소방차의 사이렌 소리만 들어도 온몸에 불이 붙는 것 같은 내 환각에 차가운 물을 끼얹어 모두 다 소각시켜야 했다. 지난 일들이 재가 되어 공중으로 날아가도록 그냥 내버려 두어야 했다. 더 이상 이 세상에 존재하지 않는 것을 두려워하거나 증오할 필요가 없다는 것을 자꾸 나에게 얘기해 주어야 했다. 그 증오가 나를 갉아먹고 있다는 것을 인정해야 했다.

그렇지만 나에겐 맨홀이 있었다. 누나와 나의 유일한 안식처이자 우리가 경험한 모든 폭력을 그대로 간직하고 있는 곳. 뚜껑을 닫고 이 속에서 잠이 들면 다음 날 시체로 발견되는 건 아닐까, 우리 둘의 죽음이 그 사람에게 가장 큰 복수가 될 수 있지 않을까, 누나와 조용히 소곤거렸던 기억들. 그날들은 흐르지 않는 물처럼 맨홀 속에 그대로 고여 있었다. 악취가 났다. 그렇지만 이곳에 맨홀이 존재하고 내가 뚜껑을 열고 계속 들어오는 한, 나는 그 고역스런 구정물 속에서 계속 잠수를 해야 했다. 그것이 내 숨구멍을 막는다 해도 그 속에서 탈출할 수 있을 것 같지 않았다.

얼핏 잠이 들었는지, 눈을 뜨자 통로로 들어오는 빛줄기가 전혀 없었다. 나는 사다리를 타고 맨홀을 나왔다. 아주 잠깐 눈을 붙였던 것 같은데 벌써 밤이 되어 있었다. 나는 뚜껑을 제자리에 맞게 밀어 넣고 공사장을 빠져나왔다. 방수포를 걷고 나오려는데 그제서야 맨홀 속에 놓고 나온 것들이 떠올랐다. 나는 얼른 맨홀로 돌아갔다. 그 사람의 명예 훈장과 그 사람의 얼굴이 실린 신문 기사 같은 것들이 내 물건들과 뒤섞여 있는 것을 참을 수 없었다. 그것은 다른 식의 오염이었다.

  나는 맨홀 뚜껑을 다시 세게 밀어젖혔다. 그리고 사다리에 한쪽 다리를 내려놓았다. 그런데 내 무릎 바로 밑에 끝이 보이지 않는 거대한 구멍이 뚫려 있었다. 유령이 흘린 천이 내 뒷목을 살짝 스치고 지나갔다. 그것은 내가 알던 맨홀이 아니었다. 나의 맨홀로 들어가는 통로가 아니었다. 그것은 내 다리를 잡아먹고 말 괴물의 입이었다. 온몸에 소름이 돋았다. 방금 전까지 내가 잠을 자고 나온 곳이 이곳이었나. 저곳에 들어가서 그 사람의 얼굴을 마주 보아야 한단 말인가. 나는 들어갈 수 없었다. 나는 서둘러 뚜껑을 닫고 공사장을 빠져나왔다. 그러고는 쫓기는 사람처럼 전속력으로 언덕을 뛰어 내려갔다.

19

 나는 어떤 얼굴로 집에 들어가야 할지 도무지 알 수 없었고 그렇게 고민할 바에야 차라리 집에 안 가는 게 낫다고 결론 내렸다. 나는 편의점에 들러 간단히 먹을 간식 몇 개를 사 들고 기진이 자취방으로 갔다. 기진이와 성제는 갑작스런 내 방문에도 전혀 거리낌 없이 들어오라고 했다. 우리는 밤늦게까지 텔레비전을 보면서 여자 연예인이나 옆 학교 여자애들, 희주, 곧 있을 중간고사 같은 것들에 대해 이야기했다. 지난 하루 동안 그런 일상적인 것들에서 아주 멀리 떨어져 있다가 돌아온 기분이었다. 소리를 지르지 않고, 눈물을 흘리지 않으면서 이야기할 수 있는 가벼운 것들이 나는 많이 그리웠다.
 잠을 자려고 불을 끈 지 얼마 지나지 않아 담 근처 어디에선가 고양이들이 우는 소리가 크게 들렸다. 한성제는 베개로 귀를 틀어막으며 저 발정 난 고양이 새끼들을 언젠가는 꼭 죽여 버릴 거라며 욕설을 퍼부었다. 말로만 들었을 때는 너무한다 싶었는데 막상 고양이들 우는 소리를 몇 시간 동안 듣고 있자 머릿속에 균열이 생길 정도여서 성제의 불평이 이해가 되기도 했다. 고양이들은 잠시 멈추는가 싶다가 다시 울었고, 어둠이 있는 내내 그것을 반복했다. 기진이와 성제는 고양이들의 울음이 끊긴 틈을 타 간신히 잠이 들었지만, 나는 밤새 눈을 뜬 채 낯선 천장만 올려다보고 있었다. 왜 맨홀 속으로 들어가지 못했는지 이유를 알아내려 했지만 그럴수록 천장에 생긴 구멍만 점점 더 커질 뿐이었다.

　새벽이 되자 나는 아직 잠이 덜 깬 기진이에게 집에 간다고 대충 말한 뒤 자취방을 나왔다. 부엌으로 연결된 현관문을 닫다가 싱크대에서 참치 캔을 발견하고는 주머니에 챙겼다. 새벽 공기엔 푸르스름한 안개가 끼어 있었고 낯선 동네는 길을 잃은 것처럼 내 발을 대문 앞에 붙들어 두었다. 집에 갈 생각 같은 건 애초에 없었다. 나는 고양이를 찾아볼 계획이었다. 한참 동안 자취방 주위를 배회하던 나는 맞은편 집 벽 모서리를 막 돌아가는 고양이 한 마리를 발견하고 얼른 쫓아갔다. 고양이가 들어간 곳은 자취방에서 그리 멀지 않은 정자 근처였다. 정자 주위에는 키가 작은 잡목들이 우거져 있었는데 고양이는 그 속으로 몸을 숨겼다. 내가 잡목들을 헤치고 고양이를 부르자 풀 속에 모여 있던 고양이 서너 마리가 내 기척을 들고 재빨리 도망쳤다.

고양이들이 모여 있던 자리에는 누가 잘 챙겨 주는지, 우유 자국이 남아 있는 플라스틱 그릇이 있었다. 나는 그 옆에 쪼그리고 앉아 참치 캔을 땄다. 그러고 한참을 있자 발이 너무 저려 아예 풀밭에 주저앉아 버렸다. 잡목 속에서 나를 주시하고 있던 고양이들은 내가 자기들을 해칠 사람이 아니라고 판단했는지 슬금슬금 기어 나왔다. 그러고는 내 눈치를 살피며 참치 캔에 혀를 갖다 댔다. 캔 모서리에 혀를 베일까 봐 나는 고양이들이 편히 먹을 수 있게 참치를 그릇에 부어 주었다. 고양이들은 곧 내 존재 같은 건 까맣게 잊고 무방비 상태로 참치를 먹어 댔다. 나는 조심스레 그중 가장 작은 고양이의 등을 쓰다듬었다. 고양이는 순간 움찔하면서 등을 곤추세웠지만 곧 내 손길에 적응하고 가만히 몸을 맡겼다. 사람 손을 탄 것 같기도 했다.

나는 동물들이 좋았다. 특히 거리에서 하루하루 삶을 영위해 가는 작은 동물들에게는 단순한 애정 이상의 경외심 같은 것을 느꼈다. 그들은 적으로 사방이 둘러싸인 곳에서도 영리하고 민첩하게 행동하며 자신의 삶을 꾸려 나갈 줄 알았다. 대놓고 드러내는 살의에도 굴복하지 않고 작은 네발로 꿋꿋이 이 세상을 살아가는 것이었다. 가끔은 나도 개나 고양이로 태어났다면 좋았을 것이라는 생각을 하기도 했다. 그들은 아주 어려 보이지만 돌봐 줄 부모 없이도, 마땅한 집 없이 비바람을 맞아 가면서도 어디론가 계속 걸어가고 있었다. 그건 어쨌든 인간보다는 훨씬 나은 점이었다.

그 뒤로 나는 결석과 지각을 자주 했고 2학기 중간고사에서는 반 등수가 27등이나 떨어졌다. 나보다 더 자주 결석하는 애들 몇몇을 제외하고 나면 거의 꼴찌나 다름없는 점수였다. 전교 등수는 더 나빠서, 대충 성적을 예상했던 나까지도 당황스러울 정도였다. 담임은 큰일이 일어난 것 같은 얼굴이 되어 나를 교무실로 불렀다.

나는 담임과 무릎이 닿을 정도로 가까이 앉는 게 싫었다. 옆자리 선생님들이 안 그러는 척하면서 내 이야기를 엿듣는 것도 싫었다. 나는 성적이 떨어지면 담임이 날 부를 것을 예상하고 있었기 때문에 매 과목 시험 때마다 내 머릿속에 있는 것들을 최대한으로 끄집어내 보려고 애를 썼지만, '1866년 천주교도 탄압을 구실로 프랑스 함대가 강화도에 침범한 사건은 무엇인가?'라는 문제에 '강화도 조약'이라는 답을 써넣을 정도로 머리가 텅 비어 있었다. 담임은 성적이 떨어진 것에 대해서는 단 한 마디도 야단을 치지 않고 대신 "네 지금 생활이 어떤 것 같니?" 하고 물었다. 담임은 좋은 사람이었다. 하지만 단순하고 멍청했다. 내가 정말로 자기에게 나의 지금 생활이란 것에 대해 이야기를 늘어놓을 줄 알고 잔뜩 기대하는 표정을 짓고 있었다. 사실 나는 그 질문의 뜻도 제대로 파악하지 못했다.

내가 아는 나의 생활이란 보라색 소파에서부터 시작되었다. 해가 질 때까지 보라색 소파에 앉아 키 큰 풀들이 하나씩 죽어 가는 것을 보면서 이름도 모르는 새 친구들을 사귀고, 고물상에 매여 있는 달이에게 밥을 주고, 누구와도 마주치지 않는 시간에 아파트로 가 가방을 놔두고 교복을 갈아입은 다음, 일어서면 머리가 닿는 다락방에서 여자 친구와 라면을 끓여 먹은 뒤, 거리의 용감한 고양이들에게 가끔씩 흰 우유를 조공하는 것, 그리고 다시 집으로 들어가 서너 시간 잠만 자다 나오는 것, 그것이 내 생활의 단순한 줄거리였다. 하지만 담임이 기대한 대답은 아버지가 돌아가신 후 책을 보지 못할 정도로 너무 슬퍼서 성적이 떨어졌다는 드라마 같은 이야기였을 것이다.

담임은 내가 앉은 의자 손잡이를 자기 쪽으로 끌어당겼다. 바퀴가 달린 의자는 순순히 담임의 무릎에 내 무릎을 갖다 대게 만들었다. 담임은 왜 밤에 집으로 전화를 걸어도 아무도 받지 않느냐고 물었다. 나는 집에 아무도 없다고 대답했다. "어머니는?" "몰라요." "누나는?" "몰라요." 나는 "몰라요"라고 두 번이나 대답해 버렸다. 담임은 내 대답을 어떻게 받아들여야 할지 몰라 당황스런 표정을 지었지만 곧 내가 귀찮아서 대충 둘러대고 있다고 의심하는 것 같았다. 하지만 그건 진짜였다. 엄마가 요양 병원에서 진짜 간병 일을 하고는 있는지, 돌보던 할머니가 진짜 죽었는지, 누나가 어디서 자는지, 엄마와 누나 사이에 무슨 계략이 있는 것은 아닌지, 나는 아무것도 모르고 있었다. 담임은 나를 계속 잡아 두고 있어 봤자 별다른 이야기가 나오지 않을 것 같았는지 다음에 다시 이야기하자며 나를 교실로 돌려보냈다. 아이들은 이미 모두 하교한 뒤여서 복도에 내 발소리가 크게 울려 퍼졌다. 나는 가방을 챙겨 가려고 교실로 들어갔다. 삐뚤삐뚤 줄이 맞춰진 서른두 개의 책상이 창 너머 노을빛을 받고 반지르르하게 윤이 나고 있었다. 나는 이쯤에서 학교를 관둘까 생각했다. 희주처럼 학교를 관두고 검정고시 같은 것을 본 다음 일찍 돈을 버는 것도 괜찮을 것 같았다. 그 사람이 벌어다 준 돈으로 밥을 먹고, 그 사람이 산 집에서 잠을 자야 한다는 게 언제나 나를 기죽게 만들었으니까.

 어려서부터 나는 학교에 다니지 못하게 되는 상황을 가장 두려워했다. 학교를 다니지 않으면 아무것도 못 하는 구제 불능 낙오자가 돼 버릴 것이라고 겁먹으며 살았다. 지옥 같은 집을 뛰쳐나오지 못한 것도 절반은 학교를 다니지 못한다는 공포 때문이었다. 그러면서, 갑작스럽게 전학을 간다거나 아무 말도 없이 어느 날부터 학교를 나오지 않는 아이들에게 불안함과 동시에 야릇한 동질감을 느꼈다. 그 애들도 어쩌면 아버지라는 악마 때문에 방에 갇혀서 학교에 못 오는 것일 수도 있다고 생각했기 때문이었다. 그렇지만 정작 교실에서는 책상이 한두 개쯤 비어도 아무런 문제가 되지 않았다. 빈 교실에 오래 앉아 있으니 꼭 공휴일인 것을 모르고 혼자만 열심히 학교에 나온 것 같은 기분이 들었다. 그러더니 곧 가슴이 짓이겨지는 이상한 아픔이 느껴졌다.

20

날씨가 점점 쌀쌀해지면서 기진이들과 나는 하천에 자주 가지 않게 되었다. 대신 기진이 자취방이나 노래방, 피씨방 같은 데가 새로운 아지트가 되었다. 자취방에서 자고 나오는 날이면 근처 편의점에서 우유나 생선 통조림을 사 가지고 와 고양이들을 먹였다. 고양이들은 몸에 점점 살이 붙어서 얼굴이 더 예뻐지고 털에서도 윤기가 흘렀다. 그 애들은 튼튼해진 목청으로 밤마다 더 우렁차게 울어 댔다. 세상이 끝나 가는 것을 알려 주기라도 하듯 절박한 목소리였다. 성제는 진짜로 고양이들을 잡을 생각인지 긴 잠자리채를 하나 사서 방 한쪽에 준비해 놓았다. 내가 고양이들에게 밥을 준다는 것을 알면 날 죽이려 할지도 모른다는 생각이 들었다.

11월 17일, 수능이 끝난 후 어수선한 분위기에서 가을 축제가 열렸다. 축제는 여상 애들도 함께 부분 부분 참여해서 자연스럽게 남녀공학의 축제 같은 분위기가 만들어졌다. 희주도 학원이 끝나고 다섯 시 즈음에 학교에 놀러 왔다. 작년 축제 때 나는 두통이 심하다는 핑계를 대고 양호실에서 두세 시간 잔 후 중간에 학교를 나와 버렸다. 그래서 당연히 다음 날 애들이 떠들어 대는 댄스 배틀, 노래자랑, 불꽃놀이 같은 이야기에 전혀 끼어들 수 없었다. 축제나 소풍, 수학여행 같은 행사 때마다 나는 늘 가장자리에서 서성거리곤 했다. 그러면서 내심 학교행사 따위에 열중하는 애들을 한심스럽게 생각했다. 그러나 어울려 다닐 무리가 있는 상황에서는 학교 축제란 것이 꽤—어쩌면 내가 표현하는 것보다 훨씬 더—즐거운 것이었고 축제의 마지막까지 남아 비록 완벽한 시간 차이로 터진 것은 아니었지만 밤하늘에 불꽃이 피어나는 장면을 본 것은 감동적이기까지 했다.

축제가 끝난 후 우리는 오랜만에 하천에 모여 뒤풀이를 하기로 했다. 기진이와 한성제, 김한나는 축제를 진행한 친구에게 불꽃놀이를 하고 남은 폭죽을 얻어 오겠다며 우리에게 먼저 하천에 가 있으라고 했다. 우리 무리는 나와 희주, 김수현, 최연, 거기에 최연의 여자 친구까지 합해서 다섯 명 정도였는데 교문을 나서던 중에 최연이 아는 여자애 두 명이 더 합류했다. 우리는 술과 먹을 것을 사기 위해 마트에 들렀다. 그러나 주인 아저씨가 우리가 고등학생임을 알아보고 술을 팔지 않았기 때문에 최연과 여자애들은 할머니 슈퍼에서 술을 사 오겠다며 학교 후문 쪽 골목으로 되돌아갔다. 나와 희주, 김수현은 먼저 하천으로 걸어갔다.

오랜만에 온 하천은 푸르렀던 전성기가 지나가 버린 국가처럼 시들해져 있었다. 하천을 사이에 둔 맞은편 강둑에서 쌀쌀한 바람이 불어왔지만 두꺼운 파카를 입은 데다 하루 종일 몸을 움직여서인지 뺨을 얼얼하게 하는 바람조차 마냥 시원하게만 느껴졌다. 우리는 언제나처럼 소파가 있는 곳을 향해 걸어갔다. 그때 나와 희주보다 몇 걸음 앞서 걸어가던 김수현이 고개를 돌려 우리 둘을 바라본 다음 턱으로 둔치 쪽을 가리켰다. 희주와 나는 동시에 김수현이 가리키는 곳을 바라보았다. 거기엔 다섯 명쯤 되는 파키들이 있었는데 그중 한 명은 우리가 늘 앉았던 소파를 차지하고 있었고 나머지는 소파를 중심으로 바닥에 둥그렇게 앉아 있었다. 그 모습을 본 순간 나는 그들이 아주 어설프게 우리를 따라 하고 있다는 생각이 들었다. 후줄근한 점퍼에 싸구려 캡 모자 따위를 쓰고 그곳이 마치 자기네 땅이라도 되는 것처럼 여유를 부리고 있는 것이었다. 파키들이 있어야 할 곳은 세계시장이나 파키촌, 금속공장 거리 정도였고 그 밖의 공간에서 서너 명씩 몰려다니며 크게 떠드는 것은 아주 신경이 거슬렸다.

나는 김수현과 눈짓을 주고받은 뒤 파키들 쪽으로 다가갔다. 파키들은 우리를 그냥 지나가는 사람들로 생각했는지 별 신경을 쓰지 않고 있다가, 우리가 점점 다가오는 것을 보고 갑자기 잔뜩 경계하는 표정을 지었다. 움츠러든 그들의 큰 눈을 보는 순간 문득 길에서 떠도는 동물들이 떠올랐지만 김수현의 목소리 때문에 환영은 금방 사라져 버렸다.

"저기요, 여긴 우리 자리거든요. 좀 비켜 주세요."

김수현은 내가 예상했던 것보다 훨씬 더 예의 있게 굴었다. 쓰레기가 널린 하천 둔치를 가지고 우리 자리라고 하는 건 좀 억지스럽긴 했지만 우리나라 사람이 아닌 그들에게는 그다지 불합리한 말도 아니었다. 어쨌든 모든 것에서 그들보다는 우리가 먼저인 셈이었다.

나는 바보 같게도 파키들이 순순히 자리를 비켜 줄 거라 생각했다. 그러나 그 사람들은 우리 둘을 비웃는 얼굴을 한 채 알아듣지 못할 말로 몇 마디 지껄여 댔을 뿐, 전혀 움직일 기미를 보이지 않았다. 우리가 계속해서 앞을 가리고 서 있자 소파에 앉은 남자가 억센 외국어로 우리에게 소리를 질러 댔다. 비록 알아들을 수는 없었지만 몸짓이나 억양, 얼굴 표정으로 그게 무슨 의미인지 대충 알 것 같았다. 파키들의 도발에 단번에 얼굴 표정이 바뀐 김수현은 코웃음을 치며 그 남자의 어깨를 쳤다.

"야, 좋은 말로 할 때 꺼지라고."

다섯 명의 파키들은 그 말을 알아듣기라도 했는지 한 몸이 된 것처럼 자리에서 일어났다. 소파에 앉아 있던 남자는 똑같이 김수현의 어깨를 밀치며 "왜, 왜"라고 소리쳤다. 김수현은 욕을 내뱉으며 파키가 한 짓을 그대로 되돌려 주었다. 우리와 조금 떨어져 길 위에 서 있던 희주가 그걸 보고 "그만해"라고 소리쳤다. 그러나 이상하게도 내 귀에는 희주의 그만해, 라는 외침이 멍청하게 가만히 서 있기만 하는 나를 부추기고 재촉하는 소리로 들렸다. 나는 보란 듯이 내 앞에 서 있던 파키의 어깨를 밀쳤다. 하지만 파키의 어깨에 손을 갖다 대자마자, 김수현을 그대로 따라 한 것 같아서 창피한 느낌이 들었다. 더 우스운 건 파키를 밀치는 내 몸짓이 너무나 어설펐고, 겁을 주기에는 힘도 너무 약했다는 것이다. 게다가 나는 아무 말 없이 옆에 가만히 서 있던 남자를 건드렸다. 어쩔 수 없었다. 나는 싸우는 방법을 몰랐으니까.

 그런데 어깨만 약간 뒤로 젖혀졌던 파키가 갑자기 중심을 잃고 바닥으로 쓰러지고 말았다. 땅에 박힌 무언가에 발이 걸린 것 같았다. 겉으론 드러내지 않았지만 나는 당황해서 하마터면 그 남자를 일으켜 주려고 손을 내밀 뻔했다. 그러나 미처 내 손이 나가기도 전에 한 남자가 내 몸을 덮쳤고 나는 그 사람과 함께 땅바닥으로 굴러떨어졌다. 순간적으로 그 남자가 쓴 하늘색 캡 모자가 눈앞을 스쳐 지나갔다. 그러더니 갑자기 내 얼굴 위로 무자비한 주먹이 날아왔다. 나는 두 팔로 얼굴을 가린 채 그 주먹을 막았다. 눈앞에서 빨간 핏방울이 튀는 게 보였다. 희주가 내지른 게 분명한 비명 소리가 귓속에 꽂

했다. 나는 남자를 밀치고 일어나려 했지만 몸이 꼼짝도 하지 않았다. 그런 데다 갑자기 누가 내 다리를 사정없이 걷어찼다. 배와 옆구리에 강한 통증이 느껴졌다. 본격적으로 구타가 시작되었지만 나는 내 몸을 내준 채 속수무책으로 당하고만 있었다. 남자의 모자에 쓰인 글자 'MT. EVEREST'가 가까워졌다 멀어졌다 하며 흔들거렸다. 순간, 마치 최면에라도 걸린 것처럼 마음이 평온해졌다.

손으로 얼굴을 가린 자세, 멀지 않은 곳에서 들려오는 여자의 날 선 비명, 사람 몸을 두들겨 패는 둔탁한 소리, 그리고 아무리 보지 않으려 노력해도 손가락 사이로 스쳐 보이는 폭력의 속도. 몇 달간 잠시 잊고 있었을 뿐, 나에게 아주 익숙한 것들이었다. 온몸에 힘이 빠졌다. 나에겐 저항할 의지도 없었다.

잠시 뒤 나를 때리던 발길질이 한번에 멈추더니 어딘가로 빠르게 뛰어가는 발소리가 들렸다. 곧 내가 뱉는 숨소리가 들릴 정도로 주위가 고요해졌다. 모든 일이 끝난 것이다. 이제 내가 할 일은 아무 일도 일어나지 않은 것처럼 자리에서 조용히 일어나는 것이었다. 그러면 다른 사람들도 모두 무슨 일이 일어났냐는 듯 행동할 테니까. 그러나 얼굴을 감쌌던 손을 치우고 피로 뭉개진 눈을 힘들게 떴을 때 내가 본 것은, 높은 데서 나를 빤히 내려다보는 여러 개의 서먹한 눈동자들이었다. 나는 로드 킬을 당한 개처럼 보기 좋은 구경거리가 되고 말았다.

애들은 내 눈치를 살펴 가며 방금 전에 일어난 일을 어떤 부분은 아주 빠르게, 어떤 부분은 아주 느리게 되감기 했다. 여자애들은 말이 많았다. 특히 그날 처음 본 여자 둘은 마치 나를 잘 아는 것처럼 내가 어떤 식으로 공격을 당했는지, 나를 때리던 사람들이 어떻게 생겼는지, 김수현은 나에 비해 아주 맷집 있게 버텨 내며 남자 두 명을 많이 때려 주었다고 떠들어 대다가 처음부터 2 대 5는 불리한 싸움이었다며 나를 위로해 주는 것 같은 말을 했다. 어떤 여자애는 경찰에 신고를 하자고 크게 떠들어 댔다. 그러나 그 말에 동의하는 사람은 아무도 없었다. 유일한 피해자인 내가 그때까지 단 한 마디도 하지 않고 있었기 때문이다. 희주도 말이 없었다. 시간이 지날수록 모두 말이 줄어들었다.

우리는 사 온 술을 돌려 마셨다. 애들은 병원에 가야 한다고 했지만 나는 아무렇지도 않다면서 소주를 병째 들이켰다. 폭죽도 충분히 있었지만 아무도 터뜨릴 생각을 하지 않았다. 나는 제발 나 같은 건 신경 쓰지 말고 모두들 폭죽을 터뜨리고 노래를 부르면서 신나게 놀기를 바랐다. 술을 마시는 것으로 위장을 해 보려 했지만 나는 점점 그곳에 있는 게 불편해졌다. 멋지게 마무리할 수 있었던 축제 뒤풀이가 나 때문에 엉망이 돼 버린 것이다. 찢어진 왼쪽 눈두덩 때문에 나는 눈도 제대로 뜰 수가 없었다. 내가 계속 눈을 찡그리고 있는 것을 보고 희주가 아무래도 병원에 가야 될 것 같아, 라며 나를 붙들고 자리에서 일어났다. 애들은 걱정스러운 말을 해 주며 같이 갈까? 라고 물었지만 나는 약국에서 연고만 사서 발라도 된다고 대답했다. 그러고는 내일 보자고 한 뒤 희주와 함께 하천을 떠났다.

내가 싸움을 잘해서 보기 좋게 파키들을 쫓아냈다면 아주 멋진 하루가 되었을 것이다. 그러나 현실의 나는 옷에 묻은 신발 자국도 다 털어 내지 않은 채 입은 꾹 다물고 눈에선 피를 찔끔찔끔 흘리면서 분위기나 망가뜨리다가 어색하게 자리를 떴다. 내가 간 뒤 그 애들이 무슨 얘기를 할지 나는 그게 조금 두려웠다.

희주는 병원 응급실에 가자고 했지만 나는 그 정도는 아니라면서 그냥 집에 가겠다고 했다. 희주는 약국을 찾아다녔다. 나는 이 시간에 문을 연 약국은 없을 거라고 말해 주었다. 희주는 우리 집에라도 갈래? 라고 물었지만 나는 파키들이 들끓는 그 더러운 골목에 갈 기분이 전혀 아니었다. 방금 전 일어난 일을 뻔히 보고도 그런 말을 하는 게 이해가 되지 않았다. 희주는 그럼 너희 집까지 데려다줄게, 라고 했지만 나는 아주 피곤한 표정을 지으면서 오늘은 여기서 헤어지자고 했다. 결국 우리는 마을버스 정류장에서 헤어져 각자 집으로 돌아갔다.

다음 날 아침에 일어나 보니 가슴과 허리에 큰 멍이 들어 있었다. 전날 밤에 샤워를 할 때만 해도 없었는데 밤새 시퍼렇게 물이 든 것이었다. 손가락으로 멍의 중심부를 누르자 가슴이 욱신거렸다. 나는 다른 부위의 멍도 일일이 다 눌러서 통증을 느꼈다. 그러자 왠지 모르게 흥분이 되기 시작했다. 나에게 주먹을 날린 남자가 쓴 모자를 떠올렸다. 하늘색 MT. EVEREST. 나는 완벽한 복수를 할 때까지 내 몸의 멍이 하나도 지워지지 않았으면 좋겠다고 생각했다. 몸에 난 폭력의 흔적은 증표처럼 영원히 남아야 했다. 어떤 사람들은 너무 멍청해서 멍이 사라지는 것과 함께 자신의 몸에 멍을 남긴 그 악마 같은 발길질까지 모조리 잊어버리니까. 그런 식으로 폭력은 다시 반복되니까.

다음 날 학교에는 내가 파키들에게 두들겨 맞았다는 소문이 쫙 퍼졌다. 나는 결석을 했다가는 기진이들에게 더 비웃음을 살까 봐 무리해서 학교에 간 것인데, 덕분에 아침 내내 그 소문이 사실인지를 확인하러 온 녀석들에게 시달려야 했다. 나는 그냥 시비가 좀 붙은 것뿐이라며 별거 아니라는 식으로 대충 얼버무리고 자리를 피했지만 어느새 내 대답과는 전혀 상관없이 내가 파키들에게 집단 폭행을 당한 것으로 소문이 부풀려졌다. 감출 수 없는 찢어진 눈두덩이 문제였다.

나는 누가 처음 그 이야기를 퍼뜨렸는지 알고 싶었다. 그러나 그건 생각할 것도 없이 당연히 기진이들이었다. 내가 없는 곳에서 꼴사나운 내 몰골에 대해 오랫동안 떠들었을 그 녀석들을 생각하니 배신을 당한 것처럼 온몸이 떨렸다. 어젯밤 하천을 먼저 떠나면서 느꼈던 꺼림칙한 불안감의 정체가 바로 그것이었다.

그러나 나는 그 소문을 왜 퍼뜨렸는지 기진이들에게 따질 수도 없었다. 어제 일로, 나는 같이 다니기 쪽팔린 존재라는 것이 드러나 버렸다. 따지고 보면 처음부터 나는 그 녀석들의 호감을 살 만한 점이 하나도 없었다. 학교에서 소위 잘나간다는 무리에 속한 것도 아니고 돈을 많이 쓰는 것도 아니며 같이 있으면 재미있는 사람도 아니었다. 나는 생각했다. 반도 다르고 내 이름도 모르던 녀석들이 왜 어느 날 갑자기 나와 어울려 다니기 시작했을까. 맨 처음 하천에서 녀석들과 마주친 날이 기억났다. "니가 그 소방관 아들이지?" 소파에 앉은 기진이가 나에게 그렇게 물었던 게 모든 것의 출발점이었다.

내가 그 소방관의 아들이 아니었다면 그 녀석들이 나에게 궁금한 점은 하나도 없었을 것이다. 나는 아무 특색도 없는, 그냥 같은 체육복을 입은 같은 학교 학생일 뿐이었을 것이다. 그 녀석들은 나를 불러 세우지 않았을 것이고, 나 역시 발길을 돌려 녀석들을 피했을 것이다. 아이러니하게도 그 소방관의 아들이라는, 내가 몸서리치게 싫어한 그 타이틀이 녀석들에게 나를 불러 세울 만한 조금의 흥미를 불러일으킨 것이다. 그게 전부였다.

나는 그날 내내 교실에만 틀어박혀 있었다. 담임이 내 얼굴을 보고 어떻게 된 일이냐고 물었지만 나는 계단에서 넘어졌다는 말도 안 되는 거짓말을 했다.

기진이가 내 반으로 찾아와서 기진이들과 나는 하교 시간에 학교 후문에서 잠깐 만났다. 김수현이 파키들에게 어떻게 갚아 줄 생각이냐고 물었다. 나는 당황했다. 불과 아침까지만 해도 몸에 난 멍을 세며 복수를 다짐했던 내가 어느새 파키들은 까맣게 잊어버리고 소문을 퍼뜨린 녀석들에 대한 배신감으로만 가득 차 있었던 것이다. 최연은 그 녀석들을 찾아내 다 같이 밟아 주자고 했다. 세계시장 근처에 가면 그 녀석들이 분명 있을 거라며 1학기 때 여학생을 성폭행한 놈도 다 같은 패거리일 거라고 했다. 파키 동네에서 집단으로 붙는 건 불리할 수가 있으니까 한 새끼씩 찾아내서 밟아 주는 게 좋겠다고 했다.

나는 깊은 생각에 빠진 것처럼 고개를 숙였다. 그런 뒤 녀석들의 얼굴을 하나하나 차례대로 흘끗거렸다. 녀석들은 아주 재미있는 놀이를 발견한 것처럼 보였다. 할 일 없이 노는 것도 지겨웠던 참에 에너지를 쏟아부을 적당한 사건이 생긴 것이었다. 명분도 확실했다. 친구의 복수. 그러나 정작 당사자인 나는 그런 계획에 제대로 집중할 수가 없었다. 오히려 이런 생각까지 들었다. 따지고 보면 먼저 시비를 건 것은 우리 쪽이고 몸싸움을 시작한 것도 김수현이었으니 파키들의 반격은 정당방위 아닌가. 우습게도 나는 열심히 복수를 떠들어 대는 녀석들에게서 한 발짝 떨어져 파키들을 위해 그런 변호나 해 주고 있었던 것이다. 나는 아주 음흉한 사람이었다. 나를 위해 복수를 계획하는 녀석들을 비웃고 의심했다. 나는 어제 일은 그만 잊고 싶다며 자리를 뜰지, 아니면 나를 위해 언제든지 세계시장으로 쳐들어가겠다는 녀석들에게 고마워하며 선동꾼 노릇을 할지 선택해야 했다. 그러나 긴 시간이 지나도록 나는 어떤 말도 하지 못했다. 그저 기진이들이 심각하게 떠들어 대는 허무맹랑한 말을 비웃으며 그 자리를 지킬 뿐이었다. 겹겹이 쌓인 내 속마음은 조금도 드러내지 않은 채.

겨우 학교에 소문이 난 것 따위로 그 녀석들에게 큰 배신이라도 당한 것처럼 분해했지만 나 역시 그 녀석들에게 조금도 순수하지 못했다. 나는 언제나 그 녀석들 사이에서 긴장을 하고 있었다. 같이 놀긴 했지만 우리가 동등한 위치에 있다고는 생각하지 않았다. 언제나 그 녀석들이 나보다 위였다. 속으로 그런 생각 하는 것을 들킬까 봐 겉으로는 모든 것에 무심한 것처럼 행동할 때도 있었다. 나는 문제의 본질을 흐리고 있었다. 배신이니 뭐니 떠들어 댈 게 아니라 받은 만큼 되돌려 주는 것에 집중해야 했다.

복수라고 크게 떠들어 대긴 했지만 계획대로 이루어진 것은 아무것도 없었다. 우리는 파키들이 비슷한 시간에 다시 하천에 나타날 것이라고 생각하고 그곳에서 며칠을 기다렸지만 우리가 본 거라곤 쓰레기 더미 위로 굴곡져 있던 그림자가 천천히 어둠에 묻히고 사람들을 가득 태운 마지막 전철이 다리 위를 달리는 모습뿐이었다. 세계시장에서 그들을 찾아내는 것은 더 불가능했다. 우리는 쾨쾨한 카레 냄새나 실컷 맡다가 아무 소득 없이 시장을 빠져나왔다.

날씨는 점점 더 추워졌고 파키들을 욕하던 목소리도 한풀 꺾였다. 며칠 더 지나자 기진이와 한성제, 최연, 김수현과 나는 우리가 매서운 추위에 떨며 아주 불쌍한 포즈로 쓸데없는 일을 하고 있다는 것을 깨달았다. 기진이와 한성제는 피곤하다며 자취방으로 가 버렸고 최연과 김수현도 각자 집으로 돌아갔다. 나는 느린 걸음으로 녀석들 뒤를 따라갔다. 파키들에게 맞았을 때보다도 더 꼴이 우스워졌다. 복수란 것을 한답시고 친구들을 끌어모았는데, 아니 끌어모은 것도 아니고 억지로 끌려왔는데 결국에는 적들의 꽁무니도 못 본 채 추위에 떨다가 모든 게 흐지부지 끝나 버렸다.

책임의 화살은 모두 나에게 돌아왔다. 나는 한순간에 '귀찮은 애'로 전락하고 말았다. 희주 얼굴을 보는 것도 껄끄러워서 연락을 잘 하지 않게 되었다. 희주에게 전화가 와도 엄마가 집에 있어서 못 나간다거나 감기에 걸려서 몸이 아프다고 둘러댔다. 그게 거짓말이란 것은 너무나 뻔했기 때문에 희주도 나에게 점점 연락을 끊었다.

내가 유일하게 긴장을 풀 수 있는 곳은 고물상뿐이었다. 나는 학교가 끝나면 고물상으로 가서 아저씨를 도와 할머니, 할아버지 들이 끌고 온 손수레에서 고물 내려 주는 일을 했다. 어떤 할머니는 고물로서 전혀 가치가 없는 이상한 모양의 장식품을 가지고 와서 무조건 저울에 얹으려고 했다. 아저씨는 그런 일들로 하루에도 몇 번씩 힘없는 할머니, 할아버지와 실랑이를 벌였다. 단돈 몇백 원을 두고 다투는 아주 치졸한 싸움이었지만 그 모습은 매번 나의 마음을 움직였다. 앞으로 살날이 얼마 남지도 않은 할머니들이 내가 아는 사람들 중에서 가장 열심히, 치열하게 세상을 살아가는 모습을 보는 게 어쩐지 미안했기 때문이다. 할머니들은 나를 귀여워했고 교복을 입은 어린 내가 고물상 같은 곳에서 허드렛일이나 하는 것을 아까워했다. 정작 나에겐 별로 아깝지도 않은 인생인데 말이다.

나는 도무지 나 자신을 어떻게 해야 할지 알 수 없었다. 어느 날 밤엔 내일부터 모든 것을 새롭게 시작하자는 다짐을 하고 눈을 감았다가도 다음 날 아침 눈을 뜨면 빈집에 누워 하는 일 없이 천장이나 바라보는 게 내 인생의 전부처럼 느껴졌다. 엄마와 누나에게 진지한 태도로 우리에게 일어났던 일들을 이야기하면서 내가 한 행동들에 대해 사과를 하려 했다가도 두 사람의 얼굴을 보면 화가 치밀고 비꼬는 말이 나와 버렸다. 기진이들에게 먼저 쿨한 태도로 다가가서 오늘은 뭐 할 거냐고 물어보려 했다가도 모든 게 너무 어색해서 그 녀석들과 마주치는 상황을 아예 피해 비렸다. 희주에게 전화를 걸어 내 솔직한 마음을 털어놓으며 네 앞에서 파키들에게 맞는 모습을 보인 게 너무 창피했다고 고백하려 했다가도 희주도 나에게 실망을 할 만큼 했다는 생각이 들어 전화기를 그냥 꺼버렸다.

그러던 어느 날, 나는 맨홀에 두고 온 그 훈장들을 빼내 오려고 공사장에 갔다. 그러나 뚜껑도 열지 못하고 맨홀 주위만 서성이다가 그냥 발길을 돌리고 나와 버렸다. 나는 모래주머니로 방수포를 막으며 오늘을 마지막으로 다시는 맨홀에 오지 않겠다고 결심했다. 그 사람은 내 맨홀까지 앗아 가 버렸다.

나는 아주 빠르게 예전의 나로 돌아가고 있었다. '예전의 나'라는 것은, 결석이나 지각 없이 열심히 학교를 다니면서 옆자리 애들과 가볍게 몇 마디를 주고받긴 하지만 그 애들을 결코 친구라고는 생각하지 않는 사람이었다. 머리가 좋은 건 아니지만 성실하게 내신을 관리해서 공고 특별 전형으로 서울에 있는 4년제 대학을 갈 계획을 짜는 사람이기도 했다. 누군가와 가까워지면 그만큼 귀찮은 일도 많이 생기는 법이라고 확신하는 사람이었다. 다른 사람들 입장에서 보자면 있어도 그만, 없어도 그만인 사람이었다.

나는 기진이들 무리에서 서서히 발을 뺐다. 우리는 가끔 식당이나 복도에서 마주쳤고 그럴 때마다 그 애들은 나에게 같이 놀자고 했지만 나는 우리 사이에 있었던 무언가가 되돌릴 수 없게 변해 버렸다는 것을 느낄 수 있었다. 그 애들의 초대는 진심이 아니었고, 나 역시 예전처럼 아무 예고 없이 자취방이나 하천에 갈 수 없게 되었다.

우리에게 일어난 변화의 원인 중 말로 표현할 수 있는 확실한 한 가지를 얘기하자면, 이상하게 들릴지도 모르지만 겨울로 바뀐 날씨였다. 12월이 되면서 바깥 공기는 하루하루 지날수록 더 차가워졌고 가끔은 예보에 없던 눈까지 내렸다. 아무 목적도 없이 칼바람 부는 거리를 걸어 다니는 일은 고통스러웠다. 나는 등하교 때마다 마을버스를 타기 시작했다. 버스는 갈 필요 없는 곳까지 빙 돌아서 갔고 하천 근처로도 지나갔다. 버스에서 내려다본 하천 둔치엔 시든 풀 주위로 쓰레기들만 죽은 물체처럼 너부러져 있었고, 그래서 보라색 소파가 더 눈에 들어왔다. 아침부터 비가 많이 내린 날, 나는 등교를 하던 중에 차창 너머로 소파를 보았다. 바닥이 많이 축축할 것 같다는 생각이 들었다. 다시는 그 의자에 앉지 못할 것 같았다.

엄마와 누나와 나로 말할 것 같으면, 우리 셋은 봉합의 전문가들이었다. 특히 엄마는 있었던 일을 없었던 일로 만드는 데에 뛰어난 능력을 가진 사람이었다. 새벽까지 얻어맞고도 다음 날 아침 그 사람을 위해 태연히 아침 밥상을 차렸던 엄마와 학교에서는 누구보다 더 제대로 된 집안의 딸인 것처럼 연기를 했던 누나, 보고 들은 더러운 것들을 몸 안에 꽉 가둔 채 아무에게도 말하지 않았던 나. 우리 세 사람은 발광에 가까웠던 내 난동 역시 침묵으로 잘 봉합해서 아예 없었던 일로 만들어 버렸다.

 엄마는 풀타임으로 하던 간병을 낮에만 하는 것으로 바꾸었다. 나는 오랜만에 엄마와 마주했는데 엄마는 당장 잠부터 자야 할 것처럼 피곤한 얼굴이었다. 지난 1년간 엄마는 쉬는 시간을 갖지 않기 위해 불필요한 일까지 찾아 하며 극한으로 자기 자신을 몰아세웠다. 나는 엄마가 이 집안의 가장 큰 피해자라는 것을 인정해야 했다. 기운 없는 엄마 얼굴을 보고 있으면 옛날 일들이 떠올라서 다시 기분이 안 좋아지고 나쁜 말들을 퍼부어 주고 싶었지만, 나는 그런 짓은 이제 그만두기로 했다. 그런 생각이 들 때마다 나에게 말했다. 엄마는 불쌍한 사람이라고. 더는 괴롭히지 말자고. 그러면 화가 어느 정도 누그러지기도 했다. 엄마는 정말 불쌍한 사람이었다. 예전에도, 지금도, 그리고 아마 미래에도, 아무도 엄마를 사랑하지 않았다. 어떤 밤이 오면 난 그게 너무 슬펐다.

 그 사람이 죽은 지 어느새 1년이 다 되어 갔고, 다시 1년이 지나면 나는 성인이 되는 것이었다. 그렇게 생각하자 내가 모든 것에 너무 심각했던 걸지도 모른다는 생각이 들었다. 매일 밤 폭력을 휘두르는 아버지, 그 존재는 그렇게 특별한 것도 아니었다. 매 맞는 엄마와 목격자인 자식들, 말만 안 할 뿐 다들 그렇게 사는 건지도 모를 일이었다. 기진이가 그랬던 것처럼 나도 언젠가는 손가락을 하나하나 꼽으면서 죽이고 싶은 아버지, 한심하고 불쌍한 엄마, 배신을 때린 누나, 지옥 같은 집, 하지만 이젠 다 나랑 상관없는 것들이라면서 대수롭지 않은 얼굴로 말할 수 있게 될지도 모를 일이었다.

  나는 나를 괴롭혔던 많은 생각들을 단순하게 정리했다. 그 사람에 대해서는 되도록 떠올리지 않을 것이고, 내가 해야 할 일을 성실하게 함으로써 엄마와 누나에게는 최소한의 아들, 동생 노릇을 하겠다고. 그리고 다시는 전과 같은 난동을 부리지 않고, 도저히 참을 수 없을 지경이 되면 충돌을 피해 차라리 밖으로 나가 버리겠다고. 더는 그 사람이 그랬던 것처럼 집을 공포 속으로 밀어 넣지 않겠다고. 그 사람과 똑같은 인간이 되지 않겠다고.

  그러면서 조금 늦긴 했지만 기말고사 준비를 착실히 해 나갔다. 몰두할 수 있는 일이 있다는 것은 좋은 일이었다. 나는 떨어진 성적을 한번에 만회하기 위해 밤을 새워 가며 공부했고 결과는 기대 이상이었다. 성적표를 확인하고 나는 오랜만에 기분이 아주 좋아졌다. 엄마와 누나도 많이 기뻐할 것 같다는 생각이 들었다. 그래, 그냥 이렇게 살면 되는 거구나. 나는 단순한 깨달음을 어렵게 얻은 것처럼 고개를 끄덕였다. 그때 내 몸속 어딘가에서 스스로를 비웃는 소리가 들리는 것 같았지만 나는 못 들은 척 시선을 창밖으로 돌려 버렸다. 소리도 없이 비가 섞인 눈이 내리고 있었다.

21

 겨울방학을 하자마자 나는 치킨집에서 배달 아르바이트를 시작했다. 치킨집 주인은 60대 초반 아저씨였는데 은퇴 후 연 치킨집에 자신의 모든 것을 건 사람이었다. 아저씨는 온 식구들을 동원해 시간대별로 가게에서 일하도록 했고 손님들에게는 지나치다 싶을 정도로 굽실거렸다. 아저씨의 총지휘 아래 아줌마와 큰딸은 주방에서 닭을 튀기거나 설거지를 했고 작은딸은 홀 서빙을 했다. 가족 네 명이 똘똘 뭉쳐 바쁘게 움직이는 것을 지켜보고 있으면 내 앞에서 접시를 나르고 식탁을 닦는 그 사람들이 단순한 혈연관계가 아니라 마치 치킨집을 사수하기 위해 모집된 대원들 같았다.
 주문이 폭주하는 금요일, 토요일 저녁에는 화장실 갈 시간도 없이 배달을 나가야 했다. 벨을 누르면 문이 열리고 낯선 냄새가 풍기면서 치킨이 오기만 기다렸던 사람들이 뛰어나와 나를 맞이했다. 어느 집 벨을 누르든 기쁜 표정의 사람들이 치킨을 기다리며 거실에 모여 있는 그 모습이 똑같이 연출되었다. 치킨 하나를 먹기 위해 주말 밤에 온 가족이 한데 모여 행복한 얼굴을 하고 앉아 있는 풍경은 나에게 아주 이상하게 보였다.

함박눈이 심하게 내려 폭설 경보가 내린 날, 가게에서 얼마 가지도 못했는데 오토바이가 미끄러지고 말았다. 아저씨는 큰 죄라도 지은 사람처럼 쩔쩔매며 걸려 오는 배달 주문 전화를 거절했고, 배달이 늦는 이유에 대해 일일이 설명했다. 일주일 내내 쉬지 않고 눈이 내린 적도 있었는데, 아저씨는 통유리 너머로 보이는 눈발을 원망스럽게 바라보면서 세상이 망하기라도 한 것처럼 낙담했다. 아저씨에게는 치킨집이 망하는 날이 세상이 망하는 날일 테니 이해가 가지 않는 건 아니었다. 가게에도 손님이 하나 없어서 아저씨의 가족들과 나는 빈 테이블에 앉아 아주 지루한 시간을 보내야 했다. 아저씨 가족들은 자신들의 옆에 조용히 앉아 있는 내 존재를 발견하고는 심심풀이 삼아 나에게 여러 질문을 던졌다. 공부는 잘하냐, 반에서 몇 등 하냐, 부모님이 걱정이 많으시겠다, 요즘 애들은 도대체 왜 그러냐. 나는 그런 질문들이 아주 싫었기 때문에 적당히 걸어갈 수 있을 만한 거리에서 주문이 들어오면 오토바이는 놔둔 채 헬멧만 뒤집어쓰고 배달을 나갔다. 아저씨는 나의 그런 행동에 조금 감동을 받은 것 같았다.

나는 아주 잘 지냈다. 오전에는 학교 공부를 했고 저녁에는 돈을 벌면서 하루가 어떻게 가는지도 몰랐다. 엄마와 누나와도 어색하지만 충돌하는 일 없이 그런대로 평탄하게 지냈다. 이대로라면 고등학교 생활을 무사히 마칠 수 있을 것 같았다. 하지만 1월 21일이 다가오고 있었다.

나는 1월 중순부터 신경이 예민해지고 잠을 자지 못했다. 잘 지내 온 우리에게 또다시 불편한 날이 닥쳐 오고 있는 것이었다. 바로 그 사람의 일주기였다. 만나기 싫은 친척들과 동료 소방대원들, 생존자들 중 몇몇이 모두를 대표해서 제사에 참석한다고 했다. 기일이니 제사니 하는 건 나와는 아무 관련 없는 일이었고 나는 그런 기념일에 대해 어떤 의무감도 느끼지 못했지만 싫다고 빠질 수 있는 자리가 아니었다. 나는 또 어디선가 빌려 온 검은 양복을 입고 맨 앞으로 걸어 나가 그 사람 앞에 절을 해야 했다. 엄마는 분명 울 것이다. 이제는 바보가 돼 버린 누나도 덩달아 울지 모른다. 그러면 아무것도 모르는 멍청한 사람들은 엄마를 위로해 준답시고 그 사람을 세상에서 가장 훌륭한 사람으로 치켜세우며 술을 마실 것이다. 나는 그 사람들의 잔을 채워 주어야 한다. 아버지를 본받아야 한다고 할 때마다 겸손하게 고개를 숙이며 네, 라고 대답해야 한다. 생존자들이 자기들만 살아서 죄송하다고 할 때마다 듣기 좋은 덕담을 해 주어야 하는 그 우습지도 않은 쇼를 또 벌여야 하는 것이었다. 그게 이번 한 번으로 끝나란 법도 없었다. 우리가 살아 있는 한, 대를 이어서도 계속될 게 분명했다. 누나가 아이를 가진다면 그 아이는 할아버지란 사람을 아주 훌륭한 사람으로 존경하며 자랄지도 모른다. 나는 시험을 당하는 것 같았다. 그 사람은 죽어서도 우리를 자기 손아귀에 넣고 놀고 있었다. 나는 그날을 피해 어디론가 숨어 버리고 싶었다. 하지만 나의 맨홀조차도 그 사람이……

기일 아침이었다. 아주 이른 시간이었는데도 엄마와 누나는 부엌과 거실을 종종걸음으로 오가며 제사 준비를 시작했다. 나는 눈을 뜬 후에도 줄곧 침대에서 뒤척거렸다. 배가 좀 고프긴 했지만 밖으로 나갈 생각은 없었다. 전을 부칠 때 나는 기름 소리가 닫아 놓은 문 틈새로 흘러들어 왔다. 엄마와 누나는 아주 작은 소리까지 들릴 정도로 조용히 일을 하고 있었다. 그 정도로 두 사람은 할 말이 없는 사이였다.

아홉 시가 다 되도록 방에 있던 나는 소변이 너무나 급해서 어쩔 수 없이 방에서 나와야 했다. 배가 고프고, 화장실이 가고 싶고, 눈물이 흐르고, 그런 생리적인 것들은 가끔씩 사람을 너무 초라하게 만들었다. 화장실에서 나온 후 나는 방으로 들어가지 않고 거실로 가 소파에 앉았다. 그런 다음 부엌 쪽으로는 전혀 눈길도 주지 않은 채 텔레비전을 켰다. 나는 일부러 사람들이 미친 듯이 웃고 소리를 질러 대는 개그 프로그램을 틀어 놓았다. 그건 아주 유치한 방식의 선언이었다. 당신들이 공개적으로 그 사람을 추모한다고 내가 지난번처럼 난동을 부리지는 않겠지만, 나는 여기 소파에 비스듬히 누워서 당신들이 하는 일과는 아무 상관 없는 사람이 되겠다고. 그건 그런대로 효과가 있는 것 같았다. 엄마와 누나는 내 기분을 조금이라도 건드렸다가는 자신들이 정성스레 준비해 놓은 제사상을 내가 걷어차기라도 할까 봐 두려운지 내 눈치를 살피며 아주 조용히 일했다. 나는 집안의 어린 왕이라도 된 것 같았고, 그건 아주 더러운 기분이었다.

소파에 두 시간 정도 누워 있던 나는 갑자기 내가 하는 짓이 모두 우습게 느껴져서 그만두자는 생각이 들었다. 아르바이트 시간이 되려면 아직 멀었지만 나는 방에서 옷을 챙겨 입은 뒤 현관문으로 걸어갔다. 내가 나가는 것을 보고 누나가 나에게 서둘러 뛰어왔다. 누나가 어디를 가느냐고 물어서 나는 아르바이트를 간다고 대답했다. 누나는 다시 아직 시간이 안 됐는데? 라고 물었고 나는 그냥, 이라고 둘러댔다.

누나가 말했다.

"밥은 먹고 나가야지."

"배 안 고파."

나는 운동화를 구겨 신으며 현관으로 나가는 미닫이문을 열었다.

누나가 내 팔을 붙들며 말했다.

"가게에 오늘 아버지 기일이라고 말씀드렸지?"

나는 거짓말로 "응"이라고 했다.

"일찍 올 거지?"

나는 대답을 않고 그냥 서 있기만 했다.

"꼭 와야 돼. 니가 없으면 엄마랑 나랑 둘인데…… 친척들이랑 손님들이 이상하게 생각할 거 아니야. 첫 기일이니까 싫어도 이번만 참고 제대로 해 줘. 그래도 니가 장남이니까."

나는 그대로 문을 닫고 엘리베이터로 걸어갔다.

"꼭 와야 돼!"

누나가 외치는 소리가 등 뒤로 들렸다. 누나는 아주 오랜만에 나에게 말을 걸었다. 누나가 먼저 다정한 말투로 말을 걸어 주어서 조금 기쁘기도 했다. 그러나 그건 순전히 제사에 필요한 내 역할 때문이었다. 그게 아니었다면 누나는 다른 때처럼 집에 들어오지도 않았을 것이고 나를 보고도 못 본 척 방으로 들어가 버렸을 것이었다.

아저씨는 내가 일찍 나온 것을 보고 아주 좋아했다. 나는 배달을 나갈 때까지 가게를 청소하며 시간을 보냈다. 그리고 첫 주문이 들어오자 오토바이에 시동을 건 뒤 한 번도 달려 보지 않은 빠른 속도로 도로를 달렸다. 눈에 보이는 것들이 형체를 띠기도 전에 불완전한 덩어리로 뭉개져 빠르게 지나갔다. 거리의 사람들도, 차도, 건물도 다 똑같았다. 모두 아무 의미 없는 것들이었다. 그래서 그날, 선명한 형태의 사람에게 따뜻한 온기가 남아 있는 치킨 상자를 건네주었을 때 나는 인간과 처음 마주한 로봇이 된 것처럼 아주 묘한 기분이 들었다.

아홉 시가 넘어서부터 나는 시계를 자주 확인했다. 그렇게 스스로 의식하는 행동이 싫어서 가게 밖으로 나와 오토바이에 걸터앉았지만 눈은 자꾸만 가게 안 시계로 향했다. 나는 꺼 두었던 휴대폰을 켰다. 누나에게서 온 부재중 전화가 열 통이 넘었다. 주문은 30분 간격으로 계속 들어왔다. 열 시 반이 넘어서 나는 또 배달을 나갔다. 오토바이가 올라갈 수 없는 계단 위에 있는 집이었기 때문에 수십 개도 넘는 계단을 하나하나 뛰어 올라가야 했다. 겨울인데도 몹시 더웠고 자꾸 재촉당하는 기분이었다. 돈을 받자마자 나는 미끄러지듯이 계단을 뛰어 내려와 오토바이에 올라탔다. 스스로도 왜 그러는지 알 수가 없어 나 자신에게 욕을 퍼부어 주었다.

아저씨는 내가 당장 집에 가야 한다고 하니 크게 화를 냈다가 아버지 기일이라는 설명을 듣고 나서는 황당하다는 표정을 지었다. 아버지 제삿날이라는 것을 왜 지금에서야 말하느냐고 꾸짖었다. 아르바이트를 제치기 위해 둘러대는 거짓말이라고 의심해도 나로서는 어쩔 수 없는 일이었지만, 어쩐 일인지 아저씨는 내가 들고 있던 헬멧을 받아 들고는 얼른 가 보라고 했다.

나는 큰길에서 택시를 잡아타고 집까지 왔다. 집을 올려다

보니 거실에서 사람들이 오가는 게 보였다. 엘리베이터를 타고 8층을 눌렀다. 엘리베이터는 한 번도 멈추지 않고 8층까지 올라갔다. 땡 하는 벨 소리와 함께 엘리베이터 문이 열리고 복도에 불이 들어왔다.

복도에 불이 들어왔다…….

나는 엘리베이터에서 내리지 않은 채 그대로 1층 버튼을 눌렀다.

무작정 희주 집으로 찾아갔다. 희주네 창문에는 전에는 없었던 두꺼운 커튼이 쳐져 있어 안을 들여다볼 수 없었다. 나는 창문 가까이 귀를 갖다 댔다. 불은 켜져 있지만 아무 소리도 들리지 않았다. 작은 인기척이라도 잡아내기 위해 무릎을 반쯤 굽히고 귀를 창가에 바짝 붙였는데, 갑자기 옆에서 헛기침 소리가 들렸다. 고개를 돌려 보니 파키 한 명이 내 옆을 지나가며 의심스런 눈길로 쳐다보고 있었다. 나는 갑자기 그 남자에게 내 정체를 확인시켜 주려는 것처럼 희주네 문손잡이를 잡아당겼다. 닫혀 있으면 어떡하나 긴장했지만 문은 가볍게 열렸다. 그러고 보니 희주네 집이 잠겨 있던 적은 한 번도 없었다.

나는 희주 형부와 마주쳤다. 그 사람은 여전히 책상 앞에 앉아 비누를 깎고 있었다. 희주네 집에 처음 왔을 때로 시간이 되돌아간 것 같았다. 추운 데 있다가 들어와서 그런지 손가락이 찌릿찌릿거리며 얼어붙었던 몸이 한순간에 녹는 느낌이 들었다. 형부는 놀라는 얼굴이 되어서 나를 쳐다보다가 "아아, 오랜만이다"라고 인사했다. 나는 고개를 가볍게 숙여 인사한 뒤 희주가 집에 있냐고 물었다. 형부는 다락방 쪽으로 고개를 돌리며 "희주야, 친구 왔다"라고 외쳤다. 나는 이상하게도 정말로 희주가 내려오면 어떡하나 걱정이 되었다. 잠시 후 다락방 계단에서 희주가 내려왔다.

희주는 밖에 나가서 얘기하자고 했지만 나는 밖은 너무 추우니까 다락방에 올라가자고 했다. 거의 두 달 만에 찾아와서는 나 자신도 놀랄 정도로 뻔뻔하고 태연하게 굴고 있었다. 희주는 황당하다는 표정을 지었지만 곧 "올라와"라고 말했다. 나는 희주를 따라 사다리를 타고 올라갔다. 다락방 바닥엔 전기매트가 깔려 있었고 그 옆엔 난로가 빨갛게 켜져 있었다. 방에서 희미하게 석유 냄새가 났다. 나는 난로 가까이 가서 손을 쬐었다.

희주는 나에게 무슨 일이 생겼냐고 물었다. 나는 아무 일도 없다고 대답했다. 그런데 왜 갑자기 찾아왔느냐고 묻기에 나는 한참을 생각하다가 "그냥…… 갑자기 생각이 나서"라고 말했다. 희주는 "하" 하고 소리를 내며 얼굴을 무릎에 묻었다. 내 대답이 마음에 든 것 같았다.

우리는 아주 오랫동안 아무 말 않고 가만히 앉아 있기만 했는데 갑자기 빨간 난롯불이 하나둘 사라졌다. 내가 난로를 툭툭 치자 희주는 너무 오래 쬐면 머리가 아프기 때문에 타이머를 맞추어 놓은 것이라고 했다. 우리는 사라진 난롯불을 시작으로 자연스럽게 이야기를 나눴다. 희주는 내가 그동안 연락도 않고 만나자는 말도 안 해서 기분이 나빴다며 왜 기진이들이랑도 같이 안 노느냐고 물었다. 나는 "원래 친구도 아니었어, 그냥 걔들 사이에 내가 끼어든 거지"라고 대답했다. 희주는 왜 그렇게 말하느냐면서 기진이들이 자기에게도 네가 어떻게 지내는지 몇 번이나 물어보았다고 했다. 그러면서 "너는 꼭 일부러 겉돌려고 하는 애 같애"라고 덧붙였다. 내가 피한 게 아니고 걔네들이 먼저 날 피한 거야, 그날 내가 병신같이 맞고만 있었으니까, 라고 반박하려 했지만 그러는 것도 다 귀찮아져서 나는 그냥 가볍게 웃기만 했다. 우리는 또 말이 없어졌고 희주는 다시 난로를 켰다.

　난로에 가까이 앉아 있으니까 희주 말대로 머릿속에 연기가 끼는 것처럼 어질어질했다. 나는 타이머가 멈추기도 전에 버튼을 돌려 난로를 껐다. 난로에 맺힌 빨간 불빛이 점점 약해지다가 완전히 사라졌을 때 우리는 아주 조용하게 키스를 했다. 희주 형부가 들으면 어떡하나 가슴이 조마조마했지만 어쩐지 형부는 그런 소리를 들어도 아무렇지 않게 향기로운 비누만 계속 깎고 있을 것 같았다.

　다음 날 아침, 나는 느지막이 집에 갔다. 문을 열고 들어가자 엄마와 누나는 거실에 서서 경멸하는 눈초리로 나를 바라보았다. 그런 뒤 아무 말도 없이 각자의 방으로 들어가 버렸다.

다. 상주가 없었던 지난 밤, 두 사람은 왜 장남이 안 보이냐는 사람들의 질문에 여러 가지 변명을 해야 했을 것이다. 이제 고3이라서 독서실에서 공부를 한다느니, 늦게까지 아르바이트를 한다느니, 아니면 겨울방학이라 친구들과 여행을 갔다느니……. 그러나 아무리 그럴듯한 변명을 대도 아들이 아버지의 첫 기일에 빠지는 납득할 만한 이유가 되진 못했을 것이고, 두 사람은 의심의 눈초리를 보내는 사람들 속에서 힘들게 제사를 지내야 했을 것이다.

나는 그 모든 것을 알고서도 두 사람이 그런 수모를 당하게 내버려 둔 것이었다. 그러니까 그 눈빛은 당연히 내가 감당해야 할 몫이었다. 하지만 막상 한 번도 겪어 보지 못한, 나를 아주 싫어하는 타인이나 던질 법한 눈빛과 함께 노골적인 무시를 받고 나니 가슴이 절망적으로 요동쳤다. 우리는 가족이 아니었다. 나는 지난밤 되돌아갈 수 없는 길로 들어서 버린 것이다. 부정과 선택으로 뒤척였던 밤들이 다 끝나고 드디어 모든 것이 확실해지고 선명해졌다. 나는 이제 정말로 저 두 사람과 분리돼 완벽하게 혼자가 되었다.

22

 기진이들과 다시 어울리면서 나는 내가 얼마나 복잡하고 음흉한 인간이었는지를 다시 한번 실감했다. 나는 언제나 인간관계란 것에 겁을 집어먹고 있었다. 무엇이든 하나라도 틀어져 버리면 그 관계는 돌이킬 수 없게 끝나는 거라고 생각했다. 집에서는 관계랄 수도 없는 학대를 당하면서 밖에서는 완전하고 순결무구한 것만을 꿈꾸고 있었던 것이다. 아무에게도 알리고 싶지 않은 나의 속마음을 눈치 빠른 누군가에게 들킨 것 같으면, 나는 바로 세상이 무너진 것처럼 절망하며 그 녀석과의 관계를 끊어 버렸다. 그러고는 역시 혼자가 편하다고 자위했다. 나는 이번에도 역시 기진이들과의 관계를 그렇게 끝내 버리고 혼자가 될 생각이었다.
 1월 말경 기진이와 한성제가 오토바이를 타고 내가 아르바이트를 하는 가게로 찾아왔다. 나는 잔뜩 긴장해서 어색하게 아는 체를 했는데 기진이들은 마치 어젯밤에 헤어지고 다시 만난 사이처럼 나를 편하게 대했다. 기진이는 오늘 밤 자기 방에서 다들 모여 놀기로 했으니 나도 오라고 했다. 나는 일이 끝난 뒤 가겠다고 대답했다. 얼떨결에 나온 대답이었지만 나는 정말로 치킨 두 마리를 사 가지고 기진이 자취방으로 갔다.

내가 설계한 피라미드식 관계도는 모두 틀린 것이었다. 그 애들은 일부러 나를 따돌리거나 우습게 만들 의도도, 그런 적도 전혀 없었다. 그 애들이 나보다 우위에 있다거나 내가 소방관의 아들이 아니었다면 나에게 말을 걸지 않았을 거라는 추측은 모두 자격지심에서 비롯된 망상이었다. 그 애들은 나를 웃게 하려고 자기들은 이미 알고 있는 유머를 내 앞에서 다시 늘어놓았고 내가 웃으면 정말 우스운 얘기라고 판정을 내렸다. 나는 웃음보다는 울음이 나올 것 같았다. 도대체 나는 왜 이따위로 생겨 먹었는지, 비관적이고 불안한 내 성격의 결함이 어디서 온 것인지. 나는 기진이들을 만날 때마다 내 성격을 바꾸려고 노력했지만 잘 되지는 않았다.

나는 내가 원할 때마다 기진이 자취방과 희주 다락방으로 들어갈 수 있었지만 내 방으로는 그 누구도, 희주조차도 쉽게 들이지 않았다. 자기 이야기를 잘 하지 않던 성제까지 친척들과 집에 얽힌 복잡한 얘기를 털어놓았지만, 나는 여전히 자랑스러운 소방관 아들 노릇을 하고 있었다. 나는 엄마나 누나에 대해서도 한 번도 이야기하지 않았다. 이 세상에 혼자 태어나 혼자 사는 사람인 것처럼 행동했다. 감추고 은폐하고 속이고 위장하고. 나는 모든 사람들이 싫어할 만한 유형의 인간이었다. 나 스스로도 그런 내 모습이 너무 징그러웠지만 도대체 어디서부터 무엇을 어떻게 고쳐 나가야 할지, 내가 만든 미로에서 내가 헤매고 있는 것처럼 도무지 진실한 관계로 들어가는 문을 찾아낼 수가 없었다.

2월 한 달은 3월이 오기만을 기다리는 지루한 날들이었다. 겨울방학은 끝났지만 졸업식과 곧 시작될 봄방학, 그리고 새 학기 때문에 학교는 극과 극의 아주 애매한 분위기가 되었다. 가끔은 이른 봄처럼 햇볕이 따뜻해 나는 버스를 타지 않고 하천을 따라 쭉 걸어갔다. 겨울 동안 청소를 했는지, 아니면 누가 가져갔는지 보라색 소파와 냉장고 같은 큰 쓰레기들이 보이지 않았다. 어쩌면 고물상 아저씨가 가져갔을지도 모른다는 생각이 들었다. 지나가는 말로 하천에 보물이 많으니 와서 가져가라고 한 적이 있기 때문이었다. 보라색 소파는 없어졌지만 곧 봄이 시작되면 집집마다 대청소를 해서 필요 없는 쓰레기들을 버릴 것이고 그러면 나는 다시 또 다른 낡은 의자에 버려진 인간처럼 앉아 있게 될 것이었다. 그런 날들은 영원히 반복될 것 같았다. 나는 언제까지 살게 될까, 그런 쓸데없는 물음에 답을 하려고 이마까지 찌푸려 가며 계산했다.

하천을 따라 건너편 동네까지 계속 걷는 동안 나는 아주 시간이 많이 흘러도 이곳을 떠나지 못한 채 이대로 계속 걷고, 그렇게 걸으면서 흉하게 늙어 갈 것만 같았다. 그건 조금 겁나는 일이었다. 나이를 먹어도 전혀 성장하지 못한 채 얼굴만 늙어 가는 사람들을 많이 봐 왔기 때문이었다. 나는 3학년으로 올라가면 새로운 무언가를 시작해야 한다고 다짐했다. 그러나 1년 전 이맘때에도 같은 다짐을 했고, 불과 두 달 전에도 마음을 다잡았지만 결국은 모든 게 엉망진창이 되어 버린 기억이 났다. 하지만 이번엔 달라야 해. 나는 이번이 내 삶을 변화시킬 수 있는 마지막 기회라고 생각했다. 그러려면 공부에 몰두하든, 학교를 관두고 돈을 벌든, 아니면 엄마한테서 독립하기 위해 집을 나오든 구체적인 결론을 내려야 할 것 같았다. 그렇게 생각하니 나에게 아주 많은 선택권이 있는 것 같기도 했다. 그런 생각으로 하천을 걸었던 날로부터 닷새가 지난 금요일 밤, 나는 사람을 죽였다. 내가 가진 모든 능력을 결국 사람을 죽이는 데 쓰기로 선택하고 만 것이다.

23

 보고서 종이가 차곡차곡 쌓여 간다. 단조롭게 반복되는 이 생활에도 저렇게 기록할 것이 많다는 게 놀라울 따름이다. 보고서는 쌓여 가지만 문 선생님은 그날 있었던 일에 대해선 한 번도 묻지 않는다. 면담을 하면서도 그 일은 아예 없는 것으로 치부하고 직업훈련 중 뭐가 마음에 드는지, 왜 그런지 따위를 말해 보라고 시킨다. 나도 그날 일에 대해 이야기하지 않는 것이 편하다. 하지만 그 사건이 아니었다면 나는 이곳에 올 이유조차 없는 것이고, 그렇다면 문 선생님에게 내 하루에 대해 보고하는 이 일과 역시 앞뒤가 맞지 않는 이상한 일이 되어 버린다.
 며칠 후면 이곳에서의 생활도 끝이 난다. 그리고 일주일만 더 기다리면 법원에서 최종 판결을 받는다. 얼마 남지 않은 시간 때문인지 나는 이틀 전 면담에서 문 신생님에게 왜 그 얘기는 하지 않는 거냐고 물어보았다. 내가 먼저 자진해서 그 얘기를 꺼내게 될 것이라고는 전혀 예상하지 못했다. 선생님은 조금도 당황하는 기색을 보이지 않고 오히려 기다렸다는 듯이 이렇게 말했다. 그 사건을 다루는 건 법정이 할 일이고, 자신의 임무는 내가 여기를 나간 뒤에도 긍정적인 사고방식으로 정상적으로 생활할 수 있도록 토대를 쌓아 주는 것이라고. 나는 선생님의 말이 무슨 뜻인지 대충 알 것 같았다. 얘기가 거기서 끝났으면 좋았을 것이다. 그런데 선생님은 나에게 이렇게 물었다.

"그날 있었던 일을 얘기하고 싶어? 그렇다면 얘기해도 좋아."

선생님은 마치 나에게 선심이라도 쓰듯 말했다. 그런 식으로 원생들의 아픈 얘기를 끄집어내는 것이었다. 확실히 수완이 좋은 사람이다. 나는 그런 건 아니라고 고개를 저은 뒤 면담실을 나왔다.

변주용의 무게 때문에 2층 침대 바닥이 활처럼 휘었다. 꼭 폭식으로 늘어난 변주용의 위장 같아서 뻥, 하고 금방이라도 터져 버릴 것 같다. 백가준은 콧구멍이 하나밖에 없는 사람처럼 시끄럽게 코를 곤다. 그러나 그보다 상태가 더 심각한 건 백가준 아래 칸에 누운 강민진이다. 이 애는 2주 전 차정선이 시설을 나간 뒤 새로 들어왔는데, 자다가 일어나 한번씩 아주 상스러운 욕을 하고 다시 잠이 든다. '다 좆됐다'라는 잠꼬대가 나오는 꿈의 내용은 도대체 어떤 것인지. 그래도 강민진에게 어떤 불평도 할 수가 없다. 정작 나도 자면서 어떤 짓을 하는지 모르기 때문이다. 어쩌면 세 명의 잠버릇과는 비교가 안 될 정도로 괴상한 행동을 하면서 들도 보도 못한 욕을 마구잡이로 지껄일지도 모른다. 그게 나만의 두려움은 아닌 것 같다. 한방을 쓰는 우리는 모두 다른 사람의 수면 상태에 대해 아무런 간섭도 하지 않는다. 어차피 지적을 한다 해도 자기 의지대로 바꿀 수 있는 것도 아니고……. 이런 생각을 하고 있으니 내가 이 시설에 꽤 익숙해진 것 같기도 하다. 거의 한 학기에 해당하는 16주를 여기서 보냈으니 그럴 만도. 이곳을 나가면 나는 어떻게 될까? 어느 날 밤 잠들기 전, 높은 담장으로 둘러싸인 시설 세 동을 떠올리며 같은 방을 썼던 룸메이트들의 이름을 일일이 나열하게 될까? 이 애들의 얼굴 특징을 찾아내고 잠버릇을 기억하고, 그러면서 때론 그리운 것처럼 얘기하면서? 보통의 기억들과 뒤죽박죽 섞여서?

  기억에는 별다른 경계선이 없어서 발 없는 유령들이 시간의 장벽을 소리도 없이 넘어 다닌다. 그래도 2월의 어느 하루는, 그 하루만큼은 내가 여태껏 지나온 시간들과 멀리 떨어져 아주 다른 곳에 보관되어 있다. 나는 그날의 냄새와 색깔, 온도, 짧게 지나간 풍경까지 그림을 꺼내어 보듯 기억할 수 있다. 하지만 우중충한 회색빛 하늘이라든가, 우산을 가져오지 않았는데 비가 오면 어떡하나 창밖을 바라보며 걱정했던 거나, 서울 4년제 대학에 합격한 선배가 학교에 떡을 돌렸다던가, 그래서 온 학교에 백설기 단내가 풍겼던 것들은 그날의 아주 사소한 단상에 불과할 것이다.

한 사람을 죽인 날의 회상을 겨우 백설기 따위의 조잡스러운 것으로 시작하는 것은 내 인간성의 본질, 내 바닥이 무엇으로 이루어졌는지를 의심하게 만든다. 그런데도 어쩐지 내 머릿속에는 시멘트 공장으로 들어가던 레미콘 트럭과 계절을 착각하고 미리 나온 노란 개나리같이 작고 시시한 것들만 선명하게 가지를 뻗고 있다. 어쩌면 느리게 돌아가던 레미콘, 그리고 자그마한 노란색 꽃이 지루할 정도로 평범했던 그날 낮과 밤 사이에 경계선을 긋는 표식 같은 것이기 때문일지도 모른다.

하루가 두 개로 쪼개어졌다. 낮은 밤이 없이 사라져 버렸고, 밤은 낮도 없이 출몰했다. 인간은 유일무이한 어둠 속에서 새로운 존재와 마주하게 된다. 바로 피부 밑에서 숨을 죽인 채 웅크리고 있던 나다. 그런 괴상한 날이 아니고서야 이름도 모르는 사람을 죽일 수 없었을 테니까. 그러나 괴로운 것은 내가 내뱉는 이 구체적인 말들이 그날을 교묘하게 장식하는 액자에 지나지 않을지도 모른다는 사실이다. 나는 나 자신조차도 두 개로 쪼개어서 그 끔찍한 일을 저지른 건 나지만 동시에 내가 아니라는, 가짜 정신병자나 떠들어 댈 법한 지루한 변명을 하고 있는 것이다. 아무리 눈속임으로 액자를 바꾸어 본들 이미 그려진 그림까지 바꿀 수는 없다. 그렇다면 거짓 액자 안에 들어 있는, 다시 그릴 수 없는 그림의 실체는 무엇이지? 될 수 있는 한 짧고 확실하게, 오해의 여지가 조금도 남지 않게, 웅얼거리지 않고 말해야 한다. 나는 사람을 죽였다고.

24

 2월 13일. 두 시쯤에 학교에서 돌아온 나는 늦은 오후가 되자 일찍부터 침대에 누웠다. 가만히 누워 있으니 배가 좀 고파져서 가방에서 반쯤 남은 백설기를 꺼내어 먹었다. 그리고 화장실로 가서 손에 묻은 찌꺼기를 씻어 내고 양치를 한 다음 다시 침대에 누웠다. 배가 부른 데다가 다섯 시만 돼도 해가 졌기 때문에 아주 나른했다. 불을 끄고 커튼까지 치자 물고기가 한 마리도 없는 수족관에 들어와 있는 것처럼 시간의 영역에서 완전히 벗어난 기분이 들었다. 나는 라디오를 튼 다음 볼륨을 작게 조절해서 밖으로 음악 소리가 새어 나가지 않도록 했다. 그러고는 이불을 머리끝까지 뒤집어쓰고 잠을 잤다.
 깊은 잠에 한창 빠져 있을 즈음, 갑자기 문이 와락 열리더니 누나가 내 방으로 들어왔다. 누나는 몇 주 만에 집에 와서는 뭔가 날을 잡은 사람처럼 굴며 이불을 잡아당긴 뒤 나를 일으켜 세웠다. 그러고는 며칠만 있으면 3학년이 시작되는데 아직도 이불 속에서 이러고 있느냐는 말들을 한꺼번에 퍼부었다. 나는 갑자기 잠이 깨서 머리가 아주 어지러웠고 떡 때문인지 속도 더부룩했다. 그러나 누나는 내 컨디션에는 전혀 관심도 없이 잠은 그만 자고 봄방학 동안 자격증을 따서 수시 준비를 하라고 다그쳤다.

나도 몇 번 서점에 가서 자격증 시험 문제집을 뒤적거려 봤고 곧 시험 준비도 할 계획이었다. 하지만 막상 누나가 그런 얘기를 꺼내자 유치하지만 그런 생각은 아예 해 본 적도 없는 것처럼 의욕이 다 사라져 버렸다.

누나가 나에게, 내가 누나에게, 서로가 서로에게 아직도 뭔가를 기대하고 있다는 게 우습고 이상했다. 그 사람 기일에 나는 누나를 충분히 화나게 했고, 실망시켰고, 앞으로 내가 이 집에서 어떻게 행동할 것인지에 대한 예고를 확실히 보여 주었다. 누나 역시 경멸의 눈동자로 나를 보지 않았던가. 그런데도 누나는 갑자기 태도를 바꾸어서 우리가 아직도 서로를 염려하는 사이며, 내가 자신의 말을 들을 거라는 착각에 빠져 나를 야단치는 것이었다. 그건 누나의 의지만은 아니었다. 엄마가 누나를 집으로 불러 내 방으로 들여보낸 게 분명했다. 나에게 직접 수시니, 대학이니 하는 얘기를 할 용기가 없어서 누나를 앞장세운 것이다. 어느 구석에 숨어서 우리들 말에 귀를 기울이고 있을 엄마, 조금만 언성을 높여도 깜짝깜짝 어깨를 움츠리는 연약한 엄마, 그 사람이 죽은 후에도 이 집의 주인이 될 수 없는 불쌍한 엄마. 도대체 우리는 언제쯤 서로를 완전히 포기할 수 있을까.

나는 내 일은 내가 알아서 할 테니 나가 달라며 이불을 뒤집어썼다. 하지만 알아서 한다는 게 고작 하루 종일 침대에서 잠만 자는 거냐, 언제 정신을 차릴 거냐는 등 뻔한 잔소리가 이어졌다. 나는 갑자기 누나가 왜 이렇게 열성적으로 엄마 편이 되었는지 궁금해졌다. 누나는 이런 종류의 사람이 아니었다. 내가 아는 누나라면 그 사람이 없어진 집에서 엄마까지 내쫓아야 했다. 성인이 되면 나부터 이 집에서 데리고 나가겠다고 말한 건 누나였다. 나는 내 삶의 유일한 희망인 그 날만을 기다렸다. 하지만 누나는 약속을 지키지 않았고 나에게서도 점점 멀어져 혼자만 아는 다른 세계를 찾아냈다. 그래도 나는 한 번도 누나를 원망하지 않았다. 조금 외롭긴 했지만, 졸업을 하자마자 주저 없이 이 집을 뛰쳐나가 집에 손 한 번 벌리지 않고 생활을 꾸려 나가며 무대 위의 배우가 되어, 공장에서 일하다 죽을 거라는 그 유치한 저주를 보기 좋게 배신한 누나를 동경했다. 누나는 내가 세상에서 좋아하는 유일한 사람이었고 우리는 서로에게 가장 가까운, 말 그대로 피를 나눈 사이였다. 누나와 나는 함께 맨홀 속으로 들어가서 하루는 그 사람을 죽일 계획을, 다음 날은 엄마를 죽일 계획을, 결국 두 가지 다 불가능하다는 결론이 나올 때는 우리 둘이 함께 죽을, 가장 쉬운 계획을 짰다. 그런데 누나는 그런 날들이 전혀 기억나지 않는 것처럼 맨홀 뚜껑을 닫아 버렸고, 이제는 고작 자격증 하나 따는 일로 나에게 눈을 흘기며 내 옷을 잡아당기고 있었다.

나는 누나를 그대로 내버려 둔 채 옷을 챙겨 입고 현관으로 걸어갔다. 미처 라디오도 끄지 못했다. 누나는 자꾸 도망가지 말고 오늘 얘기를 끝내자고 소리를 지르며 나에게 달라붙었다. 누나의 목소리가 커지자 안방에서 엄마가 문을 열고 나왔다. 그렇지만 누나와 나 사이로는 한 발짝도 파고들지 못하고 맥이 빠진 얼굴로 저만치서 구경만 하고 있었다. 정말 유령 같은 사람이었다. 나는 엄마가 지켜보는 앞에서 마치 보란 듯이 누나를 아주 세게 밀쳐 버리고는 집을 나왔다. 한 번만 더 나를 건드리면 엄마도 그렇게 밀쳐 버리겠다는 선전포고나 다름없었다. 밖으로 나오자 몸속으로 파고드는 싸늘한 공기가 아플 정도로 시원하게 느껴졌다.

나는 방학 때 아르바이트를 했던 치킨집으로 갔다. 아직 바쁜 시간이 아니었기 때문에 아저씨는 한가하게 카운터에 기대어 장부 같은 것을 뒤적이고 있었다. 아저씨는 내가 들어오는 것을 보고는 크게 반가워하며 안부를 묻더니, 아무래도 내가 다시 배달을 해야 할 것 같다고 농담하듯 말했다. 새로 뽑은 배달 아르바이트생이 중간에 자꾸 농땡이를 피우는 것 같다는 얘기였다. 그러면서 내가 자기 막내아들이었으면 얼마나 좋겠냐고 했다. 웃음이 나오진 않았지만 나는 그냥 웃었다. 아저씨가 진짜로 바라는 것은 '아들' 같은 게 아니라 제시간에 배달을 나가서 예정보다 이른 시간에 돌아오는, 자기 마음대로 부릴 수 있는 성실하고 부지런한 종업원일 뿐이었다. 나는 아저씨와 이런저런 얘기를 더 나눈 뒤 프라이드치킨 하나와 양념치킨 하나를 주문했다. 아저씨는 아주머니에게 닭을 튀기라고 하면서 "집에 사 가려고?" 물었다. 나는 그 말에는 대답을 하지 않고, 오다 보니까 맞은편에도 새로 치킨집이 생긴 것 같다는 얘기로 화제를 돌렸다. 그 말을 듣자마자 아저씨는 잔뜩 시무룩해져서 슬픈 얼굴이 되었다. 잠시 후 아주머니가 닭을 내오자 아저씨는 특별히 큰 닭으로 튀겼다면서 언제든 아르바이트할 생각이 있으면 가게로 오라고 했다.

    나는 고물상으로 갔다. 아저씨에게 프라이드치킨을 드린 뒤 닭 가슴살 몇 조각을 신문지에 싸 가지고 나와 달이에게 먹였다. 달이가 치킨을 뜯는 동안 나는 새집처럼 엉킨 달이의 털을 풀어 주었다. 달이의 부드러운 털을 만지고 있으니까 손바닥이 따뜻해지고 기분이 좋아졌다. 털에서 고소한 냄새가 났다. 달이는 처음 만났을 때나 지금이나 몸이 조금 커진 것을 빼면 별로 달라진 게 없었다. 까만 눈동자는 믿음으로 반짝거리고 짖는 소리에는 순종과 충성심이 가득 차 있다. 동물은 배신을 모른다. 그런 점이 언제나 위안을 준다.

　나는 양념치킨을 들고 기진이 자취방으로 갔다. 기진이와 성제는 저녁으로 막 라면을 끓이려던 중이어서 나를 더 반가워했다. 나는 별로 배가 고프지 않아서 둘이 치킨을 먹는 동안 텔레비전을 봤다. 기진이가 뭘 먹고 와서 배가 부르냐고 물어서 나는 떡을 먹고 왔다고 대답했다. 그러자 한성제가 학교에 떡을 돌린 선배 이야기를 풀어놓았고 우리의 대화는 자연스럽게 3학년이 되면 어떡할지에 대한 이야기로 이어졌다. 진로와 직업에 대한 얘기는 늘 우리를 불안하게 만들었다. 우리는 더 심각해지기 전에 이야기를 끝내며 어떻게든 되겠지, 하는 여유를 부렸다.

　여덟 시가 되어서 우리는 최연과 김수현에게 전화를 걸어 놀자고 한 뒤 기진이 오토바이를 셋이 타고 시내 쪽으로 달렸다. 나는 이번에도 역시나 맨 뒷자리에 앉았는데 과속방지턱을 넘을 때마다 엉덩이가 반 정도 공중에 떠서 흔들거렸다. 운전대를 잡은 기진이는 그것도 모르고 계속 속력을 높였다. 내 몸은 점점 뒤로 밀려났고 나는 식은땀이 흘렀다. 그때 내 머릿속에 이런 생각이 스쳐 지나갔다. 내가 지금 앉은 이 자리가 내 삶 자체라고. 어떤 관계에서든 맨 끄트머리에 앉아 떨어지지 않으려고 안간힘을 쓰며 앞사람의 허리를 붙들고 있는 이 모습이 바로 나 자신이라고. 어느 구간에선 팔에 힘도 빠지고 그렇게 버티고 있는 내 모습이 너무 꼴사나운 것 같아 그냥 이대로 손을 놓아 버릴까 하는 충동도 들었지만 나는 단 한 번도 멋지게 포기에 성공한 적이 없었다.

파란불 신호에 걸려서 오토바이가 횡단보도 앞에 섰다. 거기서 오른쪽으로 돌아 조금만 걸어가면 희주가 일하는 미용실이었다. '샤롯데'라는 간판을 보자 나는 갑자기 희주를 깜짝 놀래 주고 싶었다. 시간도 대충 희주 일이 끝나는 시간이었기 때문에, 나는 신호가 바뀌기 전에 얼른 오토바이에서 내리며 잠깐 희주를 만난 뒤에 가겠다고 말했다. 기진이는 노래방에 있을 테니까 같이 오라고 한 뒤 다시 열린 도로를 빠르게 달려갔다.

희주가 일하는 미용실은 상가 3층에 있었는데 밑에서 올려다보면 통유리에 비쳐 보이는 조명들이 눈이 따가울 정도로 환하게 빛났다. 일이 끝날 때까지 30분 정도 시간이 남아서 나는 건물 입구의 계단 한쪽에 앉았다. 거리에는 사람이 많지 않았다. 길 한쪽을 점령한 노점상 주인들도 손님이 없어서 무료하게 앉아 있었다. 희주에게 전화를 걸어 언제쯤 끝나느냐고 물어볼까 했지만 일하는 중에 전화를 받으면 선배에게 혼난다고 했던 게 기억나서 도로 휴대폰을 집어넣었다. 가만히 앉아만 있자니 조금 추운 느낌이 들어 나는 겉옷 소매를 조금 잡아당겼다. 그래도 계속 어깨가 오들오들 떨려서 나는 너무 충동적이었던 건 아닌지 조금 후회가 되기도 했다. 그런데 그 순간 운명의 문이 회전을 했다.

손에 턱을 괸 채 지나가는 사람들의 움직임을 올려다보고 있던 바로 그때, 갑자기 하늘색 모자와 그 가운데 쓰인 MT. EVEREST, 그리고 정상에 만년설이 쌓인 산의 형상이 내 눈앞에 펼쳐졌다. 나는 아주 짧은 순간, 반사적으로 몸을 움츠렸다. 그랬다. 그 모자가 분명했다. 나를 두들겨 팬 그 남자가 자기 발로 내 앞에 모습을 드러낸 것이었다. 순간 내 머릿속에 이런 생각이 빠르게 스쳐 지나갔다. 누나와 싸우고 집을 나온 것, 약속도 없이 기진이의 자취방에 간 것, 오토바이를 타고 이쪽 길로 오게 된 것, 그리고 충동적으로 오토바이에서 내려 미용실 앞에 앉아 있게 된 이 일련의 과정이 다 저 모자를 만나기 위해서 계획된 것이었다고. 인간의 삶은 가끔 그런 말도 안 되는 우연을 만들어 내서 운명이라는 거창한 이름을 얻어 내는 것 같다.

파키는 혼자였다. 어느새 나는 찬 바닥에서 일어나 파키 뒤를 쫓으면서 나만 들을 수 있는 아주 작은 목소리로 잘됐어, 라고 중얼거렸다. 나는 파키의 뒷모습을 샅샅이 뜯어보았다. 파키는 내가 생각했던 것보다 훨씬 몸집이 작았다. 나는 그 남자를 185센티미터 정도 되는 키에 몸집이 큰 사람이라고 기억하고 있었는데 제대로 보니 키는 나보다 조금 작았고 마른 체형이었다. 그러자 아주 잠깐 그 사람이 아닐 수도 있지 않을까, 하는 생각이 들었다. 그러나 곧이어, 두 발로 걸어온 이 운명적인 만남을 그 정도의 어설픈 의심으로 놓쳐 버릴 거나는 반격이 들어왔다. 그래, 파키들이 하늘색 에베레스트 모자를 단체로 쓰고 다니지 않는 이상 저 남자가 그 남자가 아닐 가능성은 절대 없어. 나는 확신하며 계속 파키 뒤를 쫓았다. 게다가 저 남자는 마치 나를 만나기 위해 준비한 것처럼 그날 썼던 모자를 그대로 쓰고 있지 않은가. 시간, 장소, 상징적 물건. 이 모든 게 잘 설계된 운명이라고 믿고 나니 의심은 더 이상 힘을 쓰지 못하고 무릎을 꿇었다. 얻어맞을 당시에 본 덩치 크기에 순진하게 속아 넘어가서는 안 됐다. 폭력이란 건 사람을 아주 거대하게 보이게 만드는 힘이 있다는 것을, 한밤중 벽에 비친 육중한 그림자도 다음 날 아침이 되면 보통 키의 평범한 중년 남자로 줄어드는 그 왜곡의 법칙을 누구보다 내가 잘 알고 있었으니까.

파키는 사거리에서 유흥 주점이 많은 쪽으로 방향을 꺾기 전에 모퉁이에 있는 편의점으로 들어갔다. 나는 빠른 걸음으로 다가가 파키가 열어젖힌 문이 닫히기도 전에 따라 들어갔다. 편의점엔 두 사람이 더 있었다. 그 둘은 파키가 들어오는 것을 보고 안 그러는 척하면서 파키가 입은 옷과 신발, 피부색을 곁눈질로 흘끔거렸다. 파키들은 더 이상 이 동네에서 특이할 것도 없는 인종이었는데 사람들은 여전히 뭔가 불편한 차이를 느끼면서 그들에게 무의식적으로 반응했다. 파키는 편의점을 잘 아는 것처럼 바로 자신이 살 물건이 있는 곳으로 걸어갔다. 이미 늦은 시간이라 그런지 삼각 김밥과 샌드위치 같은 게 진열된 냉장 코너에는 물건이 많지 않았다. 파키는 삼각 김밥 두 개와 샌드위치 하나를 꺼내서 카운터로 갔다. 나는 뒤에서 눈치를 살피다가 껌 한 통을 집어 든 후 파키 뒤에 섰다. 그러고는 한 발짝 더 가까이 다가가 보았다. 내 인기척을 느끼고는 파키가 고개를 돌려 나를 힐끗 보았다. 순간이었지만 에베레스트 모자 아래서 나와 파키의 눈이 정면으로 마주쳤다. 파키는 아주 깨끗한 흰자위에, 아주 큰 검은 눈동자를 가지고 있었다. 그런데 파키의 얼굴을 바로 코앞에서 목격하고도 이 남자가 그때 나를 걷어찬 그 남자인지 확신이 들지 않았다. 아니, 오히려 얼굴을 보고 나니 방금 전까지만 해도 의심의 여지없이 단단했던 내 확신이 기우뚱 흔들렸다. 파키는 계산을 마친 뒤 편의점을 나갔다. 나는 껌을 계산하며 앞으로 어떻게 할지를 생각했다. 이쯤에서 그냥 보내 주어야 하나. 하지만 이대로 미행을 멈춘다면 다시는 저 남자를 찾아내지 못할 것 같았다. 운명이 두 번씩이나 나에게 기회를 줄 리는 없었다. 나는 행운이 따르는 사람이 아니니까. 결국 방법은 하나였다. 부딪쳐 보는 것이었다.

 나는 편의점을 나와 뒤에서 파키를 불렀다. 파키는 "저기요" 하는 내 목소리가 자신을 부르는 것이라는 생각은 못 했는지 걸음을 멈추지 않았다. 나는 뛰어가서 아예 파키의 어깨를 붙들고 그를 멈춰 세웠다. 그가 반사적으로 자신의 어깨에 올라온 내 손을 치우고 나를 밀친다면 더는 의심할 것도 없었다. 나는 파키의 어깨를 세게 움켜쥐었다. 파키는 깜짝 놀라서 뒤를 돌아보았다. 나를 밀치기는커녕 겁에 잔뜩 질린 얼굴이었다. 내 손바닥에 파키의 떨림이 느껴졌다. 우리는 아주 짧은 시간 동안 어떤 말이나 움직임 없이 서로를 마주 본 채 서 있었다. 잠시 후 나는 이렇게 물었다.

"나 몰라요?"

파키는 내 질문을 이해 못 했는지, 아니면 나라는 사람의 존재를 이해 못 했는지 애매한 표정을 짓다가 특유의 억양으로 "몰라요"라고 대답했다. 나는 다시 한번 "정말 나 몰라요?"라고 물었다. 파키는 그제야 나를 정신 나간 사람이나 위험한 사람으로 결론 내렸는지 다시 한번 "몰라요"라고 대답하며 뒤로 주춤주춤 물러섰다. 그의 손목에 달린 봉지가 덜렁덜렁 흔들렸다. 겁 먹은 눈동자와 어눌한 억양, 삼각 김밥과 샌드위치가 든 봉지를 보니, 이 남자가 그때 나를 걷어찬 그 사람이 확실하다고 해도 그냥 이대로 보내 주고 싶다는 생각이 들었다. 파키는 내가 아무 말이 없자 슬금슬금 눈치를 보더니 나에게서 멀어져 한 발짝씩 조심스레 걸어갔다. 그러더니 순식간에 속도를 내서 어느 어두운 골목으로 잽싸게 들어가 버렸다.

그것으로 끝이었다. 이 남자가 그때 그 사람이라면 나는 어떤 복수도 하지 않고 그대로 보내 준 것이고, 설령 그 사람이 아니래도 상관없었다. 이젠 거리 어디에서 하늘색 에베레스트 모자를 본다 해도 정신을 잃고 쫓아가지 않을 것 같았다. 그

때까지만 해도 나는 정말로 그렇게 생각했다.
 나는 다시 미용실 앞으로 돌아왔다. 희주가 벌써 가 버린 건 아닐까 싶어서 전화를 할까 말까 망설이며 3층을 올려다보고 있었는데 언제 내려왔는지 희주가 뒤에서 내 어깨를 툭 쳤다. 희주는 나를 보자마자 염색약으로 빨갛게 변한 손을 보여 주면서 오늘은 열두 명의 머리를 파마하고 염색하는 기록을 세웠다며 지친 목소리로 말했다. 내일은 청소 당번이어서 밤 열한 시까지 남아 있어야 한다고 얼른 집에 가서 자고 싶다고 했다. 나는 노래방에서 다 같이 모이기로 했다고 말했지만 희주는 별로 내키지 않는 것 같았다. 나는 할 수 없이 희주를 먼저 집에 데려다준 뒤 노래방에 다시 갈 생각으로 택시를 잡았다. 희주는 택시에 타자마자 내 어깨에 머리를 기대고 잠을 자려고 했다. 집까지는 멀지 않아서 여기서 잠이 들면 일어나기가 더 힘들 텐데, 라는 생각이 들었다. 내가 "금방 내려야 돼"라고 말하자 희주는 알았다는 듯이 고개를 끄덕거렸다.
 택시가 시내를 벗어난 지 얼마 지나지 않아 내 휴대폰이 울렸다. 기진이 번호였다. 나는 휴대폰을 열며 오늘은 아무래도 못 갈 것 같다는 말을 하려고 했다. 그런데 내가 입을 열기도 전에 시끌벅적한 소음과 함께 기진이의 흥분한 목소리가 들려왔다.
 "야, 너 어디야? 지금 당장 하천으로 와. 대박이야. 그때 너 밟은 그 파키 새끼 있지, 우리가 여기다 잡아 놨다고. 빨리 와,

빨리."

기진이는 기사 아저씨한테까지 들릴 정도로 큰 목소리로 외쳤다. 희주가 눈을 찡그리며 "뭐래?" 하고 물었다. 기진이는 내 대답은 듣지도 않고 일 분 안으로 당장 튀어 오라는 말만 한 뒤 그대로 전화를 끊어 버렸다. 택시는 희주 집과 하천으로 방향이 갈리는 갈림길로 들어서려 하고 있었다. 희주는 다시 "무슨 일인데?" 하고 물었다. 내 눈앞에 두 개의 길이 보였다. 나는 아저씨에게 말했다.

"아저씨, 2동 말고 하천 근처로 가 주세요."

쓰레기투성이인 우리들의 영토. 비록 썩긴 했지만 물이 흐르고 들풀이 무성한 기름진 땅. 전철에 갇힌 샐러리맨들과 폐품 사이에 방치된 우리들을 구분 짓는 시멘트 다리. 경찰도 오지 않는 자유 지대. 낡은 소파와 깨진 거울 조각과 죽은 강아지의 작은 무덤이 서로를 비추며 트라이앵글을 이루는 그곳에서 기진이와 한성제, 최연은 자신들의 발 앞에 파키 한 명을 무릎 꿇린 채 나를 기다리고 있었다. 김수현은 왔다가 중간에 갔는지, 아니면 처음부터 나오지 않았는지 모습이 보이지 않았다.

파키는 벌써 뺨 몇 대를 얻어맞은 것처럼 얼굴이 부어 있었지만 최연은 내가 가장 먼저 '선빵'이란 것을 날리도록 기다렸다면서 나를 파키 앞으로 끌어당겼다. 파키는 벌을 받는 사람처럼 무릎을 꿇고 있었다. 얼굴을 너무 깊게 숙이고 있어서 내가 발을 조금만 들어 올리면 발등에 턱이 닿을 것 같았다. 기진이와 한성제, 최연은 뒤에 서서 내가 파키에게 멋진 주먹을 날리길 기대하고 있었다. 희주는 우리와 조금 떨어져서 최연의 스쿠터에 걸터앉아 나를 내려다보고 있었는데, 어두워서 얼굴이 잘 보이진 않았지만 빨리 이 일을 끝내고 집에 갔으면 좋겠다는 표정을 하고 있는 것 같았다.

나는 내 발아래 무릎을 꿇은 이 남자가 그때의 파키인지 확신이 들지 않았다. 그는 에베레스트 모자도 쓰고 있지 않았다. 그게 없다면 운명이라고 느낄 수 없었다. 나는 최연을 돌아보며 조심스럽게 "그때 그 파키가 확실한 거야?" 물었다. 최연은 이 중요한 순간에 왜 그런 걸 물어보냐는 듯 "당연하지, 얼굴 보고도 모르겠냐"고 대답했다. 그렇게까지 확신하는 말을 듣고 나니 어디선가 본 적이 있는 것도 같다는 느낌이 들었다. 에베레스트 모자의 남자는 아니더라도 그날 함께 있었던 사람일 수도 있었다.

그러나 나는 이미 30분 전에 에베레스트 남자를 그냥 보내주면서 모든 게 끝났다고 결론 내렸다. 내가 지금 여기서 이 남자를 때린다면 아까 그 남자를 놓아준 나의 결정은 무슨 의미가 있지?

최연은 신발로 파키의 얼굴을 툭툭 건드리면서 "니네들은 떼거지로 몰려다니지 않으면 암것도 못 하지?"라고 빈정거렸다. 하지만 의도와 달리 최연의 그 말은 일렬로 선 우리의 모습을 비추고 말았다. 파키는 우리가 하는 말을 거의 알아듣지 못했다. 자기 나라 말로 우리에게 애원하듯 외쳤지만 알아들을 수 없는 말은 장난에 불과했다. 최연은 파키가 내뱉은 말을 웃기게 따라 하며 대화를 해 보려는 파키의 의지를 꺾어 버렸다.
"뭐 해. 안 할 거야?"
나는 그 자리에서 바보가 되고 싶지 않았다. 순전히 나를 위해 준비된 무대였고 조명은 내 얼굴을 비추었으며 조연 겸 관객들은 나의 활약을 유심히 지켜보고 있었다. 게다가 나를 빛내 줄 적은 완벽하게 굴복하여 내 앞에 무릎까지 꿇고 있지 않은가. 모든 게 완벽하게 세팅된 연극이었다. 그러나 모든 게 완벽했기 때문에 계속 머뭇거리거나 작은 실수라도 저지른다면 나는 단번에 실패자로 전락할 것이었다. 나는 도무지 무릎을 꿇은 이 남자를 어떻게 때려야 할지 감이 잡히지 않았다. 그는 저항할 힘도, 의지도 없는 것 같았다.
"추워, 대충 하고 가자."
희주가 외치는 소리가 출발 신호라도 되는 듯 나는 손바닥으로 남자의 머리를 내리쳤다. 남자의 머리가 좌우로 흔들렸지만 별로 충격이 큰 것 같지는 않았다. 오히려 때린 내 손바닥이 얼얼했다. 창피했다. 왠지 기진이들이 뒤에 서서 나를 비웃고 있을 것 같았다. 나는 딱 한 번 제대로 가격하는 것으로 그 어색한 상황을 끝내 버려야겠다고 생각했다. 시간을 끌수록 내가 보여 주어야 할 기술들만 더 늘어날 것 같았기 때문이다.

나는 파키의 멱살을 잡고 일으켜 세운 뒤 영화 주인공들이 그러는 것처럼 주먹으로 그의 얼굴을 내리치려고 했다. 그러면 파키는 바닥으로 나뒹굴 것이고 나는 의기양양하게 뒤를 돌아 기진이들을 바라볼 수 있을 것 같았다. 나는 파키의 멱살을 잡았다. 파키는 나의 계획대로 순순히 무릎을 펴고 일어났다. 나는 주먹을 쥐고 손을 올렸다. 과녁은 실패가 용납되지 않을 만큼 가까웠다. 그러나 손이 미처 다 뻗어 나가기도 전에 나는 뒤로 밀려 땅으로 나동그라지고 말았다. 파키가 일어나면서 머리로 내 얼굴을 들이받아 버린 것이었다. 파키는 그대로 큰길을 향해 도망쳤다. 기진이들은 바닥에 뻗은 나를 돌아보며 "괜찮아?" 하고 묻고는 곧 나를 내버려 둔 채 파키를 잡기 위해 빠르게 뛰어갔다. 코가 얼얼했다. 코를 쥐니 손가락 사이로 피가 흥건하게 흘렀다. 희주가 나에게 달려왔다.

나는 다시 한번 내가 얼마나 병신 같은 놈인지를 모두에게 증명하고 말았다. 가장 힘이 없는 나 따위가 관용을 베풀려고 폼을 재다가 보기 좋게 나가떨어지고 만 것이다. 나는 확실히 정신을 차렸다. 이번에는 절대로 이렇게 끝내서는 안 돼. 나는 자리에서 일어나 나를 향해 달려오는 희주를 지나쳐 파키 뒤를 전속력으로 쫓아갔다.

파키는 궁지에 몰린 개처럼 헉헉대며 뛰어갔지만 그리 멀리 가지는 못했다. 너무 오래 무릎을 꿇고 있어서 쥐라도 났는지 뒤에서도 다리가 후들거리는 게 보였다. 파키는 최연에게 옷자락을 잡혀 바닥으로 내동댕이쳐지고 말았다. 뒤이어 달려온 기진이와 한성제가 파키를 사방으로 에워쌌다. 나는 입안으로 흘러드는 피의 짭짤한 맛을 느끼면서 그곳으로 뛰어갔다. 파키는 다시 우리들 발밑에 엎드려서 구더기처럼 꿈틀거렸다. 우리에게 애원해 봤자 더는 소용이 없다는 것을 깨달았는지 이번엔 아주 조용했다. 우리는 누가 먼저랄 것도 없이 파키를 걷어차기 시작했다. 때리는 대로 뭉개지는 파키의 얼굴을 눈앞에서 보고 있으니 더 고통스럽게 밟아 주고 싶은 욕구가 끓어올랐다. 내가 당했던 것과 똑같이 코피를 터뜨려 주고 싶었다. 그 순간엔 내 발밑에서 몸을 웅크린 남자가 나를 두들겨 팬 파키가 아니어도 좋았다. 누구라도 좋았다. 어차피 모두 같은 것들이었다. 나는 말로만 떠벌렸던 나의 신념을 그 순간 온몸으로 느꼈다. 용서는 섣불리 하는 것이 아니었다. 당한 만큼 확실하게 돌려준 다음 결정해야 한다. 그러고 나면 그 뒤에는 더 이상 용서의 자리가 남지 않는 것이다.
　그래, 난 한 번쯤 인간을 이렇게 패 보고 싶었어. 나만 늘 병신같이 당하란 법은 없으니까. 인간은 웬만해선 죽지도 않잖아. 밤마다 죽을 듯이 맞으면서도 다음 날이면 끈질기게 살아나는 게 인간이잖아.

귓가에 아주 기분 좋은 음이 울려 퍼졌다.

먹이를 만난 듯이 헐떡거렸던 여덟 개의 발이 갑자기 멈춘 것은 발바닥의 신경에서 더는 그 먹이의 숨이 느껴지지 않기 때문이었다. 우리는 발길질을 멈추고 한동안 멍하니 그 자리에 서 있었다. 그리고 잠시 뒤, 지금은 누구인지 기억이 안 나지만 우리들 중 한 명이 무릎을 굽히고 파키의 얼굴을 흔들었다. 그러나 그는 아무런 반응도 보이지 않았다. 파키는 피 한 방울 흘리지 않았다. 약간 부풀어 오른 얼굴과 옷에 난 신발 자국만 아니면 맞은 흔적도 없었다. 우리는 파키가 쇼를 한다고 생각했다. 쥐 죽은 듯 숨을 참고 있다가 우리가 당황해하는 틈을 타 아까처럼 도망칠 게 분명했다. 하지만 파키는 무서울 정도로 시간이 흘러도—그래 봤자 2, 3분 정도였겠지만—눈 한번 깜짝하지 않았고 숨도 쉬지 않은 채 그대로 점점 더 굳어 갔다. 그제야 기진이와 한성제, 최연과 나는 서로의 얼굴을 바라보았다.

"……진짜 죽었나 봐."

그 말과 함께 우리는 파키에게서 한 발짝씩 주춤주춤 물러섰다. 파키는 아무 이유도 없이 갑자기 하늘에서 뚝 떨어진 동물처럼 우리 앞에서 나뒹굴고 있었다. 우리와는 아무 상관도 없이 벌어진 일처럼 느껴졌다. 그랬다. 방금 전까지만 해도 폭격처럼 내리꽂히던 우리의 다리는 갑자기 순진한 아이의 것처럼 돌변해 두려움에 덜덜 떨었고 이름도 모르는 저 남자가 쓰러진 것에 아무런 책임도 없다는 듯 자꾸만 뒷걸음질을 쳤다. 우리가 멍청하게 서 있는 것이 이상했는지 희주가 저쪽에서부터 "왜 그래?" 소리치며 우리를 향해 걸어왔다. 그러나 끝까지 걸어오기도 전에 우리들 다리 사이로 보이는 남자를 보고 모든 상황을 알아차렸던 것 같다. 내 옆에 가까이 서면서 심하게 떨리는 목소리로 "죽은 거야?"라고 물었으니까.

우리 네 명은 꼭 조문 온 사람들처럼 나란히 서서 움직이지 않는 남자를 내려다보았다. 남자를 실은 관은 끝도 없이 땅속으로 꺼지고 있었다. 그 순간이 얼마나 길었냐면, 내가 진저리치게 증오한 지난 17년간의 아픈 밤들이 한꺼번에 재생되는 것 같았다.

한참 뒤 누군가 조용히 입을 열었다.

"어떡할래?"

우리는 그제야 관을 맨 줄을 타고 지상으로 돌아왔다. 다시 바람이 불었고 어둠에 녹아든 풍경이 펼쳐졌다. 몸에 흐르던 땀이 차갑게 식어 턱이 덜덜 떨릴 정도로 추웠다. 우리는 그를 죽이려던 게 아니었다. 죽을 정도로 때려 줄 생각이긴 했다. 하지만 죽이려던 건 아니었다. 몸 여기저기에 난 신발 자국은 우리가 만들어 낸 결과였지만 그럼에도 마지막 숨의 운명은 우리가 어떻게 결정할 수 없는, 다른 차원의 영역이었다. 그러나 그를 죽음으로 몰아간 벌로, 우리는 눈앞의 시체를 어떻게 처리할지 지극히 저차원적인 문제를 의논해야 했다.

일단 떠오른 생각은 세 명, 두 명씩 오토바이와 스쿠터를 나눠 타고 이 현장을 떠나 버리는 것이었다. 더러운 하천 물에라도 손발을 깨끗이 씻고 모든 증거를 인멸하는 것이었다. 깜깜한 밤이 이 죽은 사람을 몰고 어딘가로 가 버리길, 아침이 되면 우리와 같은 인간이 아니라 정체불명의 들짐승 사체가 바닥에 누워 있길 바라는 것이었다. 그러나 그것보다 더 쉬운 방법은 전화기를 꺼내 사람을 죽였다고 경찰에 신고하는 것이었다. 절대 죽이려던 건 아니었는데 갑자기 자기 멋대로 죽어 버렸다고 변명하는 것이었다. 그러나 그것은 쉬운 방법일 뿐, 우리가 할 수 있는 방법은 아니었다. 우리들 중 누구의 입에서도 그 제안은 나오지 않았으니까.

우리는 다른 사람들이 보기 전에 눈앞에 보이는 이것을 얼른 치워야 한다고 결론 내렸다. 그리고 될 대로 지껄였다.

하천에 버리자. 그래, 저 썩은 물에 던져 버리자. 말도 안 돼, 저렇게 수심이 낮은데 가라앉지도 않을 거야. 어차피 우리가 한 짓이란 걸 알지도 못할 텐데 어때? 병신 새끼, 그런 건 조금만 조사해도 다 나오게 돼 있는 거 몰라? 그럼 그냥 쓰레기들 사이에 묻어 버리든가, 이런 덴 아무도 안 파 볼 거 아니야. 지금 당장 그렇게 깊이 땅을 팔 수 있을 것 같냐? 그러다 누가 보기라도 하면? 시간이 없어, 빨리 아무렇게나 하고 가자. 그럼 씨발, 그냥 여기에 놔두고 가든지. 그래, 그냥 여기다 두고 가자, 누가 올 것 같애. 아, 좀 닥치라고, 너 때문에 더 정신이 없어. 그럼 도대체 뭘 어떡할 건데? 아무도 모르는 그런 곳을 찾아야 돼. 사람도 안 다니고 꽉 막혀 있는. 씨발, 지금 당장 그런 데를 어떻게 찾을 건데? 차라리 내 말대로 그냥…….

그때였다.

"……맨홀. 그 맨홀에 갖다 버리자."

'맨홀'이라는 말이 들리는 순간 나는 내 입술을 더듬었다. 하지만 기진이와 성제, 최연의 눈은 모두 희주를 향하고 있었다.

기진이와 최연이 저쪽에서부터 오토바이와 스쿠터를 몰고 왔다. 최연은 자기 헬멧을 한성제와 나에게 건넸다. 사고가 난 뒤로 최연은 처음으로 헬멧을 쓰지 않고 운전을 해 보는 것이었다. 우리는 파키의 머리에 최연의 헬멧을 씌운 다음 그를 일으켜 세워 기진이 오토바이 가운데 자리에 앉혔다. 그러고 있으니 죽은 사람처럼은 보이지 않았다. 뒤이어 내가 그 뒷자리에 앉았다. 나는 떨어지지 않기 위해, 떨어뜨리지 않기 위해 기진이의 허리를 그 어느 때보다 더 꽉 붙들었다. 죽은 사람의 뻣뻣한 등뼈가 긴 칼이 되어 내 가슴에 박혔다. 최연과 한성제는 우리보다 앞장서 출발했고 우리도 곧 그 뒤를 쫓았다.

기진이는 아까처럼 속력을 내지 못했다. 시속 80킬로미터로 달렸다가는 파키가 바닥으로 떨어질지도 몰라 겁을 먹은 것 같았다. 하지만 나는 기진이가 배짱을 부려 보길 바랐다. 파키나 나 같은 건 신경 쓰지 말고 자기 혼자 드라이브하는 것처럼 급커브를 돌고 시원하게 뚫린 도로를 빠르게 폭주하길 바랐다. 그러면 붙들고 있는 기진이의 옷자락을 자연스럽게 놓쳐서 파키와 함께 도로로 쓰러지는 일이 그렇게 어렵지는 않을 것 같았다.

맨홀 뚜껑을 연 뒤 우리는 파키를 검은 구멍 속으로 밀어 넣었다. 구멍은 파키를 한입에 먹어 치웠다. 사람을 오랫동안 보지 못해 배가 많이 고팠던 것 같았다. 우리는 맨홀 뚜껑을 닫고 서둘러 그 자리를 떴다. 최연이 다시 스쿠터에 올라탈 때가 돼서야 파키의 머리에서 미처 헬멧을 벗기지 않은 게 생각났다. 그러나 그런 건 하나도 중요하지 않았다. 아니, 오히려 우리에게는 잘된 일이었는지도 모른다. 파키의 얼굴을 가렸기 때문에 조금은 수월하게 그 모든 일을 해낸 걸지도.

나는 집으로 왔다. 불은 다 꺼져 있었다. 나는 조용히 문을 열고 내 방으로 들어갔다. 방에 들어오자마자 갑자기 어떤 남자의 조용한 목소리가 들려왔다. 온몸의 털이 곤두서는 것 같았다. 남자는 듣기만 해도 잠이 올 것 같은 목소리로 러시아 민요 얘기를 하고 있었다. 라디오가 그때까지 나오고 있었던 것이다. 라디오가 가요에서 러시아 음악으로 바뀌는 동안 나는 밖에 나가 사람을 죽이고 돌아왔다. 나는 방문에 등을 기대고 서 있다가 그대로 미끄러져 바닥에 주저앉았다. 바이올린 소리가 흘러나왔다. 목에 칼을 대고 비비는 것 같은 소리였다. 나는 온몸이 떨렸다.

돌아가야 해. 돌아가자. 지금이라도 빨리 돌아가서 그 남자를 꺼내 오자.

그러나 나는 돌아가지 않았다. 발이 꼼짝도 하지 않았다. 방 한편에 웅크리고 앉은 채 돌아가야 한다, 라고만 중얼대고 있었다.

그러고 얼마나 흘렀을까.

……나쁜 년.

어둠 속에서 누군가 나에게 말을 걸었다. 나는 눈을 치켜뜨고 라디오를 의심스럽게 바라보았다.

감히 맨홀에다 죽은 사람을 갖다 버리자고 해? 너한테만 알려 준 내 맨홀이 네 눈엔 시체나 갖다 버릴 쓰레기통으로 보였단 말이지. 차희주, 너도 마지막에 가선 꼭 배신을 때리는, 그런 더러운 년이었던 거야.

그건 한 번도 들어 본 적 없는 목소리였다.

25

 가는 빛줄기에 눈을 떠 보니 이상하게도 커튼이 다른 때보다 더 높이 달려 있었다. 책상도 더 높고 천장도 더 높았다. 그러고 보니 모든 사물의 각도가 조금 비뚤어져 있었다. 나는 정신을 차리고 뭐가 잘못됐는지 확인해 보았고 곧 아주 쉽게 그 원인을 알아냈다. 내심 기대한 것처럼 세상 한쪽이 어긋나 버렸거나 방바닥이 꺼져 버린, 그런 굉장한 일이 일어난 게 아니라 단지 내가 몸을 잔뜩 오그린 채 방문 앞에 누워 있어서였다. 바닥은 따듯했지만 베개도 없이 딱딱한 곳에서 자서 그런지 몸 여기저기가 쑤셨다. 왜 침대에서 자지 않고 이런 데 누워 있는 건지 이해가 가지 않았다. 옷도 두꺼운 파카를 입은 채 그대로였고 양말도 벗지 않았다.
 나는 손바닥으로 얼굴을 비비며 바닥에서 몸을 일으켜 세웠다. 몇 시나 되었는지, 오늘은 학교를 가는 날인지 안 가는 날인지, 그런 것들을 확인해야 했다.

그때 눈앞으로 얼핏 붉은색이 비쳐 보인 것 같았다. 나는 벽을 쭉 둘러보았다. 그러나 내 방에 붉은색을 띤 물건은 하나도 없었다. 잠이 덜 깼나, 나는 고개를 갸웃거리며 이상하다고 생각했다. 그런데 아무런 흔적도 못 찾은 내 시선이 문득 나 자신에게 멈추었다. 방 안을 둘러본 것처럼 나 자신을 천천히 살펴보았다. 그리고 이번에도 별로 어렵지 않게 그 잔상의 뿌리를 찾아낼 수 있었다. 붉은색은 내 몸에 묻어 있었다. 손등과 연결된 손가락 사이사이에 붉은 물 같은 게 바짝 말라붙어 있었다. 나는 손등을 돌려 손바닥을 내려다보았다. 손바닥 가득 핏자국이 얼룩져 있었다.

나는 차라리 엷게 미소 지었다.

그래, 나는 언젠가 내가 살인자가 될 거라는 것을 늘 예감하고 있었어.

26

 열여덟과 열아홉, 나는 두 번의 봄을 모두 죽음으로 시작해야 했다. 그러나 둘은 완전히 다른 죽음이었다. 그 사람의 죽음이 나에게 모든 것을 새롭게 시작할 수 있는 문을 열어 주었다면 파키의 죽음은 내가 미처 그 문 안으로 들어가기도 전에 내 인생을 닫아 버린 것이나 마찬가지였다. 아무것도 시도하지 못하고 문 앞에서 빙빙 돌고만 있는 사이 모든 것이 끝나 버렸다. 열아홉 살에 살인자가 되는 것에는 어떤 미래도 있을 수 없었다.
 내 미래 따위야 어떻든 새로운 학기가 시작되었다. 고3 담임은 토목과 담당이었는데, 2학년 때 담임과는 완전히 다른 사람이었다. 왜 교사 같은 게 됐을까 싶을 정도로 반 아이들에게 무관심했고 조회 시간에는 아주 무기력한 얼굴로 들어

와서 출석부나 뒤적거리다가 나가는 게 전부였다. 나에겐 다행인 일이었다. 나는 도저히 다른 아이들과 똑같은 교복을 입고 열을 맞춘 의자에 앉아 수업을 듣고 있을 수 없었다. 그러고 있으면 내가 꼭 변장을 하고 있다는 생각이 들었다. 금방이라도 교실 문이 열리고 경찰이 들이닥쳐 모두가 보는 앞에서 나를 잡아갈 것 같았다. 아무리 사건 사고가 많은 학교라도 살인 사건은, 자동차 사고 따위와는 차원이 다른 이야기였다. 나는 조회 시간 때까지만 자리에 앉아 있다가 1교시가 시작되기도 전에 학교를 빠져나왔고 어떤 때는 아예 학교에 가지 않았다.

　기진이들과는 그 사건 이후로는 전화 통화를 한 적도, 따로 만난 적도 없었다. 딱 한 번 밤에 전화가 걸려 온 적이 있긴 했다. 하지만 나는 전화를 받지 않았고, 그 뒤로는 그 애들도 연락을 해 오지 않았다. 그래서 복도를 지나다가 우연히 기진이들과 마주치면, 갑자기 그날의 영상이 눈앞에 펼쳐지고 도로를 달리는 오토바이 소리, 가슴에 닿았던 등뼈의 촉감까지 그대로 되살아나 나는 제대로 걸을 수조차 없었다. 암묵적인 동의만 있었을 뿐 우리는 그 사건에 대해 영원히 입을 닫자는 어떤 약속도 하지 않았다. 아니, 시시한 약속 같은 거로는 부족했다. 목숨을 건 맹세 같은 걸 했어야 했다. 그런데도 우리는 그날 너무 쉽게 헤어져 버렸다. 기진이들이 그 자리에 없었던 김수현에게 그날 일을 얘기했을 것은 너무나 당연했다.

그렇다면 그 일을 아는 사람은 모두 여섯 명, 비밀을 지키기에는 너무 많은 숫자였다. 다섯 명을 모두 죽인 다음 마지막으로 나까지 죽여야만, 그리고 또 다른 목격자인 맨홀까지 제거해야만 겨우 입을 닫을 수 있는. 월, 화, 수, 목, 금, 토. 요일마다 한 명씩 죽이고 나면 일요일에는 모든 걸 잊고 편안하게 쉴 수 있을까. 나는 매일 밤 다른 살인을 꿈꾸며 어두운 방 안을 서성댔고 한숨도 자지 못한 채 절망적인 얼굴로 아침을 맞았다. 하룻밤 동안 내가 죽인 사람이 몇 명인지 셀 수도 없을 정도였다.

나는 오랫동안 밥을 먹지 않아서 어느 날 엄마가 나를 보고 왜 이렇게 살이 빠졌냐고 놀랄 정도가 되었다. 살이 빠지는 깃 따위가 뭐가 그렇게 대단한 일이라고 소리를 질러 대는지, 나는 귀찮은 얼굴로 문을 닫고 방에 들어가 버렸다. 엄마는 내가 심각한 병에 걸린 줄 알고 등교하기 전이나 조퇴한 다음 함께 병원에 가자고 했지만, 나는 엄마가 그런 걱정을 할수록 더 절망적인 기분이 되어서 차라리 당장 죽을 병에 걸렸으면 좋겠다고 소리를 질러 댔다. 엄마는 도저히 나를 감당하지 못하겠다는 얼굴로 뒷걸음질을 쳤다. 그런 엄마의 얼굴을 보고 있으면 나도 모르게 눈물이 흘러서 후회와 고백이 밀물처럼 밀려왔다.

……엄마, 내가 사람을 죽였어. 엄마 아들이 살인자가 되어 버렸다고……. 나는 이제 어떻게 하면 좋지.

3월 중순 즈음, 오랜만에 누나가 집에 왔다. 누나는 새로 시작할 연극에서 남자 역을 맡아 머리를 짧게 잘랐는데, 그렇게 하고 보니 나와 닮은 데가 많았다. 그러나 누나는 나와는 비교할 수 없을 정도로 건강했고 눈동자도 반짝반짝 빛났다. 어쩐지 내가 영원히 갖지 못할 내 미래의 모습으로 보이기도 했다.

누나는 예전과 아주 다른 태도로 나를 대했다. 엄마에게서 아무래도 내 상태가 심상치 않으니 조심하라는 얘기를 들은 것 같았다. 누나는 내 방으로 조용히 들어와 학교에 무슨 일이 있느냐고 다정하게 물었다. 예전 같았으면 우린 서로의 머릿속에서 벌어지는 끔찍한 범죄들을 다 알고 있었을 것이다. 그러나 변해 버린 누나가 생각할 수 있는 것은 고작해야 동생이 집단 따돌림을 당해 등교 거부를 한다는 것 정도였다. 그렇다고 누나의 잘못은 아니었다. 그 누구라도 동생이 점점 수척해지는 이유가 살인을 했기 때문이라고 짐작할 수는 없을 테니까.

내가 사람을 죽인 살인자라고 고백한다면 누나는 어떤 얼굴을 할까. 그때도 나를 불쌍히 여길까. 너는 원래는 착한 아이인데 운이 나빠서 실수를 저지른 것뿐이라고 나를 대신해 눈물을 흘리면서? 그러나 그건 내가 기대해서는 안 되는 위로였다. 왜냐하면 그건 오히려 나를 또 다른 지옥에 빠뜨리는 희망이었기 때문이다. 단지 가족이라는 이유로 동생의 살인까지 이해하고 감싸 줄 수 있다면 그 부드러운 손이 곧 내 목을 죄려 할 것은 너무나 분명했다. 그렇다면 나 역시 아주 오래전에 그 사람을 용서해야 했다면서.

그즈음 나는 갑자기 대상포진이라는 피부병에 걸려서 배와 등에 붉은 두드러기가 솟고 열이 심하게 났다. 두드러기가 솟은 자리마다 칼날이 훑고 지나간 듯한 시린 통증이 느껴졌다. 처음에는 병명도 제대로 알지 못하고 내가 아주 해괴한 병에 걸렸다고만 생각했다. 죽은 사람과 접촉해서 얻은 일종의 전염병 같은. 엄마는 담임에게 전화를 걸어 내가 일주일 정도 집에서 요양을 해야 할 것 같다고 했다. 담임이 어떤 얼굴을 했는지는 모르지만 엄마가 금방 전화를 끊은 것으로 보아 항상 짓는 그 심드렁한 표정으로 그러라고 허락한 게 분명했다.

나는 어금니가 후들거리고 등뼈가 뽑히는 것처럼 온몸이 아팠다. 며칠 동안이나 고열이 계속되었다. 의사가 병이 나으려면 무조건 영양 섭취를 잘해야 한다고 해서 엄마와 누나는 번갈아 가며 나에게 보양식과 신선한 과일을 먹이려고 했지만 나는 몇 숟갈 삼키지도 못하고 그 자리에서 모두 토해 버렸다. 그러고는 밤마다 헛소리를 해 댔다. 엄마와 누나는 조금도 기억하지 못하는 옛날 얘기를 꺼내서 이랬느니 저랬느니 마음대로 지껄여 댔다. 엄마를 향해, 어렸을 때 누나와 나에게 이상한 독약을 먹여서 우리를 죽여 버리려고 하지 않았느냐고 온 집이 떠나가라 소리쳤다. 누나도 분명히 기억하고 있을 테니 빨리 사실대로 말하라고 다그쳤다.

엄마는 자기가 잘못해서 내가 아픈 것이라며, 이게 다 사기 죄라는, 이해할 수 없는 말을 하며 눈물을 흘렸다. 누나는 내 몸보다는 정신이 이상해진 것 같다는 두려움의 눈길로 나를 봤다. 나도 내가 미쳐 가고 있다고 생각했다. 그러나 기분은 좋았다. 이 정도 아픔으로는 부족했다. 죽을 정도여야 했다. 최대치의 고통을 겪다 보기 좋게 죽어야 했다. 죽어서 하천 쓰레기장에든 맨홀에든 아무렇게나 버려져야 했다. 들어 본 적도 없는 낯선 이름의 병이 정말로 나를 죽이고 있는지도 몰랐다. 나도 살해당하는 것인가. 그렇다면 참 다행인 일이다. 나는 내 온몸을 내어 주며 부탁했다. 제발…… 어서 나를 죽여 줘. 나는 아주 비겁한 방법으로 내 죄에서 도망치려 하고 있었다.

 학교에 가지 않은 지 며칠이나 됐는지 셀 수조차 없던 불안한 날들. 빛이 하나도 없는 한밤중에 눈을 떴다. 엄마가 보일러를 너무 세게 틀어 놓아서 방 안 공기가 한여름처럼 후끈했다. 나는 커튼을 젖히고 창문을 열었다. 쌀쌀한 공기가 내 몸 안에 있는 모든 구멍으로 들어왔다. 그러자 아주 오랜만에 정신이 맑아지면서 정리를 할 필요가 있는 지난 시간들이 차례대로 머릿속을 지나갔다.
 나는 침대에서 무릎을 세우고 일어나 창문 아래를 내려다보았다. 일정한 간격으로 불을 밝힌 가로등과 경비실 불빛이 보였다. 그런 것들이 따뜻해 보이긴 처음이었다. 나는 몸을 조금 더 밖으로 내밀었다. 그렇게 어려울 것 같진 않았다. 이대로 손을 놓고 침대에 디딘 발만 든다면 떨어지는 것은 한순간이다. 죽음이 바로 저 아래에서 나를 기다리고 있다. 그러면 나는 이 모든 고통에서 해방될 수 있다. 너무나 쉬운 해결책이다. 다정한 유혹이고 위로가 되는 속삭임이다. 아까울 것은 아무것도 없다. 여기서 죽는 것만이 내가 살 수 있는 유일한 길이다. 눈을 감자.

그러나 그다음 순간 내가 느낀 촉감은 콘크리트에 부딪쳐 산산조각난 내 머리통이 아니라 이마를 간질이는, 땀에 젖었다가 조금씩 말라 가는 머리카락이었다.

나는 노크도 하지 않고 누나 방 문을 열었다. 누나는 자고 있었고 침대 옆 스탠드가 가장 낮은 조도로 켜져 있었다. 나는 누나 침대를 향해 천천히 걸어갔다. 뭘 하려는 건 아니었다. 그냥 눈을 감고 조용히 잠든 누나 얼굴을 한번 보고 싶었을 뿐이었다. 그런데 그 순간 누나가 이불을 걷으며 자리에서 벌떡 몸을 일으켰다. 누나는 어려서부터 지나칠 정도로 잠귀가 밝았다. 오렌지색 조명에 비친 누나의 얼굴은 겁에 질린 것처럼 보였다. 누나는 이불에서 나와 내 손을 잡고 나를 자기 쪽으로 끌어당겼다. 그러고는 누가 들을세라 조심스러운 목소리로 물었다.

"왜? 무슨 일 있어?"

내 손은 땀으로 흥건했다.
"누나."
"응."
"우리가 어렸을 때 자주 갔던 맨홀 기억나?"
누나는 뜬금없는 이야기에 놀란 얼굴이 되었지만 곧 고개를 끄덕거렸다.
"우리 거기서 자주 놀았잖아. 근데 어느 날부터 누나는 맨홀에 안 왔어. 왜 안 온 거야?"
누나는 자기에게는 더 이상 아무 의미도 없는 오래된 일을 내가 한밤중에 너무나 진지하게 묻자 어쩔 줄 몰라 하며 쉽게 입을 열지 못했다. 그러면서도 자신이 내뱉는 한마디가 나에게 중요한 영향을 끼칠 거라는 것은 아는지 조심스러운 목소리로 대답했다.
"그냥…… 그런 건…… 나이를 먹다 보면 그냥 별 이유 없이도 그런 데는 안 가게 되잖아……. 근데 갑자기 그건 왜?"
"……그래? 난 작년까지도 거기에 자주 갔어."
"아직도 그대로 있나 보지?"
"아무것도 변한 게 없어, 거기는."
"그래……."
누나는 내가 한마디만 더 하기를 초조하게 기다리고 있었다. 나는 잘 자, 라고 다정하게 인사를 한 다음 나가야 할까? 아니면…….

"그리고 얼마 전에도 거기에 다녀왔어."
"……왜?"
"……."
"……괜찮아. 말해 봐."
"……."
"괜찮아."
"거기다…… 아주 중요한 걸 놓고 왔어. 누나가 나랑 같이 가지러 가 줄래? 지금."

27

 살인을 한 사람에 대한 벌은 당연히 살인이어야 한다. 훔친 시계 같은 거야 돌려주면 그만이지만 원형 그대로 되돌려 줄 수 없는 것들은 똑같이 되갚아 주는 방법밖에 없다. 그러나 법이란 것은 구멍이 아주 많아서 때때로 말도 안 되는 관대한 결정을 내리기도 하는 것 같다.
 나는 자수를 했다. 파키를 죽인 지 꼭 39일째 되는 날이었다. 나는 먼저 누나에게 내 모든 악행을 털어놓았고 누나는 아주 침착한 목소리로 당장 경찰서에 가서 자수를 해야 한다고 설득했다. 우리는 그날 밤 서둘러 옷을 챙겨 입고 엄마 모르게 집을 나와 맨홀로 갔다. 누나는 거의 십여 년 만에 맨홀을 찾은 것이었다. 그런데도 나보다 앞장서 걸으며 한 번도 길을 물어보거나 주위를 두리번거리지 않았다. 어릴 때 새겨진 작은 발자국들이 누나를 인도하는 것 같았다. 동화책과 거울을 묻어 두었던 맨홀에는 헬멧을 쓴 시체가 들어 있었다. 누나는 그것을 보고도 무서울 정도로 침착한 얼굴을 하고서 나에게 다시 한번 사건의 이모저모를 순서대로 자세히 물었다. 나는 누나가 하는 질문에 성실하게 대답했다. 그 순간 누나가 이 세상에서 나를 지켜 줄 유일한 구원자로 보였기 때문이다. 그러나 마음 한편엔 누나가 또 연극을 하고 있구나, 하는 생각이 들었다. 모든 것을 연극이라고 생각하고 산다면 세상엔 별로 무서울 게 없을 것 같았다.

　나는 동네 지구대에서 구 경찰서로 이송되었고 나의 진술에 따라 기진이와 한성제, 최연, 희주가 차례대로 잡혀 왔다. 그 애들은 저마다 다른 시선으로 나를 바라보았을 것이다. 그러나 나는 바닥에 눈을 둔 채 그 애들 얼굴을 쳐다보지 않았다. 기진이들 중 누군가가 분명 배신을 할 것이라며 밤마다 두려움에 떨었던 내가 다음 날 아침 부인할 수 없는 배신자가 되어 있었다. 인간은 아무도 믿을 수 없다고 떠들어 댔지만 사실 가장 믿을 수 없는 사람은 나 자신이었던 것이다.

　이른 새벽이 되자 언론사에서 출동한 기자들이 옷을 뒤집어쓰고 엎드려 있는 우리 모습을 연신 찍어 대며 왜 그런 일을 저질렀냐고 물었다. 나는 아무 말도 하지 않았다. 질문이 너무 어려웠다. 왜 그런 일을 저질렀냐니, 그건 나도 모르는 일이었다. 기자들은 우리 대답을 듣지 않고는 한 발짝도 움직이지 않을 것처럼 진을 쳤고 보다 못한 경찰이 한마디 해 주라고 했다. 그래도 우리 다섯 명은 아무 말도 않고 버텼는데 잠시 후 기진이가 '죄송합니다'라고 맥 빠지는 대답을 했다. 얼마 안 가 내가 1년 전 세상을 감동시킨 소방 영웅의 아들이란 것을 알아낸 기자들이 나에게 여러 질문을 던졌지만 내 입에선 죄송하다는 그 짧은 말도 나오지 않았다.

경찰의 행정 절차는 화장터의 시스템과 별반 다를 게 없었다. 우리들은 경찰이 지시하는 대로 끊임없이 여기저기로 이동하며 이쪽 방에서 했던 진술을 저쪽 방에서 반복했고 진술을 확인하기 위해 현장에서 사건을 재연했다. 아무도 오지 않던 하천 주변으로 소식을 들은 사람들이 구름처럼 몰려들었다. 우리는 피해자 역할의 인형을 발로 걷어찬 후 숨이 멎은 것을 확인했고 피해자의 머리에 헬멧을 씌웠다. 그때 "잠깐" 하고 경찰이 우리들을 멈추게 했다. 그러고는 헬멧을 씌우자고 한 게 누구였냐고 물었다. 나는 잘 기억이 나지 않았다. 아마도 헬멧은 최연의 것이었기 때문에 최연의 생각이었던 것 같다고 대답했지만 왜 그따위 것을 묻는지 이해가 되지 않았다. 우리 발아래 죽은 사람이 너부러져 있는데, 어서 이 사람의 얼굴을 가려야 하는데. 그러나 맨홀에 시체를 버리자고 한 사람이 누구였냐는 질문에는 기진이와 한성제, 최연, 나 모두 머리를 굴릴 것도 없이 같은 사람의 이름을 댔다.

경찰과 기자들은 짓다 만 공사장과 맨홀에 큰 관심을 가졌다. 나는 경찰로부터 그 공사장이 구 소유라는 것을 들었다. 노인 요양 시설로 쓸 빌라 단지를 짓고 있었는데 공사 도중 지반에서 치명적인 결함이 발견되어 지금까지 방치된 것이라고 했다. 경찰은 내가 그 맨홀을 언제, 어떻게 발견했는지부터 일주일에 평균 몇 번 정도 갔는지까지 물었다. 그런 평균은 도대체 무엇 때문에 필요한 걸까. 나는 아무 의미도 없지만 그냥 두 번이라고 대답해 주었다. 그러나 어떻게 맨홀을 발견했는지를 묻는 질문에는 누나 이름을 댔다간 괜히 일만 더 복잡해질 것 같아서 우연히 지나다니는 개들을 보고 공사장에 들어가게 되었고, 맨홀 속에 있는 강아지를 구해 준 뒤 심심할 때면 가끔 혼자 가서 놀곤 했다고 대답했다. 경찰은 밤에도 간 적이 있냐고 물었다. 나는 있다고 대답했다. 그 경찰은 내가 보통내기가 아니라고 했다. 그렇게 빈정거린 것이 내가 살인을 했기 때문인지 아니면 어려서부터 맨홀에 드나들었기 때문인지는 알 수 없었다.

　내가 죽인 사람은 사가르마타라는 이름의 26세 남자로 파키스탄 사람이 아니라 2동에 사는 네팔 사람이었다. 불법체류자였고 한국에 아무런 연고도 없었다.

　구치소에 수감된 후 나는 사가르마타의 이름과 얼굴을 자주 떠올렸다. 그렇지만 그 사람에 관한 정보는 이름에서부터 얼굴 생김새, 국적까지 전부 낯선 것투성이여서 내가 죽인 사람이 정말 그 사람이 맞는지조차 혼란스러웠다. 이름을 톰이

나 로베르토 같은 것으로 바꾸고 얼굴을 백인처럼 하얗게 바꾼대도 나에겐 아무 상관이 없을 것 같았다.

나는 잠을 자다가도 내가 살인을 저질렀다는 사실이 떠오르면 비명을 지르며 자리에서 일어났다. 창살이 달린 문과 내 옆에서 자는 범죄자들을 보며 몸을 덜덜 떨었다. 그러나 사가르마타라는 남자를 죽였다는 사실만큼은 아무리 생각해도 모함이고 거짓말이고 나쁜 꿈인 것 같았다. 그래서 나는 내가 받는 이 벌이 부당하게 느껴지기까지 했다.

그러던 어느 밤, 문득 내가 아버지를 죽여서 이곳에 갇힌 것은 아닌가, 라는 생각이 들었다. 그러자 쇠창살 문과 강도, 절도범 들이 등을 기댄 채 누워 있는 좁은 방, 빳빳한 파란색 죄수복이 아주 오래전부터 계획된 내 운명처럼 순순히 받아들여졌다. 나는 그날 칼을 들고 방으로 들어가 그 사람을 정말로 죽여 버렸던 것이다. 그날 밤 나는 처음으로 깊은 잠을 잤다.

누나는 면회를 와서 어떻게 해서든 내 형량을 낮춰 줄 테니 너무 무서워하지 말라고 했다. 나는 누나가 누나답지 않게 바보 같은 소리를 하고 있다고 생각했다. 내가 도망갈 수 있었던 기회는 그 밤 누나의 방문을 두드리기 전에 발길을 돌려 창문 아래로 돌진하는 것뿐이었다. 나는 왜 그 쉬운 일을 실행에 옮기지 못했는지 몇 번이나 생각했고 생각할 때마다 매번 후회했다. 그렇게 했다면 기진이들과 희주가 이 같은 고통을 겪을 필요도 없었고, 훗날 범죄가 밝혀진다 해도 내 가슴에 살인범 외에 배신자라는 딱지는 붙지 않았을 것이다. 나를 붙잡은 것은 무엇이었을까. 그러나 그 힘센 손의 정체가 무엇이었는지는 아무리 생각해도 알아낼 수가 없었다.

28

　재판이 열렸다. 나는 법에 대해서는 아는 게 하나도 없었다. 이제는 살인을 한 사람에게 진짜로 사형을 내리진 않는다는 것 정도는 알았지만 그 이상은 아무것도 알지 못했다. 나는 몹시 떨고 있었다. 재판장으로 가는 내내 사형을 당한대도 어쩔 수 없는 일이라며 '모든 것을 받아들이자'고 스스로에게 최면을 걸었다. 만약 사형을 구형받으면 우리의 죄가 어떤 식으로 나누어질지, 그러니까 경찰이 말한 대로 이런 일에도 '평균'이라는 것을 내는 것인지 아니면 기진이와 한성제, 최연, 희주와 내가 공평하게 다 같이 죽는 것인지 궁금했다.
　그러나 사실을 말하자면 진짜로 궁금한 건 아니었다. 마음을 진정시키기 위해 일부러 그런 쓸데없는 것들을 궁금해하고, 의심하는 척해 본 것이었다. 말하자면 절대 일어나지 않을 최악의 상황을 놓고 장난 한번 쳐 본 것이었다. 그렇게 하면 내가 경찰들의 비호를 받으며 법원으로 향하는 그 상황에서 조금 여유로워질 줄 알았다. 하지만 심판의 시간이 가까워지자 그런 속임수는 아무런 쓸모도 없었다.

내 변호가 시작되었을 때 나는 왜 누나가 나에게 그런 말을 했는지 그 이유를 확실히 알게 되었다. 내 변호사는 다른 애들처럼 국선 변호사가 아니라 돈을 주고 고용한 일반 변호사였다. 누나는 아버지의 동료 소방대원들과 생존자들이 도움을 주어서 좋은 변호사를 구했다고 좋아했다. 그러나 변호사의 종류가 다르다고 해서 내가 저지른 죄까지 달라지는 건 아니었기 때문에 나는 별 의미를 두지 않았었다.

그 변호사는 이상한 방법으로 나를 변호하기 시삭했다. 그러니까 살인 사건과는 전혀 상관없는 그 사람의 죽음이 맨 처음에 등장했다. 1월 21일 봉재 공장에서 일어난 화재 사건, 잠긴 문을 부수고 들어가 안에 갇힌 열여섯 명을 모두 구출했지만 계단이 무너져 미처 빠져나오지 못하고 순직한 훌륭한 소방대원, 소방방재청장으로부터 훈장까지 받은 명예로운 죽음. 영정 사진을 들고 신문에 등장한 나의 얼굴. 변호사는 내가 열여섯 명, 혹은 그보다 훨씬 많은 사람들의 목숨을 구한 훌륭한 소방대원의 아들임을 거듭 강조했다. 하루아침에 아버지를 잃은 아들의 상심이 어땠을지 모쪼록 헤아려 주시기 바랍니다, 변호사는 그렇게 말하며 고등학교 1, 2학년 때의 내 성적표를 제시했다. 1학년 때는 늘 반에서 5등 안에 들었고 결석이 두세 번 있긴 하지만 그 정도는 공고 학생들의 평균 결석 횟수보다 적다고 말했다. 그런데 2학년 성적은 같은 사람의 것이라고는 보기 어려울 정도로 떨어졌고, 결석과 지각 횟수도 몇 배로 많았다.

성적표는 시작에 불과했다. 동료 소방대원 열두 명과 생존자 및 그들의 가족 서른 명은 나에게 선처를 내려 달라는 탄원서를 판사에게 보냈고, 2학년 때 담임은 내가 본래 착한 아이였지만 아버지를 잃은 후 새로 사귄 친구들과 어울리면서 눈에 띄게 달라졌다는 편지를 써 주었다.

변호사는 내가 알고 지낸 사람들을 모두 찾아다녔다. 치킨집 아저씨는 내가 유달리 성실한 학생이어서 그런 짓을 저질렀다고는 믿을 수 없다고 증언했고 고물상 아저씨는 유기견을 대신 키워 달라고 매달 돈을 주었다며 나를 책임감 있는 아이라고 변호했다. 변호사는 언제 찍어 왔는지 마당에 앉아 있는 달이의 사진까지 내보이며 이 개가 실제로 맨홀에서 발견된 개이며 피고가 십 년 넘게 정성으로 키우고 있다고 설명했다. 마지막엔 신경정신과 의사까지 등장했다. 나를 직접 진단하지는 않았지만 아버지 사망에서부터 살인을 저지르기까지의 내 이야기를 신문을 통해 접했다는 그 의사는 나의 비행이 갑작스러운 상실감에서 비롯된 것일 수도 있다는 소견을 내렸다.

변호사는 막바지에 왜 피고가 맨홀에 아버지의 훈장과 감사패를 넣어 두었겠냐고 검사와 판사와 방청석을 향해 물었다. 사람들은 중요한 이야기가 나올 것을 기대하며 변호사의 말에 귀를 기울였다. 줄곧 고개를 숙이고 있던 나 역시 고개를 들고 변호사를 쳐다보았다. 왜 내가 맨홀에 그것들을 넣어 두었는지 나 역시 그 이유가 궁금했기 때문이었다. 변호사는 내가 아버지를 너무 사랑했기 때문에 맨홀에 보물처럼 숨겨 둔 것이라고 설명했다. 순간 나는 피고석에 앉은 내 처지를 망각하고 피식, 웃어 버릴 뻔했다. 나는 간신히 입술을 꾹 다물고 고개를 돌려 엄마와 누나를 쳐다보았다. 엄마와 누나도 저따위 속임수에는 고개를 저을 게 분명했다. 하지만 엄마와 누나는 긴장한 모습으로 변호사의 말이 모두 진실인 것처럼 경청하고 있었다. 나는 머리를 세게 얻어맞은 것 같았다.

  내가 제대로 된 인간이었다면 그 자리에서 벌떡 일어나 그런 헛소리는 집어치우라고 소리쳤어야 했다. 사랑? 나는 태어나서 지금까지 사랑이라는 것을 한 번도 받아 본 적도, 해 본 적도 없다고 증언했어야 했다. 나에게 스스로에 대한 긍지라는 게 조금이라도 있었다면 나는 그 사람의 죽음에서 어떤 슬픔도 느끼지 않았으며 내가 저지른 살인은 오로지 내가 선택한 결과였다고 항의했어야 했다. 당신들이 나를 성실하고 착한 아이로 알고 있었을 때, 나는 늘 살인을 꿈꿨고 오히려 그 사람이 죽은 후에야 살인자가 되는 망상에서 벗어날 수 있었다고 똑똑히 증언했어야 했다. 지옥 같았던 지난 시간에 빚을 지지 않으려면 나는 어떤 말이라도 했어야 했다. 10년 형이든 20년 형이든, 사형이든, 내 죄에 대한 대가를 자랑스럽게 치르겠다고 선언했어야 했다.

그렇지만 나는 변호사의 그 마지막 호소가 판사를 설득할 수 있기를 바라며 가만히 앉아만 있었다. 소방대원과 생존자들, 이름도 기억 안 나는 담임이 써 준 탄원서에 크게 감동받은 것 같은 얼굴까지 꾸며 내고 있었다. 나도 알고 보면 그렇게 나쁜 사람이 아니라고, 그날 밤은 정말 운이 나빴던 것뿐이라고, 한 번만 용서해 주면 다시는 그런 일을 저지르지 않겠다는 것을 보여 주기 위해 깊이 반성하는 태도로 고개를 숙이고 있었다. 죽은 그 사람이 나를 구해 여기서 데려 나가 주길…… 간절히 기도했다. 나는 그 정도의 인간이었던 것이다.

선고가 내려졌다. 기진이와 한성제, 최연, 희주와 나는 모두 자리에서 일어났다. 판사는 기진이와 한성제, 최연에게 폭력을 주도하여 살인에 이르게 한 혐의로 징역 3년을, 희주에게는 시체 유기를 적극적으로 권유한 혐의로 징역 1년을 선고했다. 그리고 나에게는 모든 정황을 고려했을 때 아버지의 죽음으로 인한 심신미약이 인정되며 외국인 노동자들에게 먼저 집단 폭행을 당한 사실과 폭행을 주도하지 않고 단순 가담한 점을 정상참작, 또한 평소 성격이 온화하고 유기 동물을 오랫동안 보살펴 준 사실과 먼저 자수한 점을 높이 사 국가가 인가한

재활센터에서 16주간 치료를 받은 뒤 그 보고 결과에 따라 다시 선고를 내리겠다고 했다. 변호사는 나에게 걸어와 1, 2년의 보호관찰 정도로 끝날 것이라며 자신의 활약에 만족하는 표정을 지었다. 나는 주위를 둘러보았다. 엄마는 울고 있었고 누나는 내 쪽을 향해 승리의 주먹을 쥐어 보였다. 고개를 푹 숙이고 있던 기진이와 한성제, 최연과 희주는 다시 경찰들에게 호위돼 어딘가로 천천히 끌려갔다.

무대 세트처럼 보이는 재판장과 우스꽝스럽게 큰 제복들, 문을 지키고 선 경찰들과 법전을 낀 채 밖으로 사라지는 판사들을 보며 나는 우리 모두가 이상한 연극을 하고 있는 것은 아닌가 생각했다.

29

 하늘이 참 맑다. 바람은 별로 불지 않고 햇볕은 아주 뜨겁다. 그늘이 없는 곳에서는 땅과 하늘이 바짝바짝 타들어 가는 게 보인다. 시설 담장 너머로 한 번도 가 본 적 없는 곳에서는 무슨 일인지 수증기까지 끓어오르고 있다. 어느 모로 보나 야외 활동을 하기에 좋은 날은 아니다. 나는 눈을 감는다. 주위가 참 조용하다.
 어떤 날의 이야기를 하늘이 어쨌느니, 바람이 어쨌느니 하는 말로 시작한다는 것이 나에겐 조금 야비하게 느껴지기도 한다. 그런 말로 위장하는 날은 대개 자기 인생에서 꽤 중요한 날이어서 사실 날씨 같은 것이야 어떻든 조금도 관심이 없기 때문이다. 바로 오늘처럼.
 나는 오전 내내 개인 자유 시간을 보냈고, 오후 축구 경기에도 참여하지 않았다. 대신 정리가 끝나면 면담실로 오라는 지시를 받았다. 나는 빠뜨린 게 없는지 어젯밤에 미리 싸 놓은 짐을 다시 확인한 뒤 다른 때보다 더 신경 써서 깨끗한 옷을 입었다. 왜냐하면 오늘이 이 시설에서의 마지막 날이기 때문이다.

오늘도 아이들은 땡볕에서도 최선을 다해 운동장을 뛰어다니고 있다. 높은 데서 내려다보니 감호 선생님들이 왜 그토록 우리에게 축구를 시키는지 이해가 간다. 스무 명의 어린 범죄자들이 일사불란하게 뛰어다니는 모습이 선생님들에게 독특한 즐거움을 주는 것이다. 마치 신의 손바닥에서 노는 아이들을 보는 것처럼. 어떤 방향으로든 절대 벗어날 수 없는 규칙이 둘러쳐져 있지만 원생들은 손바닥만 한 운동장을 종횡무진 하는 동안만큼은 자신들이 한없이 자유롭다는 착각에 빠지게 된다. 그건 언뜻 바보 같지만 인간으로선 어쩔 수 없는 일이라서 조금 서글프게 느껴지기도 한다.

문 선생님의 책상이 처음으로 깨끗하게 비어 있다. 선생님은 일주일 전까지 파일 하나를 가지고 있었는데, 그 속에는 16주간의 내 생활이 빼곡하게 담긴 서류, 그러니까 일종의 보고서, 더 정확히 말하면 감시문 같은 흰 종이들이 수십 장 넘게 삐져나와 있었다. 기상 시간을 매일 잘 지켰는지, 손톱이나 발톱이 짧고 깨끗한지, 직업훈련에는 성실하게 참여했는지, 다른 원생들과 불화는 없었는지, 체육 활동에서는 어떤 역할을 맡았는지, 거친 언어를 사용하지는 않았는지, 급식은 잔반 없이 말끔히 먹어 치웠는지, 실내화를 끌고 다닌 적은 없는지, 정해진 취침 시간에 잠이 들었는지, 금지된 꿈을 꾸지는 않았는지, 사소한 거짓말이라도 한 적은 없는지, 어떤 책들을 읽었는지, 복도에서의 걸음걸이는 똑바른지, 인사를 예의 바르게 잘하는지, 똑똑한 아이인지 멍청한 아이인지, 착한 아이인지 나쁜 아이인지, 필요한 아이인지 불필요한 아이인지 같은 질문들에 문 선생님은 빈칸 없이 답변을 채워 넣어 법원에 제출했다. 공식적으로 정해진 치료 기간은 끝났지만 나는 법원 판결이 나올 때까지 일주일을 더 여기서 머물렀다. 선생님들은 그 7일 동안 내가 좋아하는 활동만 선택해서 해도 되고, 원한다면 아무것도 하지 않아도 된다고 했지만 나는 빠뜨리는 활동 하나 없이 예전과 똑같은 생활을 했다. 어떤 것을 하고 어떤 것을 안 할지 고르는 것도 귀찮았고, 어차피 여기서는 별로 할 일이 없었기 때문이다.

 나는 그 많은 서류들에 어떤 내용이 적혀 있는지 궁금했지만 내가 보는 것은 허락되지 않았기 때문에 법원 결과를 기다리는 수밖에 없었다. CCTV처럼 기록된 내 생활을 시설 선생님들과 법원 판사들만 돌려 가면서 읽는다고 생각하면 기분이 조금 안 좋아지기도 했다.

 "집까지는 김 선생님이 데려다주실 거다. 그동안 잘했어."
 "네."

그러나 법원의 최종 판결을 통보받자마자 파일 속에 어떤 내용이 기록되었는지에 대한 궁금함이나 기분이 나빴던 것들은 순식간에 사라져 버렸다. 더는 그런 것에 신경 쓸 필요가 없었다. 보호관찰을 1년 받는 것으로 최종 선고가 내려졌기 때문이다. 변호사가 자신했던 대로 내가 기대할 수 있는 가장 관대한 선고가 내려진 것이었다. 판사는 막바지에 나에게 '한 아버지'로서 해 주고 싶은 말이 있다며 판결문보다 길게 이야기했다. 대충 말하자면 아버지의 희생이 헛되지 않게 내가 행동을 바르게 해야 한다는 충고였다. 나는 판사가 그 사람이 아니라 내가 죽인 파키 이야기를 꺼냈다면 내 마음이 조금은 움직였을지도 모른다고 생각했다. 네가 죽인 파키의 영혼이 죽을 때까지 네 주위를 떠돌 것이리거나 파키의 가족들이 어느 날 너에게 똑같은 복수를 할지도 모른다고 경고했다면 나는 평생 겁에 질린 채 아주 조심스럽게 살아갈 것이었다. 하지만 판사는 죽은 네팔 사람 이름도 제대로 발음하지 못해 사가르마타라고 해야 할 때마다 사가라, 사가르마타라고 두 번씩 더듬었다.

"집에 가서도 한 번에 긴장 풀지 말고, 여기서 생활하면서 배운 것들을 조금씩 실천하도록 해라. 그래야 이곳에서 보낸 시간이 헛되지 않을 테니까."

"네."

"집에는 어머니가 계시니?"

"아마도요."

"많이 보고 싶지?"

"네."

선생님이 내 눈을 지그시 바라본다.

"어떤 길을 걸어 왔든 결국은 우리 모두 가족의 품으로 돌아간단다. 널 가장 걱정하고 사랑해 주는 사람들은 누구보다도 네 부모, 형제야. 어딜 가서 뭘 하든 그것만 잊지 않으면 돼."

선생님은 어느 때보다도 따뜻하고 걱정스러운 목소리로 말하지만 나는 내가 고아라면 선생님이 어떤 식으로 말했을까 궁금해진다. 이 세상에서 널 가장 걱정하고 사랑해 주는 사람은 단 한 명도 없으니까 뭘 하든 어딜 가든 그 사실을 뼛속 깊이 기억해야 한다고 말할까? 아니면 고아들을 위한 멘트는 따로 준비되어 있는 걸까? 나보다 먼저 시설을 나간 가족 없는 아이들은 어디에서 내려 어디로 향했을지. 땅바닥에 여행 가방을 내려 둔 채 표지판도, 사람도 하나 없는 허허벌판에 서서 발이 묶인 것처럼 한 발짝도 움직이지 못하는 아이의 뒷모습이 보인다. 아예 방향감각 자체를 잃어버린 듯 혼란스러워 보인다. 그러나 그 아이가 뒤를 돌아 얼굴을 보여 주면 그 애도 꼭 부모 형제 없는 고아만은 아니라는 것을, 나는 익숙하면서도 낯설게 깨닫게 될 것이다.

나는 방으로 돌아가 짐을 가지고 나오면서 룸메이트들에게 인사를 한다. 잘 있으라거나 나중에 보자는 거짓말 대신 그냥 눈짓만 보내는 인사다. 그 애들도 나에게 똑같은 방식으로 인사한다. 변주용과 백가준은 나와 비슷한 시기에 시설에 들어왔지만 나보다 더 오래 머물고 있다. 사람을 죽인 것보다 더 한 죄가 뭘지, 복도를 걸어가면서 나는 몇 가지 경우에 대해 생각해 본다.

드디어 시설을 나왔다. 김 선생님이 운전하는 승합차에는 나와 함께 시설을 나가는 애 한 명과 그 애를 관리하는 다른 선생님까지 네 명이 타고 있다. 모두 말없이 차창 밖으로 보이는 시골 들길만 바라본다. 끝이 안 보이는 초록 논에는 사람은 한 명도 보이지 않고 빨간색 기계만 중간에 멈춰 서 있는데, 실제로는 아주 정성스레 정리된 땅이겠지만 차를 타고 잠깐 스쳐 지나가는 나에겐 들풀이 무성한 버려진 땅처럼 보일 뿐이다.

나와 함께 시설을 나가는 아이는 아주 졸리고 지루한 얼굴을 하고 있다. 이 애의 이름은 모르지만 어떤 죄를 저질러서 시설에 들어오게 된 것인지는 안다. 시설에서는 비슷비슷한 이름보다 팔목에 묶고 들어온 죄가 훨씬 더 중요하다. 이 아이는 수업 중에 심 없는 샤프로 앞에 앉은 아이의 뒷목을 찔렀다. 그냥 찌른 게 아니고 혈관이 파열될 정도로 무자비하게 찔렀다. 그 애는 그냥 충동적으로 찌른 것이라고 진술했지만 시설 원생들은 그게 거짓말이라고 생각해 이 애가 눈에 띨 때마다 샤프 사건의 진실에 대해 슬쩍슬쩍 묻곤 했다. 아이는 그것에 대해 얘기하고 싶지 않아 했고 나는 그 애가 입을 열기 전에 자리를 떴기 때문에 진짜 이유가 뭐였는지는 듣지 못했다. 살인을 저지른 뒤로 나는 다른 사람의 일을 궁금해할 수 없게 되었다.

인적 드문 시골길을 쉼 없이 달리던 차는 곧 도시로 진입해 가다 서다를 반복한다. 금요일 오후, 도로에는 이틀간의 휴일을 악착같이 누리려는 사람들로 가득 차 있다. 빨리 월요일이 되거나 영원히 휴일 같은 건 오지 않았으면 좋겠다.

'샤프 아이'가 내린 곳은 도심으로 들어서기 전 어느 신도시이다. 아직 공사가 마무리되지 않아서 갈아엎은 땅이 기계, 철근 들과 마구잡이로 뒤섞여 있다. 스무 동이 넘는 아파트 단지는 마치 공중 도시처럼 그 한복판에 떠 있다. 차가 멈춘 곳과 얼마 떨어지지 않은 데서 한 아주머니가 우리 쪽을 향해 손을 흔들고 있다. 선생님은 샤프 아이를 데리고 아주머니 쪽으로 걸어간다. 아주머니는 아이를 보고 상냥하게 머리를 쓰다듬는다. 선생님은 아주머니와 아이에게 뭔가 얘기를 하고 있지만 내가 보기에는 둘 다 선생님 말을 귀 기울여 듣지 않는 것 같다. 선생님은 둘에게 인사를 한 뒤 다시 차로 돌아왔고 차가 출발하자 아이는 먼저 발길을 돌린 아주머니를 따라 아파트로 들어간다. 나는 줄곧 주머니에 손을 집어넣고 있던 아이가 갑자기 주머니에서 샤프를 꺼내 아주머니의 목덜미를 찔러 버릴 것 같아서 차 뒤쪽으로 얼굴을 돌린 채 그 둘을 주시하고 있었지만, 차가 멀어지기도 전에 둘의 모습이 먼저 아파트 입구로 사라져 버린다.

"보기 좋지? 짜식이, 엄마랑 만나니까 단번에 애처럼 구네."

선생님은 자기 임무를 무사히 마친 것에 만족한 표정을 짓는다.

나는 17주 만에 집으로 돌아오는 것이고 엄마와 누나도 17주 만에 만나는 것이다. 시설은 둘째, 넷째 토요일마다 면회가 허락되어 있었지만 엄마와 누나는 한 번도 나를 찾아오지 않았다. 면회 올 사람이 없는 아이들은 자기 방이나 휴게실, 운동장 등에서 휴식했는데 나는 늘 방에 누워 낮잠을 잤다. 가족을 만나고 온 아이들은 하루 종일 배가 터질 것처럼 부르다며 즐거운 표정을 지었고 바보 같아 보일 정도로 친절하게 굴었다. 나는 집에 무슨 일이 생긴 건 아닌가, 누가 아픈 건 아닌가 걱정이 될 때도 있었지만 한 달, 두 달이 지나자 엄마와 누나가 면회를 오지 않는 게 당연하게 느껴졌다.

김 선생님은 내가 사는 아파트 단지에 차를 주차한 뒤 운전석에서 내린다. 곧 나와 함께 뒷좌석에 앉아 있던 다른 선생님이 운전석으로 간다. 시설로 돌아갈 때는 운전을 교대할 모양이다. 여기서부터 혼자 가도 된다고 말했지만 김 선생님은 보호자에게 인계해 주는 것까지가 자신의 임무라며 함께 아파트로 걸어간다. 단지에는 나뭇잎이 우거지고 붉은 장미꽃이 피었지만 아파트는 썩지 않은 통조림처럼 변한 곳이 단 한 군데도 없다. 엘리베이터 문이 열리자 선생님은 나에게 버튼을 누르라는 눈짓을 보낸다. 나는 수십 개나 되는 버튼들 사이에서 잠시 망설이다가 의심스러워하며 손가락으로 8층을 누른다.

엘리베이터가 움직인다.
8층에 내려 벨을 누른다. 곧 문이 열리고 나는 집으로 들어간다. 문이 열리긴 했는데 집엔 사람이 없다. 냉장고도 없고 텔레비전도 없고 벽에 걸린 액자도 다 사라져 집이 텅 비었다. 바닥 여기저기에는 막 이사를 나간 것 같은 흔적만 남아 있다. 김 선생님은 아주 당황한 표정을 지으며 시설에 전화를 건다. 시설에서는 재활이 끝난 아이는 다시 돌아올 수 없다고 대답한다. 김 선생님은 자신이 할 수 있는 일이 없다고 말하며 나를 빈집에 두고 시설로 돌아간다.

엘리베이터가 멈추고 문이 열린다.
"어서 오세요."
엄마와 누나는 현관 앞에서 대기조처럼 서서 나와 김 선생님을 맞이한다. 김 선생님은 몇 마디 인사치레를 하더니 잠깐 들어와서 음료수라도 한잔 드시라는 엄마의 청을 거절하고 내 어깨를 한 번 쓰다듬은 뒤 문을 열고 나간다. 문이 닫히자 우리는 갇힌 사람들처럼 어색하게 서 있다가 더 어색한 인사를 주고받는다.

"……왔어?"

30

　학교도 다니지 않게 되어서 나는 하루 종일 집에서 검정고시 공부를 한다. 공부는 별로 어렵지 않아서 오후가 되기 전에 전 과목을 다 끝낼 수 있다. 그러면 해가 기울기 시작해서 잠을 자기 전까지 지겹도록 긴 시간만 남게 되는데, 나는 아무 생각 없이 침대에 앉아 있다가 팔굽혀펴기나 윗몸일으키기 같은 것을 해 보기도 한다. 근육을 키워 볼 생각에서는 아니다. 방을 나가서 달리 갈 곳도 없고, 내 몸을 움직이는 것 외에는 할 일도 없기 때문이다. 시간이 많다는 건 기회도 많다는 뜻이다. 건강한 것 역시 좋은 일일 것이다. 하지만 나는 잠이 올 때까지 좁은 방에서 땀이 나는 운동 몇 가지를 하는 것 외에는 어떤 일도 할 수가 없다.
　시설에서 집으로 돌아온 지 9일째다. 나는 이때까지 한 번도 집 밖을 나가지 않았다. 온 동네 사람들이 내가 살인자라는 것을 안다. 법정에서는 온갖 핑계를 붙여 나를 불쌍한 아이로 만들었지만 현실에서 나는 어린 나이에 사람을 죽인 살인자일 뿐이다. 내 얼굴을 아는 사람들은 모두 나에게 손가락질할 것이다. 그러나 그런 게 무섭지는 않다. 사람들로부터 좋은 평가를 받고 싶은 기대 같은 것은 없으니까. 다만 나는 어떻게 집 밖으로 나가야 할지, 그 방법을 잘 모르겠다.

여덟 시가 넘어서 슬슬 어둠이 몰려오자 나는 옷장 속에 처박힌 오래된 캡 모자를 꺼내 썼다. 이 작은 모자가 내 죄까지 감추어 줄 수 있을까. 거울을 보니 얼굴 윗부분이 반 정도 가려진다. 마치 내가 '그들'이 된 것 같다. 나는 엄마 몰래 조용히 문을 열고 나와 집을 나선다.

고물상 앞에 도착했다. 그러나 고물상 안으로는 들어가지 못하고 담장 밖에 서서 달이만 들여다본다. 달이는 더위 때문에 기운이 없는 건지 아니면 깊은 생각에 잠긴 건지 미동도 없다. 나는 달이에게 눈에 띄는 변화가 없음을 확인하고 달이를 만나 볼 어떤 시도도 하지 않은 채 그대로 고물상을 떠났다.

달이만 보고 집으로 돌아가려고 했는데 내 발이 나를 하천으로 이끈다. 범인은 반드시 범죄 현장으로 돌아온다는 말이 맞기는 한가 보다. 하천에는 전에 없던 가로등이 띄엄띄엄 설치되어 있다. 큰 쓰레기들도 눈에 띄게 많이 없어졌다. 그런데도 지나다니는 사람은 한 명도 없다. 살인 사건이 일어난 현장에서 밤에 산책을 하고 싶은 사람은 없을 테니. 아무리 하천 물을 맑게 하고 들판을 청소해도 이곳은 깨끗해질 수가 없다, 나처럼. 나는 무성하게 자란 들풀이 바람에 흔들리는 모습을 보다가 하천을 떠났다.

오늘 밤 나의 충동적인 외출은 지난 시간을 거슬러 오르는 여행이 되고 있다. 나는 이게 무슨 의무라도 되는 양 종착지를 향해 걸어간다. 고물상이나 하천보다 공사장이 집에서 훨씬 가까운데 나는 이곳에 오기 위해 너무 먼 길을 돌아왔다. 다리가 아프고 등에서 땀이 난다. 언덕이 이렇게 높았던가. 그러나 조금만 더 힘을 내 보자. 다 왔다. 저기다. 나는 오랜 시간을 들여 공사장 앞에 도착했지만 예전처럼 가까이는 가지 않고 언덕을 바로 내려갈 수 있도록 거리를 두고 선다. 내 사건이 있은 후 공사장은 작은 고양이 한 마리도 드나들 수 없게 철판으로 폐쇄되었다. 하지만 구멍을 뚫자면 못 뚫을 것도 없어 보인다. 땅과 철판이 만나는 곳에 사람 한 명 드나들 수 있을 작은 구멍 하나를 뚫어서 아무도 볼 수 없게 풀이나 큰 돌로 막아 둔다면……

나는 더 이상의 상상은 금하고 언덕을 내려간다. 내가 가장 오랜 시간 머물렀던 장소들이 이제 다시는 갈 수 없는 곳이 되어 버렸고, 내가 알고 지낸 몇몇 사람과 달이를 다시는 만날 수 없게 되었다. 오늘 밤, 나는 나 자신에게 그 사실을 확인시켜 주기 위해 이 밤의 외출을 감행한 것 같다.

31

　나는 한밤중에 잠이 깨어서 눈을 뜬 채로 그냥 침대에 누워 있다. 창문을 열어 놓아도 너무 더워 아예 방문까지 활짝 연 후 다시 침대에 눕는다. 그러나 잠은 오지 않고 갈증만 계속 심해진다. 나는 부엌으로 나간다. 거실에는 여름밤 특유의 푸르스름한 기운이 안개처럼 깔려 있다. 냉장고에서 찬물을 꺼내 한 잔 마신 뒤 베란다로 걸어간다. 창밖으로 몸을 내밀어도 공기는 미지근하고 바람은 전혀 불지 않아서 조금도 시원해지지 않는다. 물이라도 한 잔 더 마시고 들어갈까 하는데 베란다와 연결된 안방 창문에서 흐느껴 우는 소리가 새어 나온다. 그러나 별로 대수로운 일이 아니어서 나는 조금도 놀라지 않는다. 엄마는 언제나 쉽게 눈물을 흘리는 사람이기 때문에 그런 것은 나에게 어떤 감흥도 주지 않는다. 나는 못 들은 척 다시 내 방으로 걸어간다.

맞은편 누나 방에는 여름 무더위와 어울리지 않는 썰렁한 공기가 감돈다. 누나는 내가 시설에서 돌아온 날 함께 저녁을 먹고 나간 뒤로 한 번도 집에 오지 않았다. 내 재판에 가장 신경을 많이 써 준 사람이 누나였지만 정작 내가 1년 보호관찰 처분을 받은 후로는 나를 바로 보지도, 나에게 말을 걸지도 않고, 자기와는 상관없는 사람처럼 멀리한다. 나도 더는 누나의 외박이나 통화 내용, 만나는 사람들에 대해 간섭하지 않는다. 물론 간섭할 수 없는 입장이 되어 버린 것이긴 하지만.

나는 손 베개를 하고 침대에 드러눕는다. 여러 생각과 여러 사람의 얼굴이 떠오르지만 모두 다 생각할수록 괴로울 뿐이라서 벽 쪽으로 돌아누워 버린다. 엄마의 울음소리는 그칠 줄 모른다. 오히려 소리가 조금씩 더 커지는 것 같다. 아이들을 유인하는 피리 소리처럼 나를 자기 방으로 불러들이려는 계략 같다. 나는 그것에 지고 싶지 않아서 손가락으로 귀를 꽉 막아 버린다. 그러나 곧 엄마가 불쌍하다는 생각이 든다. 나는 침대에서 일어나 안방으로 들어간다. 엄마는 병든 사람처럼 울고 있다.

"……왜 그래? 어디 아파?"

엄마는 내가 들어오는 것을 보고는 아예 통곡하는 것처럼 목을 놓아 버린다. 다른 집들도 다 창문을 열어 놓아 울음소리가 새어 나갈 텐데 엄마는 그런 것엔 조금도 신경을 쓰지 않고 이 세상에 우리 둘만 남겨진 것처럼 울고 있다. 침대에 얼굴을 박고 엎드려 있어서 아주 고통스러워 보인다.

"병원 갈래? 구급차 부를까?"

나는 엄마한테 그런 것들이 필요한 게 아니라는 것을 알면서도 일부러 딴소리를 한다. 어쩔 수 없다. 내가 할 수 있는 것은 그런 것밖에 없으니까. 엄마가 나를 본다. 생전 처음 보는 눈빛이다. 왜 그 사람을 향해서는 한 번도 저런 눈빛을 보낸 적이 없었을까? 그랬다면 나는 엄마를 조금은 사랑할 수 있었을 텐데. 엄마는 꽉 잠긴 목소리로, 그러나 분명하게 말한다.

"왜……? 도대체 왜 그런 끔찍한 짓을 했어?"

"……."

엄마가 소리친다.

"어떻게 하면 사람을 죽일 수가 있는 거야. 사람 속이 얼마나 악하면 사람을 죽일 수 있는 거냐고."

"……."

정말 싫지만, 내 눈에서도 눈물이 흐른다.

"엄마는 니가 무섭다……. 내 아들이 사람을 죽였다는 게, 아무리 마음을 다스리려고 해도…… 니 얼굴만 봐도 겁이 나고 무서워."

엄마는 처음으로 진실을 얘기하고 있다. 맞은 자국을 보여주지 않으려고 시선을 피하던 얼굴 대신 나는 눈물과 미움과 두려움으로 범벅이 된 엄마의 맨얼굴을 본다. 우리에게도 이런 순간이 오다니. 나는 다시 울기 시작하는 엄마를 두고 방을 나와서 신발만 신은 채 그대로 집을 나간다.

깜깜하다.

어디로 갈까.

그러나 여기를 떠나기 전 모두에게 인사를 해야 한다.

나를 친구로 대해 준 기진이, 성제, 최연, 김수현에게,

내가 처음으로 좋아한 희주에게,

귀엽고 따뜻한 달이에게,

행복하게 해 주고 싶었지만 한 번도 잘해 주지 못하고 결국 더 불쌍하게 만들어 버린 엄마에게,

아무리 미워하려고 해도 늘 보고 싶은 누나에게.

다들 미안해.

그리고 안녕.

나는 모두에게 안녕이라고 말해야 한다.

십 년간 나를 불러들인 구멍은 구청에서 고용한 사람들이 시멘트로 막아 버렸다. 하지만 여기 밤거리를 달리는 이 구멍은 무엇으로 막아야 할까.

| 작가의 말 |

 재작년 겨울 즈음이던가. 횡단보도에서 신호를 기다리고 있는데 발밑에 있는 맨홀이 눈에 들어왔다. 문득 그곳을 드나드는 사람들의 이야기가 떠올랐다. 조금 미뤄 뒀다가 작년 초여름부터 두세 시간씩 매일 썼다.
 글을 쓰는 동안 우리가 사는 곳이 무수히 많은 맨홀들로 덮여 있는 것을 보았다. 이 소설은 그 많은 맨홀들 중 하나의 이야기에 불과하다.

2012년 여름

박지리

맨홀

2012년 7월 27일 1판 1쇄
2022년 2월 11일 1판 5쇄

지은이 박지리

편집 김태희, 김태형, 이혜재
제작 박흥기 | 마케팅 이병규, 양현범, 이장열
홍보 조민희, 강효원

인쇄 천일문화사 | 제책 J&D바인텍

펴낸이 강맑실
펴낸곳 (주)사계절출판사 | 등록 제406-2003-034호
주소 (우)10881 경기도 파주시 회동길 252
전화 031)955-8588, 8558 | 전송 마케팅부 031)955-8595 편집부 031)955-8596
홈페이지 www.sakyejul.net | 전자우편 literature@sakyejul.com
블로그 skjmail.blog.me | 페이스북 facebook.com/sakyejul | 인스타그램 instagram.com/sakyejul

© 박지리 2012

값은 뒤표지에 적혀 있습니다. 잘못 만든 책은 구입하신 서점에서 바꾸어 드립니다.
사계절출판사는 성장의 의미를 생각합니다. 사계절출판사는 독자 여러분의 의견에 늘 귀 기울이고 있습니다.
이 책은 저작권법에 따라 보호받는 저작물이므로 무단전재와 복제를 금합니다.

ISBN 978-89-5828-624-0 44810
ISBN 978-89-5828-473-4 (세트)